베르나르 베르베르

인생소설

나는
왜
작가가
되었나

Bernard Werber

베르나르 베르베르
인생소설

다니엘 이치비아 지음 ─ 이주영 옮김

예미

차례

베르나르 베르베르,
타고난 모험가

베르나르 베르베르의 인상은 수더분하고 조용하다. 하지만 겉모습에 속지 말길 바란다. 보기와 달리 베르베르는 타고난 모험가다. 베르베르에게 도전을 던져주면 확실히 알 수 있다. 실제로 베르베르는 게임을 너무나도 좋아하고, 호기심이 끝이 없다. 그렇기 때문에 베르베르는 완전히 새롭고 재미있는 경험에 대해 듣게 되면 곧바로 뛰어들어 자신도 그것을 경험해 보고 싶어 한다.

2000년에 〈개미〉 게임 버전을 출시한 엘리오 그라시아노에게 전해 들은 이야기가 있다.

"몇 년 전 베르나르와 함께 점심을 먹은 적이 있습니다. 베르나르에게 게임회사 아누만의 스테판 롱자르 대표를 소개했죠. 식사가 끝나자 베르나르가 '집이 이 근처인데 5분만 들렀다 갈래요?'

라고 말했습니다. 베르나르는 소장하고 있던 다양한 게임을 우리에게 보여주고는 3인용 체스게임의 규칙을 알려주었습니다. 삼각형 체스판에서 3색으로 하는 것인데 참가자들이 서로 협력해야 하는 게임이었습니다. 베르나르의 집에서 5분만 있다가 가려고 했는데, 결국 우리는 두 시간이나 있게 됐습니다!"

베르베르는 거의 모든 것에 호기심이 있다. 하지만 이런 베르베르에게도 허점은 있다. 호기심이 많은 성격인 것은 분명하지만 별로 알고 싶어 하지 않는 분야도 있다. 재즈가 대표적이다. 나는 베르베르에게 재즈의 매력을 알게 해주고 싶었으나 실패하고 말았다. 역시 완벽한 인간은 없다.

베르베르는 특별한 포켓몬처럼 놀라움을 안겨주는 재주가 있다. 단 하나뿐인 사진을 찍겠다며 죽음도 마다하지 않았던 일이나 고질병인 등의 통증을 통찰력으로 다스렸던 일 등은 놀라움을 자아낸다. 뿐만 아니라 베르베르는 평범한 것도 소설의 소재로 변신시키는 능력이 있다.

베르베르의 직업이 무엇인지 아느냐는 질문을 받으면 대부분의 사람들은 "작가"라고 대답할 것이다. 물론 그는 작가다. 그러나 평범한 작가는 아니다. 베르베르는 기발한 상상력, 예리한 관찰력, 엄청난 지성을 지닌 작가다. 거대한 모래시계 속에서 세월이 흐를수록 베르베르의 역할도 다양해진다. 베르베르는 현대판 이솝 혹은 라퐁텐과 같은 작가이며, 메시지를 재미나게 전하는 사상가이기도 하다. 이 책에서도 소개하는 내용이지만, 베르베르는 《개미》를 출간할 때 독자들이 개미를 통해 인간을 생각해 보았으면 하고 바랐다. 베르베르는 인간보다 수백만 년 먼저 태어난 개미들이 분명 우리에게 전해줄 교훈이 있을 것이라고 믿었다. 그러나 많은 독자들이 《개미》를 단순히 개미들의 이야기로만 생각하자 베르베르는 안타까워했다. 베르베르는 개미를 통해 인간의 부조리를 빗대어 표현하고 싶어 했는데 말이다. 베르베르는 《개미》의 후속편(《개미의 날》, 《개미혁명》)에서 이 부분을 분명하게 드러냈다.

베르베르는 소설을 쓰면 쓸수록 독특한 세계관을 전하고 사람들의 의식을 자극하고 싶다는 생각이 강해졌다. 실제로 《신》, 《제3인류》, 《판도라의 상자》에서 베르베르는 강렬한 생각들을 표현하며 당대의 철학자다운 모습을 한껏 드러낸다. 심지어 2018년부터는 대중을 상대로 전생을 알아맞혀 주는 북토크까지 열었다. 베르베르는 강렬한 아이디어가 떠오르면 우물쭈물하지 않고 실행에 옮겨야 직성이 풀리는 성격인데, 북토크에서 그의 이런 성향은 유감없이 드러났다.

어떻게 말해야 할까, 베르베르가 내세우는 관념 중에는 선뜻 믿기 힘들어 보이는 것들도 있다. 고양이가 인간을 대신할 것이라는 미래관이 대표적이다. 하지만 베르베르는 이 같은 독특한 미래관을 재미있는 이야기로 들려준다. 여기서 생각나는 것이 클리포드 시맥의 전설적인 공상과학소설 《시티》다. 《시티》에서는 개들이 인간을 대신하는 미래 사회가 그려진다. 개는 되는데 고양이라고 안 되라는 법이 있을까?

인간이 사는 세상, 그리고 과거와 미래를 독특한 시각으로 해석하는 사람들을 나는 개인적으로 알고 있다. 이들은 나름대로 주장을 뒷받침하는 사실을 언급하며 자신들의 생각을 전개해 나가지만, 여기저기서 작용하는 것은 직관이다. 진실이라는 가치를 갖추려면 건너야 할 큰 바다가 있다. 하지만 베르베르는 이들과는 다르다. 그는 다양한 사건들을 하나씩 보고 나서 진실인지 따져보는 성격이다. 여기서 한 가지는 기억하자. 베르베르는 진실을 추구하는 사람이라는 사실이다.

"베르나르는 선구자입니다. 시대를 앞서가는 인물이죠." 친구 마리 피에르 플랑숑의 평가다. "시대를 앞서가는 사람들이 늘 그렇듯 베르나르도 동시대 사람들에게 배척받을 때가 있습니다."

맞는 이야기다! 여러 장르를 오가는 베르베르의 남다른 시도는 동시대 사람들에게 이해받지 못할 때가 있다. 베르베르를 이해하지 못하는 사람들에게는 이런 말을 해주고 싶다. "남들이 하는 대로 따라가기만 하면 변화를 일으킬 수 없다." 그렇다, 우리 시대를 주름잡는 사상가나 예술가들은 틀에 박힌 생각에 도전했기 때문에 그와 같은 명성을 얻은 것이다. 1960년대나 1970년대만 해도 기존의 방식에서 벗어나는 사람들이 환영을 받았다. 기존의 방식을 답습하는 예술은 물론 익숙해서 편하기는 하다. 그런데 우리가 진정으로 예술가에게 바라는 것이 과연 기존 방식의 답습일까?

　베르나르 베르베르의 책은 작가의 경험에 유머를 곁들이기에 더욱 재미있다. 베르베르의 소설에 등장하는 기자 뤼크레스 넴로드가 소속된 과학잡지 《르 게퇴르 모데른》에는 현실에 존재하는 잡지인 《르 누벨 옵세르바퇴르》의 흔적이 보이기도 한다. 뿐만 아니라 베르베르는 실제로 만나본 사람들을 소설 속 인물로 가공해 등장시킬 때도 있다. 《개미》의 일본판 번역 작업에 관여한 링미, 베르베르의 소설을 '우리의 지구인 친구들'이라는 제목으로 영화화한 스테판 크라우츠 감독 등 흥미로운 예가 많다. 그래도 베르베르는 실제 인물들을 호감 있게 묘사하기 때문에 그들이 눈치를 챈다 해도 기분 나쁘지는 않을 것이다. 물론 가끔은 한참 생각해야 소설 속 인물이 어떤 실제 인물에서 영감을 받았는지 겨우 알아차릴 수 있을 때도 있다. 이처럼 실제 인물들이 재미있게 소설 속 인물로 가공되는 것도 베르베르의 소설에서 즐길 수 있는 묘미다.

　한 사람의 인생에 대한 글을 쓴다는 것은 굉장히 매력적인 일이다. 이런 글을 쓰다 보면 다른 사람들에게 전해 들은 사실을 내 나름대로 검증하게 되는데 그럴 때마다 깜짝 놀랄 때가 많다. 사람마다 이야기가 다를 때도 있다. 묘하게 이것저것 섞여 있을 때는 옥석을 잘 가려낼 수 있어야 한다.

　경험이라는 것은 절대적으로 고정되어 있지 않다. 사람마다 경험한 이야기는 과장될 수도 있고 희화될 수도 있으며 미화될 수도 있고 폄하될 수도 있다. 기억의 과정에서 왜곡될 수 있는 것이다.

베르나르 베르베르에 대한 이 책도 예외는 아니다. 이 책은 베르베르와 열 시간 넘게 한 인터뷰를 기본으로 하되 그와 가깝게 지낸 사람들이 들려준 이야기를 추가했다.

솔직하게 말하면 나는 베르나르 베르베르의 애독자는 아니었다. 그러나 이것이 오히려 이 글을 쓸 때는 도움이 되었다. 대신에 나는 베르나르 베르베르가 가진 노하우를 존경한다. 그 이외의 것은, 글쎄, 그의 작품에 따라 느낌이 다르게 다가온다. 《인간》은 감동을 받았지만 영화화된 〈우리의 지구인 친구들〉은 마치 우월한 도덕주의자 입장에서 다른 인간들을 평가하는 것 같아 신경에 거슬리기도 했다. 그래도 이런저런 시도를 보여주는 베르베르에게는 감사하다는 생각이 든다.

베르베르는 두 가지 모습을 지니고 있다. 상대를 매료시키는 모습과 상대를 주눅 들게 하는 모습이다. 뿐만 아니라 어떤 때는 수도자처럼 겸손하고 따뜻한 면이 있어 이상적인 현자처럼 보일 때도 있지만, 또 어떤 때는 초연한 작가이자 철학가처럼 보일 때가 있다. 어둠 속에 보이지 않는 달처럼 사람들이 미처 보지 못하는 베르베르의 모습도 있다. 세상으로부터 동떨어진 채 실험실에 처박힌 과학자의 모습, 지배자와 피지배자라는 이분법에 갇힌 인간들을 아래로 내려다보는 듯한 지킬 박사와 같은 모습이 그것이다. 또한 베르베르에게는 깔끔한 가운을 입은 곤충학자 같은 모습과, 귀에 자를 끼고 아무런 연민 없이 햄스터들을 관찰하는 냉정한 연구자 같은 모습이 공존한다. 같은 날에도 베르베르는 선불교 수행

자다운 생각을 드러내다가도 인간의 이야기를 하찮게 보는 듯한 오만한 생각을 표현하기도 하는 등 변화무쌍한 모습을 보인다. 여러모로 베르베르는 궁금증을 자아내는 사람이다. 그래도 드러나지 않은 베르베르의 모습은 의외로 많지 않다. 베르베르는 음침하기보다는 오히려 유쾌하고 밝은 사람이다.

나는 베르나르 베르베르의 소설을 읽을 때마다 다른 인상을 받게 된다. 베르베르는 단순히 괜찮은 작가가 아니다. 스펙트럼이 넓은 훌륭한 작가다. 가끔은 베르베르에게 깊이 빠지지 않을 때도 있었다. 그의 작품에서 잠시 벗어나려는 노력도 했다. 그런데 이번 책을 쓰기 위해 베르베르와 많은 이야기를 나누면서 한 가지를 이해하게 되었다. 베르나르 베르베르는 나만을 위해 글을 쓰는 작가가 아니라는 사실이다. 당연한 이야기다. 그는 수백만 명의 독자들을 위해 글을 쓰는 작가가 아니던가.

비유를 한번 해보자. 내가 가장 많이 듣는 음악은 하이 라마스 그룹의 앨범이다. 마치 나만을 위해 작곡하는 그룹처럼 느껴지기도 한다. 그만큼 내가 좋아하는 음악만 골라 만든다. 어느 날 하이 라마스가 파리에 왔다(마치 나를 위해 파리에 온 것 같은 기분이 들었다). 파리 외곽의 작은 콘서트장에는 나를 포함해 100여 명의 관객이 있었다. 콘서트가 끝나고 나는 하이 라마스 그룹을 찾아가 〈하와이〉 앨범이 내가 가장 많이 들은 앨범이라고 말했다. 그들은 믿지 못하겠다는 듯 "뭐라고요? 비틀스보다 많이 들었다고요?"라며 놀라워했다. 이런 반응이 이상하지 않을 정도로 하이 라마스 그룹의 팬은 많지 않다. 부정하지는 않겠다.

이런 예술가들에 비해 베르나르 베르베르는 보편적인 메시지를 전하는 작가다. 베르베르는 다양한 대중과, 책을 잘 읽지 않는 젊은이와, 모험 이야기와 철학과 삶에 대한 조언을 원하는 이웃집 사람들, 이러한 이들을 모두 사로잡는 작가다. 다양한 것을 탁월하게 아우르는 것이 그의 특기다.

나는 베르나르 베르베르의 애독자는 아니지만 어떤 의미에서는 그의 팬이라고 할 수 있다. 정확히 말하면 인간 베르나르 베르베르의 팬이다. 베르나르 베르베르라고 하는 인간을 전반적으로 좋아한다. 베르베르는 의외로 심플하다. 함정이 될 수 있는 인터뷰에서 능수능란하게 빠져나가는 그의 차분한 방식도, 비판을 받아도 의연함을 유지하는 그의 태도도 높이 평가할 만했다. 오랫동안 베르베르는 갈매기 조나단 리빙스턴처럼 언론의 주목을 받는 작가였다. 그러면서도 베르베르는 달라이 라마 같은 미소로 지상의 혼란을 담담하게 바라볼 줄 안다. 브라보!

몇 가지 세세한 부분을 통해 인물의 됨됨이를 알 수 있다. 나 역시 주변의 이야기를 통해 베르베르를 좀 더 이해하게 되었다.

"베르나르의 의리에 놀랐습니다." 엘리오 그라시아노가 들려준 이야기다. "2005년에 게임회사 마이크로이즈를 나와 작은 회사를 차렸습니다. 보통은 이런 상황이라면 전화가 뜸해지죠. 그런데 베르나르만은 계속 연락을 해 왔고, 프로젝트 구상까지 하더군요."

여러분이나 나나 베르베르가 펼치는 생각 중에서 동의하지 않는 것들이 있다. 가능한 한 나는 많은 부분에서 거리를 두고 객관성을 유지하려 한다. 그래서 나는 종종 베르베르의 전략에 말려들지 않는다. USB 칩을 이식받은 고양이가 어떻게 웹사이트와 연결되어 인간이 가지고 있는 모든 지식에 접근할지 상상조차 되지 않는다. 베르베르의 이야기에 논리가 부족하다고 느낄 때도 있다. 쥐가 실험대상이 된다고 해서 인간도 실험대상이 될 수 있다는 것은 나로서는 생각하기가 힘들다. 이집트의 피라미드를 지은 것이 쥐라는 것도 믿기 힘들다. 다른 사람들이 대수롭지 않게 넘기는 세세한 정보들도 신중하게 바라본다. 페르 라셰즈 묘지를 떠도는 짐 모리슨의 영혼이 반 헤일런 그룹의 팬으로 환생한다는 이야기 같은 것 말이다. 그러나 상관없다. 말도 안 되는 것 같은 상상력을 펼칠 수 있는 베르베르의 능력이 존경스럽다. 베르베르는 놀라운 상상력을 간직하고 자유자재로 표현하는 능력을 타고난 사람이다. 물론 그런 베르베르도 달리나 팀 버튼보다는 현실감각이 있는 편이다.

베르나르 베르베르는 묘한 느낌을 주는 사람이다. 나도 모르게 그가 잘 지내고 있는지 매번 궁금해진다. 베르베르는 그 존재만으로도 기쁨을 주는 흔치 않은 사람 중 하나다.

2019년
저자 다니엘 이치비아

평화로웠던

시절

잠들어 있다가 튀어나올 준비가 되어있는 외계인처럼, 수정란이 배 속에서 호심탐탐 기회를 노린다. 베르나르의 수정란은 떠도는 허깨비, 그리고 한스 기거가 상상한 외계인, 그 둘 사이의 무언가 처럼 보였다. 때는 1961년 초여름. 타고난 천재 베르나르 베르베 르는 인생의 무대에 당당히 모습을 드러내기도 전에, 그러니까 아 직 태어나기도 전에 이미 남달랐다. 훗날 베르나르는 어머니의 자 궁 속에 머물렀던 수정란 시절의 기억이 어렴풋이 떠오른다는 고 백을 하기도 했다. 실제로 그는 주홍색의 배경, 무엇인가 울려 퍼지는 소리, 심장박동 소리, 기분에 따라 출렁이는 소화기관의 움직임을 기억하고 있었다. 세상에 태어나기 3개월 전, 아직 어머니의 배 속에 있던 베르나르의 귀에 아름다운 피아노 선율이 희미하게 들려왔다. 쇼팽과 드뷔시의 피아노곡이었다.

"집에서 어머니는 주로 피아노를 치셨죠. 그래서 피아노 선율을 들으면 집이 떠오릅니다. 저는 그 피아노 소리 속에서 헤엄을 쳤고요." 베르베르가 들려준 이야기다.

1961년 9월 18일, 마침내 베르나르가 태어난 운명의 날. 황새 떼가 베르나르라는 아기 선물을 툴루즈에 전해주었다. 갓난아이 시절 베르나르는 주변 환경에 호기심을 보이며 손에 닿는 것은 닥치는 대로 입으로 가져갔다. 당시 그에게 모래, 나뭇조각, 플라스틱 조각은 모두 어머니의 젖꼭지처럼 입으로 빨고 싶은 대상이었다. 부모님이 아무리 뭐라고 나무라도 소용없었다. 베르나르는 무엇이든지 입으로 빨아야 직성이 풀릴 정도로 호기심이 강했다. 아기 때의 베르나르는 마치 성배를 찾듯 입으로 세상을 탐험했다.

"보통, 사람들은 갓난아이 시절을 잘 기억하지 못합니다. 하지만 저는 바닥을 기어 다니던 저의 갓난아이 시절, 싱거 재봉틀이나 피아노 페달을 밟던 어머니의 모습이 기억납니다. 가장 오래 간직하고 있는 기억인 셈이죠. 아직 두 발로 제대로 서지 못하던 시절, 그러니까 한 살이 안 되었을 때였습니다. 피아노 페달을 밟고 있던 어머니의 발이 지금까지도 생생하게 기억납니다."

베르베르는 가족들에 대해 어떻게 생각할까? 그는 아버지 프랑수아와 어머니 셀린을 '훌륭한 여행가'라고 묘사했다. 제2차 세계대전 당시 프랑수아 베르베르는 독일 점령군을 피해 스페인으로 피난했고, 미국으로 건너가 군에 입대했다. 탱크 정비를 담당했던 그는 미국 군복을 입고 노르망디 상륙작전에 참가한 몇 안 되는 프랑스인 중 하나였다.

한편 1936년 벨기에에서 태어난 셀린은 조국에서 벌어진 전쟁을 온몸으로 경험했다. 당시 그녀는 마치 안네 프랑크처럼 임시 칸막이 뒤에 숨어 전쟁의 두려움에 떨었다.

전쟁에서 어렵게 살아남은 프랑수아와 셀린은 유럽이 나치로부터 해방되고 난 이후에 만났다. 두 사람은 시청에서 시장의 주례로 결혼식을 올렸다. 그때 셀린의 배 속에는 이미 첫아이 뮈리엘이 자라고 있었다. 툴루즈에서 장사를 하던 두 사람은 프랑수아의 아버지(베르나르의 친할아버지)가 전쟁 전에 하던 가게를 맡게 되었다. 간판에 적힌 가게 이름은 '실바'였다. 그리고 '여러분에게 잘 어울리는 실바 옷'이라는 광고문구가 달렸다. 두 사람이 운영하는 가게는 뚱뚱한 여성들이 입을 수 있는 옷을 팔았다. 프랑수아 가족은 툴루즈에서도 역사의 중심지인, 중세 분위기가 남아있던 골목길 트루아 방케 거리에 살았다. 13세기에 이곳에는 쇠고기를 해체하던 푸줏간 작업장이 세 곳 있었다. 여기에서 '트루아 방케Trois Banquets'라는 희한한 이름이 나온 것이다.

베르베르는 부모님에 대해 자세하게 늘어놓지는 않았지만 여느 부모님과는 달랐다고 말했다.

"아버지는 권위적인 성격이었지만 밖에서 일하는 시간이 너무 많아 막상 집에서 마주할 시간은 별로 없었습니다. 그렇다 보니 아버지는 학교 공부를 잘하라고 잔소리도 하지 않으셔서 편했습니다. 어머니는 좀 더 자상한 분이셨죠."

대신, 프랑수아는 어린 아들 베르나르에게 스케일이 큰 이야기를 들려주었다. 베르나르가 이런 스타일의 이야기를 좋아하게 된 것은 아버지에게 영향을 많이 받았다고 할 수 있다. 프랑수아는 잠자리에 든 베르나르에게 그리스 신화를 읽어주었다. 어린 베르나르는 상상의 나래를 펼칠 수 있는 이 순간을 아주 좋아했다. 프랑수아가 그리스 신화 다음으로 읽어준 책은 《세계의 이야기와 전설》이었다. 베르나르는 아버지가 읽어주는 이야기를 들으며 고대 전사들과 번쩍이는 갑옷, 그리고 이들이 이룬 고도의 문명에 빠져들었다.

그리고 베르나르는 아버지를 통해 바른 마음가짐을 배우기도 했다.

"아버지에게 〈스타워즈〉의 제다이처럼 명예를 존중하는 법, 이상을 지닌 신사가 되는 법을 배웠습니다. 아버지는 제게 바르게 행동해야 한다고 가르쳐주셨고, 이것은 해도 되고 저것은 하면 안 된다고 일러주셨죠."

어린 베르나르의 놀이 상대는 누나 뮈리엘이었다.

"누나는 오랫동안 저의 놀이 상대이자 안내자이고 선생님이었어요. 누나는 걷고 있는데 나는 제대로 서지도 못하고 있으니 어쩔 줄 모르겠더군요. 태어나서 처음으로 느낀 당혹감이었습니다! 어떻게 해서든 누나와 보조를 맞춰 읽고 쓰고 체스놀이를 해야겠다고 결심했죠. 당시에는 얼른 누나처럼 무엇이든지 잘하고 빨리 커야겠다는 생각으로 가득했습니다."

베르나르와 뮈리엘은 의자와 담요를 쌓아 비밀의 장소를 만들곤 했다. 베르나르는 그곳에 새둥지, 연필로 만든 비행기, 열쇠고리 같은 보물을 숨겼다.
베르베르는 어린 시절 자신의 모습을 어떻게 기억할까? '몽상적이고 혼자 있기 좋아하고 내성적인 아이'라고 스스로를 묘사했다. 그리고 그림에 특별히 재능이 있었다고 말했다.

"어머니는 저를 유명한 화가로 만들기로 결심하고 크레파스,

종이, 붓 등을 손에 쥐여주었습니다."

셀린은 유치원 선생님에게 베르나르가 미술적 재능이 있다고 강조했다.

"베르나르는 그림에 재능이 있으니 그쪽으로 교육을 시켜야 합니다. 베르나르가 그림에만 몰두할 수 있게 해주세요. 언젠가 화가가 될 아이예요. 베르나르가 재능을 키울 수 있게 도와주세요!"

유치원에는 나름의 규칙이 있었기 때문에 셀린은 선생님에게 사정하다시피 부탁해야 했다. 셀린은 베르나르가 다른 아이들과 놀이활동을 하기보다는 교실 한쪽 구석에서 마음껏 그림을 그리게 해야 한다고 확신했다. 베르나르에게도 그림 그리는 재능은 장점으로 작용했다. 그림 덕분에 베르나르는 여자아이들의 관심을 받았던 것이다.

"늘 제가 반한 여자아이가 한 명씩 있었습니다. 그 여자아이들의 마음에 들려고 더욱 열심히 그림을 그렸죠. 유치원을 다니던 어느 날 마르틴이라는 여자아이에게 마음을 빼앗겼는데, 마르틴은 저에게 전혀 관심이 없었습니다. 마르틴은 저의 첫사랑이었습니다. 이상하게도 당시 마르틴 때문에 저는 사랑의 열병에 시달렸고 마르틴에 대한 환상에서 벗어나지 못했습니다." 베르베르의 고백이다.[1]

---

1   나중에 세월이 흘러 베르베르는 우연히 첫사랑이던 마르틴을 다시 봤다. 그녀는 툴루즈의 어느 큰길에서 채소를 팔고 있었다.

그러나 베르나르가 누리던 특별한 혜택은 오래가지 못했다. 새로 온 유치원 선생님이 특별대우를 받는 베르나르를 보고 당황해하며 반기를 든 것이다.

"말도 안 됩니다. 베르나르는 다른 아이들처럼 모든 것을 배워야 합니다. 그림만 그리게 놔둘 수는 없어요."

이렇게 해서 어린 베르나르는 다른 아이들과 똑같이 배우게 되었다. 베르나르에게는 이런 현실이 충격으로 다가왔다.

"그때까지 저는 그림으로 어른들을 속일 수 있었는데 말이죠! 제 그림을 서로 보여주는 선생님들도 있었습니다. 하지만 권위 있는 어른들을 속이는 것이 저의 목표는 아니었습니다. 다만 또래 아이들과 다른 대우를 받는 상황이 짜릿했을 뿐입니다. 그리고 저는 사실 그림에 특별한 재능이 있었던 것은 아닙니다. 과장하는 것이 저의 단점이기도 하죠."

어린 베르나르가 주로 상상하는 것은 말 타는 기사들이 펼치는 모험이었다. 아마도 아버지가 읽어준 그리스 신화의 영향을 받은 것이리라. 이번에도 셀린은 그런 아들을 자랑스러워하며 호들갑을 떨었다. "이것 보세요, 아직 어린 베르나르가 말 그림을 그려요!"

어린 베르나르가 끝없이 몰두하는 또 다른 테마는 우주선이었다. 베르나르는 언젠가 우주선을 만들어 친구들과 함께 지구에서 멀리, 아주 멀리 떠나고 싶다는 소망을 품었다.

베르베르의 말에 따르면, 꼭 SF 영화를 봐야지만 이런 마음이 드는 것은 아니라고 한다.

"가능하다는 말을 듣고 싶었을 뿐입니다. 나중에라도 지구를 떠날 수 있게 우주선을 그렸습니다! 정확히는 열다섯 살 때까지 우주선을 그렸어요."

왜 이토록 베르나르는 지구를 멀리 떠나고 싶어 했을까? 어른 들이 강요하는 일상의 규칙이 너무나 싫었기 때문이다.

"제가 처음으로 벌인 투쟁은 고기를 먹지 않겠다는 것이었습니 다. 고기를 보면 살아있던 동물의 사체라는 생각만 들었거든요. 먹 기 싫다고 했는데도 부모님은 제게 억지로 고기를 먹이셨습니다. 그때마다 마치 먹어서는 안 되는 음식을 밀어 넣는 기분이었죠." 잠시 베르베르는 토하는 듯한 시늉을 했다.

베르나르는 입속에 있던 고기를 몰래 뱉어 가구 안에 숨겼다. 하 지만 소용없었다. 셀린이 베르나르가 뱉은 고깃덩어리를 찾아낸 것이다. 이 때문에 베르나르는 어머니와 크게 싸울 때도 있었다.

"만만치 않은 싸움이었지만 결국 제가 물러섰죠." 베르베르가 말했다.

결국 어린 베르나르는 직접 만든 우주선을 타고 싫어하는 것을 강요하는 이 지구에서 탈출해 멀리 떠나고 싶다는 꿈을 꾸었다.

"당시에는 나름 심각했습니다. 그래서 우주선과 관련된 기술적인 부분을 자세히 알아보게 되었죠. 태양빛으로 움직일 수 있는 우주선을 만들고 싶었습니다. 친구 한 명이 태양열 우주선을 만들려면 커버가 납, 황금, 구리로 되어있어야 한다고 말해주었습니다. 그래서 원하는 우주선의 모양을 자세히 스케치했습니다."

디즈니 만화에는 자이로 기어루스(디즈니 만화에 등장하는 발명가 닭-옮긴이)가 주변의 재료로 우주선을 만들려고 시도하는 장면이 나온다.

"한때 저희 집에는 다락방이 있었습니다. 그래서 저는 다락방에서 특별 우주선을 만들기로 했죠. 친구와 저는 1제곱미터의 널빤지를 구했습니다. 저는 우주선에 들어갈 핸들, 의자, 제트 엔진용 파이프 등을 만들었습니다. 쓸모없는 물건들을 잔뜩 모아 그 위에다가 저의 발명품을 얹어놓았습니다. 다락방에 들어가 친구들을 제 우주선에 태우고 저는 운전석에 앉아 대모험을 상상할 때 정말 즐거웠습니다."

1966년 여름, 이상한 일이 일어났다. 베르나르가 카네앙루시옹

거리를 걷고 있을 때 손을 잡고 있던 어머니가 갑자기 쓰러져서 움직이지 않았다. 베르나르는 당황하며 주위를 살펴보았다. 사람들은 바닥에 쓰러져 있는 베르나르의 어머니를 알코올 중독자라고 생각하고 그대로 지나쳤다. 베르나르는 강가에 있는 누나에게 달려가 외쳤다.

"엄마가 죽었어!"

"무슨 바보 같은 소리를 하는 거야?" 누나 뮈리엘이 큰소리로 대답했다.

베르나르와 뮈리엘은 엄마가 쓰러진 곳으로 갔지만 그곳에 엄마가 보이지 않아 깜짝 놀랐다! 당황한 남매는 한참 동안 엄마를 찾아다녔다. 그리고 마침내 가까운 식당에서 엄마를 찾아냈다. 어떻게 된 일일까? 다행히 누군가 일사병으로 쓰러진 엄마를 그늘로 옮겨주었던 것이다. 엄마를 구해준 사람이 이야기를 들려주었다. 그 사람은 셀린의 이마 위에 물컵을 갖다 대었다고 한다. 그러자 셀린의 입에서 거품이 뿜어져 나오고 곧 정신을 차린 것이다. 어린 베르나르가 깊이 영향을 받은 사건이었다.

당시 베르나르는 언젠가 위대한 과학자가 되고 싶다는 생각을 했는데, 이 사건으로 그 생각은 더욱 강렬해졌다. 베르나르가 다섯 살이 되었을 때 셀린은 50프랑을 들고 마르시의 영매를 찾아갔다. 영매는 이런 예언을 했다.

"손님의 아이들이 보입니다. 한 명은 흰 가운을 입고 있고, 또 한 명은 흰 가운을 입고 있지 않네요."

집으로 돌아온 셀린이 영매의 예언을 들려주자 프랑수아는 그런 아내를 한심하게 생각하며 한 소리 했다.

"뭐? 영매에게 돈을 쓰다니!"

하지만 베르나르는 누나와 자기 중 누가 흰 가운을 입게 될지가 궁금할 뿐이었다! 베르나르는 '과학자'가 되고 싶었다! 그러나 베르나르의 학교 성적은 그다지 좋지 않았다.

"우선, 저는 근시였는데 아무도 눈치 채지 못했습니다. 칠판에 적힌 내용이 잘 안 보였거든요! 다행히 어느 순간, 누군가 제가 눈이 잘 안 보인다는 것을 알아차렸죠."

또 다른 문제가 있었다. 베르나르는 암기에 약했던 것이다. '무조건 암기', 암송, 꽃 이름, 중요한 역사 사건의 연도는 베르나르의 분야가 아니었다. "베르나르, 칠판 앞으로 나와서 '귀여운 아이야, 롱사르의 장미를 보러 가자.'라는 문장을 따라 해보렴."이라는 선생님의 말을 들은 베르나르는 눈앞이 하얘졌다.

"암기는 저의 아킬레스건입니다. 지금도 사람 이름, 제 신용카드 번호, 현관문 비밀번호를 잘 외우지 못합니다."

그렇다고 베르나르가 열등생이었던 것은 아니다. 성적은 중간 정도였다.

"반에서 꼴찌는 되지 않으려고, 다른 아이들보다 지나치게 뒤처지지는 않으려고 애썼습니다. 마음을 편히 먹어야 재능을 발휘하는 성격이었습니다. 그래서 선생님이 수업을 따라오기만 하면 된다고 해도 저는 그것조차 힘들 때가 있었습니다. 저는 열정을 전달할 줄 아는 선생님들하고 수업을 해야 결과가 좋았습니다. 열정을 전달하고 창의력을 발휘할 수 있도록 힘을 주는 선생님이라면 수업료가 아무리 비싸도 돈이 아깝지 않은 법이죠! 뿐만 아니라 창의력을 발휘할 수 있는 자유로운 주제가 나오면 점수를 잘 받았습니다."

셀린은 베르나르가 여섯 살 정도 되었을 때 피아노 앞에 앉혔다. 그러나 여기서도 베르나르의 기억력이 발목을 잡았다. 셀린은 베르나르에게 직접 피아노를 가르치기보다는 다른 선생님들에게 맡기고 싶었다.

"피아노 선생님들은 하나같이 기분 나쁘고 엄하게 혼내기만 했어요. 피아노를 치는 한 시간 동안 꾸중만 들었죠. '숙제 안 했구나! 피아노 치는 것 복습 안 했네! 피아노 연습 꼭 해야 되는데 안 했구나! 16분 음표 있는 거 안 보여?' 이런 꾸지람만 한 시간 동안 들었습니다. 피아노 수업 받기 싫어서 아팠으면 좋겠다는 생각까지 했습니다. 피아노는 제게 악몽으로 남아있습니다."

"나중에는 기타를 배우기 시작했는데, 기타 선생님들은 하나같이 친절하고 온화했습니다. 그런 선생님들에게 기타를 배우니 마치 파티처럼 즐거웠죠."

스포츠는 베르나르와 맞지 않았다. 그에게 집단활동은 괴로움 그 자체였다. 특히 축구가 그랬다.

"축구경기가 있었습니다. 저와는 별 상관도 없어 보여서 애거사 크리스티의 《그리고 아무도 없었다》를 가져갔습니다. 책을 읽고 있는데 공이 휙 지나갔습니다. 같은 팀 아이들이 저에게 공을 잡지 않고 뭘 했냐며 한 소리 하더군요. 그래서 저는 나와는 관계없는 일이라고 아이들에게 대답했죠."

베르나르는 같은 반 아이들 사이에서 어떤 존재였을까? 이야기꾼으로서 말이다.

"학교 운동장에서 아이들에게 이야기를 생생하게 들려줄 때 즐거웠습니다. 환상적이기도 하고 으스스하기도 한 이야기를 몸짓으로 생생하게 연기까지 하면서 들려주었습니다. 골족의 음유시인이나 아프리카 부족의 그리오(구승 시인)와 비슷한 존재였죠. 이야기로 집단의 관심을 끄는 그런 사람이요."

피에르 페레는 〈여름캠프〉라는 멋진 노래를 불렀다. 당시 여름 캠프가 유행이라 많은 학부모들이 아이들을 캠프에 보내고 잠시나마 자유로운 시간을 누렸다. 베르나르도 여름캠프를 피해 갈 수는 없었다. 그러나 베르나르에게 여름캠프는 공포였다. 잘 모르는 아이들 사이에 있는 것도 어색했지만 더욱 끔찍한 것은 그림을 그리거나 이야기를 들려줄 기회가 없다는 것이었다. 미칠 듯이 지루했던 베르나르는 다시는 여름캠프에 가고 싶지 않다고 생각했다.

어느 여름, 베르나르는 여름캠프 대신 돈 안 드는 다른 활동에 참가하겠다고 말했다. 그래서 7~8월은 코트 파베에 있는 할아버지와 할머니의 별장에서 지내기로 했다. 툴루즈 언덕에 있는 주택가 코트 파베는 '툴루즈의 뇌이유'라고 불린다.

베르나르는 코트 파베로 갔다. 할아버지는 정원을 가꾸고 할머니는 청소를 했다. 심심했던 베르나르는 두 가지 놀이를 했다. 하나는 다이애나 리그가 나오는 오후 드라마 〈멜롱 모자와 가죽 부츠〉를 보는 일이었다. 또 하나는 잼병을 들고 정원으로 가서 그 안에 개미집을 담는 일이었다.

"어느 정도 시간이 지나자 개미들에게는 공기가 필요하다는 것을 알았습니다. 그래서 구멍을 뚫어주었죠! 그리고 개미들에게 어떻게 먹이를 주어야 하는지도 알게 되었습니다. 그리고 또 하나 알게 된 사실이 있었습니다. 개미들이 늘 힘이 없는 이유가 여왕개미가 없어서였죠."

베르나르와 개미의 인연은 이렇게 시작되었다. 베르나르는 개미를 관찰할수록 점점 더 빠져들었다. 개미들은 도시를 관리하며 각자의 자리를 지키는 것 같았다. 베르나르는 정원에 사는 다른 생물들에게도 호기심을 느꼈다.

"올챙이도 길렀습니다. 축축한 흙 옆에 웅덩이가 있었죠. 그곳에서 관찰한 올챙이의 세계는 놀라웠습니다. 강한 올챙이가 약한 올챙이를 잡아먹었어요. 약한 올챙이를 먹어 치운 강한 올챙이들이 개구리가 되었습니다. 학교라는 세상도 올챙이의 세계와 비슷했습니다. 강자가 약자를 잡아먹으니까요."

하지만 개미들의 세상에서는 가혹한 약육강식의 모습이 보이지 않았다. 개미는 부상당한 동료가 있으면 도와주었고 그 어떤 동료도 모른 채 놔두지 않았다. 그리고 문제가 생기면 개미들은 힘을 합쳤다.

"개미들 사이에서는 힘이 아니라 협력이 중요했습니다. 개미들은 서로 친구처럼 보였습니다. 매력적인 모습이었죠."

일곱 살이 되자 베르나르는 수학에 재미를 붙였다. 선생님 한 분을 잘 만난 덕분이었다. 생각지도 못하게 수학 점수를 잘 받았고, 반에서 수학을 제일 잘하는 학생이 되기도 했다.

"그 선생님 수업에서만 있었던 일입니다. 이후 선생님이 바뀌면서 다시 점수가 내려갔습니다."

베르나르가 수학에 두각을 나타내던 시절, 더 높은 수학 점수를 받는 베아트리스라는 여자아이가 있었다. 연대장 아버지를 둔 베아트리스는 푸른 눈을 한 소녀였다. 베아트리스의 뛰어난 계산 실력에 베르나르는 깊은 인상을 받았다. 둘 사이에는 순수한 사랑의 감정이 싹텄고, 베르나르는 베아트리스에게 꽃다발까지 주었다.

"우리 둘 다 어렸는데도 이다음에 커서 결혼하자는 약속까지 했습니다. 신기한 일이죠. 둘 다 산수를 잘하는 학생이어서 미래도 계획대로 될 것이라 생각했나 봅니다. 결혼하면 두 사람의 산수 재능이 합쳐지는 셈이죠. 하지만 이듬해에 베아트리스는 연대장 아버지와 함께 이사를 갔고, 그 후로 다시는 베아트리스를 보지 못했습니다!"

1968년 5월……. 파리에서 대학생들이 바리케이드를 세웠다. 프랑스 여기저기서 젊은이들의 이상과 맞지 않는 권력에 대해 투쟁이 일어나던 시기였다. 다른 지방 사람들과 마찬가지로 베르나르도 TV에서 시위 현장을 보며 두려움에 떨었다. 툴루즈 거리에서도 시위자들이 행진할 때가 있었다. 베르나르는 어리둥절하며 부모님에게 시위 구경을 가도 되냐고 물었다. 그러자 부모님의 대답은 간단했다.

"음……. TV에서 봐도 되잖니."

"아버지는 무슨 일이 벌어졌는지 설명해 주면서도 무엇이 옳고 그른지는 딱 부러지게 말씀해 주지 않았습니다. 그냥 전반적으로 시스템에 불만이 있어서 새로운 시스템을 제안하는 젊은 사람들이 있다고 했습니다. 하지만 정부는 혼란스러운 사태가 되지 않기를 바란다고 했고요."

베르나르에게는 68운동과 관련해 감상적인 추억이 하나 생겼다. 음악에 대한 추억이었다. 그때까지 베르나르는 쇼팽이나 베토벤과 같은 클래식 음악만 알고 있었다.

"프로코피예프도 있습니다. 그의 음악은 현대적이었어요. 저는 책을 쓸 때도 프로코피예프 음악을 계속 들었습니다. 영화 〈스타워즈〉와 존 윌리엄스에게 영향을 준 음악이거든요."

그때까지만 해도 베르나르는 대중음악을 듣지 않았다. 하지만 시대를 뒤흔드는 음악의 열기에 베르나르라고 어떻게 저항할 수 있었겠는가. 1968년 5월, 베르나르는 세계적으로 유명한 그룹을 뒤늦게야 알게 되었다. 비틀스였다.

"제일 처음에 빠진 노래가 〈레이디 마돈나〉였고, 그다음에는 〈헤이 주드〉였습니다. 이후에는 엘튼 존 음악을 들었고요."

"비틀스나 엘튼 존은 팝&록 음악이었습니다. 대중음악을 초월하는 예술적인 음악이었고, 클래식 음악이 발전된 형태였죠."

"제게 1968년 5월은 무엇보다도 새로운 형태의 음악과 만난 시기였습니다."

베르나르도 비틀스의 매력에 빠졌던 것이다. 비틀스의 멜로디는 뜨거운 열기를 폭발시킨다. 존 레논의 노래를 통한 혁명은 분명 흔적을 남길 것이고 세상은 더 나아질 것이다.

글쓰기를 통한

치유

개인마다 자신이 지닌 재능, 그리고 무수히 많은 사람들 사이에서 눈에 띌 수 있는 기회를 발견해야 한다. 그림자 연극처럼 삶을 살아가는 사람들은 이 숨어있는 금광을 발견하지 못한다. 마치 호수 바닥에 잠든 것처럼 우리가 미처 알아보지 못했던 재능이 어떤 계기로 모습을 드러내기도 한다. 마치 가방 안에서 세상으로 뛰쳐나올 날을 기다리는 기발한 물건들처럼 말이다. 우리 안에는 답답한 새장에서 나와 훨훨 날아오를 기회를 기다리고 있는 재능들이 얼마나 많이 숨어있을까?

베르나르는 일곱 살 때 수업을 받다가 우연히 그 불꽃이 번뜩였다. 그날 프랑스어 선생님은 학생들에게 자유 주제로 에세이를 써 오라고 했다. 어린 베르나르의 상상력은 즉시 그 부름에 응답했다. 베르나르는 '어느 벼룩의 추억'이라는 에세이를 썼다.

"벼룩이 산을 타는 산악인처럼 인간의 몸을 어떻게 등반했는지에 관해 썼습니다. 벼룩은 사람의 발부터 올라가다가 우물처럼 생긴 배꼽 안으로 떨어진 다음 숲과 같은 머리카락 속으로 들어갔죠." 베르베르가 그때 쓴 에세이의 내용을 떠올리며 들려주었다.

프랑스어 선생님은 베르나르의 에세이에 보통 정도의 점수를 주었으나 개성 넘치는 글을 칭찬했다.

"네가 쓴 에세이를 보고 왜 웃었는지 아니? 순수한 독서의 즐거움을 느꼈기 때문이야. 너의 에세이를 여러 번 다시 읽고, 주변 사람들에게도 읽어주었어. 하지만 맞춤법이 다섯 군데나 틀렸기 때문에 안타깝게도 이 부분에서는 점수를 깎을 수밖에 없었단다. 베르나르, 맞춤법에 좀 더 신경을 쓰면 점수를 더 잘 받을 수 있을 거야."

마냐니무 선생님은 이렇게 베르나르를 격려해 주었다. 선생님이 보기에 베르나르에게는 서스펜스를 잘 다루는 환상문학 작가가 될 자질이 있었다. 특히 선생님은 베르나르의 에세이에서 예상치 못한 이야기 전개에 칭찬을 아끼지 않았다. 벼룩이 미처 상황

파악을 하기도 전에 사람의 손가락에 뭉개져 죽는 결말이었다!

이번 에세이 숙제가 너무나 재미있었던 베르나르는 다음 숙제 때 쓸 내용을 미리 구상해 보기도 했다. 선생님은 베르나르에게 맞춤법 외에 한 가지도 주의하면 좋을 거라고 일러주었다.

"한 가지만 말할게. 베르나르, 에세이의 첫 문장이 애매해. 왜 내가 이렇게 말하는지 언젠가는 이해하게 될 거야."

선생님이 지적한 첫 문장은 이러했다.

'나는 벼룩 아버지와 벼룩 어머니 사이에서 태어났다.'

자신의 글을 평가하는 선생님의 칭찬과 관심에 이야기꾼을 꿈꾸던 베르나르는 마음이 뜨거워졌다.

"처음으로 내가 그렇게 형편없는 존재는 아니라고 느꼈죠."

펜으로 빛을 발하게 된 두 번째 기회가 찾아왔다. 베르나르는 사자의 입장에서 본 사파리의 추억을 썼다. 베르나르는 역할을 뒤바꿔 기존의 코드를 깨는 방식으로 글을 썼다. 사냥꾼이 아니라 사냥꾼에게 쫓기는 동물을 화자로 삼은 것이다.

"어린아이의 시각에서 벗어나 독창적인 외부의 관점을 내세우자는 아이디어가 떠올랐습니다. 사자가 어떻게 사냥꾼들의 존재를 알아차렸고, 어떻게 끝을 맞았는지 이야기를 들려주었습니다."

이번 에세이에도 맞춤법 실수가 너무 많았다. 선생님은 맞춤법 부분에서는 0점을 줄 수밖에 없었다. 하지만 베르나르가 보여준 이야기꾼으로서의 재능에 흥분했다. 이번에는 셀린과 프랑수아에게 이 사실을 알렸다.

"베르나르는 재능이 있습니다. 글 쓰는 실력이 훌륭합니다."

베르나르가 글쓰기에 재능이 있다는 선생님의 말씀에 셀린은 자랑스러워했다. 셀린은 베르나르의 에세이 두 편을 상패처럼 간직하고 친구들에게 보여주며 자랑했다. "베르나르가 쓴 글 좀 봐!"

"뿌듯했습니다. 어머니를 실망시키지 않겠다는 생각을 했죠. 어머니 덕에 저는 예술가가 된 기분이었고 창의력을 발휘할 수 있을 것 같은 생각이 들었습니다. 피아노 배우는 것은 실패했기 때문에 그 대신 무엇인가를 해내고 싶다는 마음이 강해졌던 것 같습니다."

"퍼즐의 몇 가지 요소가 결정적이었습니다. 암기력이 별로였던 저는 그쪽 길로는 가면 안 된다는 생각이 들었습니다. 반대로 상상력을 소중하게 생각하는 선생님 덕에 제가 가야 할 길을 알게 됐습니다. 바로 창의력을 발휘하는 일이었죠."

베르나르는 글의 분위기를 바꿔보았다. 베르나르가 세 번째 글로 쓴 단편소설은 완전히 다른 방식으로 발전했다. '마법의 성'이라는 제목의 이 소설은 안에서 살고 있는 사람들을 먹어 치우는 무서운 저택의 이야기였다.

베르나르는 끈을 당겼다 긴장감을 풀어줬다 하는 소설가로 이미 변신해 있었다. 어떤 일이 있었기에 베르나르는 부알로 나르스자크(프랑스의 두 추리작가 P. 부알로와 T. 나르스자크가 공동 작품을 발표할 때 쓴 필명-옮긴이) 같은 글을 쓸 수 있게 된 걸까?

답은 에드거 앨런 포였다. 베르나르는 포의 《기담》을 읽고 할 말을 잃고 말았다. 특히 포의 《모르그가의 살인사건》은 대단한 작품이었다.

"에드거 앨런 포는 음모를 수학 퍼즐처럼 만든다는 점에서 놀라웠습니다. 《모르그가의 살인사건》은 범죄가 어떻게 발생했는지 이해하기가 어려운 미스터리 소설입니다. 특히 포는 이 소설이 실화를 바탕으로 하고 있다고 했으니 더욱 놀라웠죠. 소설의 전개는 밀실에서 이루어집니다. 때는 1870년. 어느 모녀가 닫힌 방에서 죽은 채로 발견됩니다. 여자는 칼에 찔렸고 그 여자의 딸은 벽난로 안에 방치돼 있었죠. 이해할 수 없는 이상한 사건입니다. 소설을 읽으면서 범죄가 어떻게 일어났는지 열심히 생각했지만 저는 결국 풀지 못했습니다."

소설 속 수사관들도 미궁 속에 빠진 사건 앞에서 아무 말도 하지 못했다.

사건의 실체는 무엇이었을까? 오랑우탄 한 마리가 서커스에서 탈출해 면도칼을 들고 여자 한 명을 죽였다. 지붕 위를 돌아다니던 오랑우탄은 거울을 보는 또 한 명의 여자를 발견하고는 면도칼로 또다시 장난을 치고 싶어졌다. 여자가 반항하자 오랑우탄은 면도칼로 그 여자의 목을 그었던 것이다.

《모르그가의 살인사건》에서는 계속 반전이 이어졌다.

"에드거 앨런 포가 들려주는 이야기는 그야말로 즐거움 그 자체였습니다. 사건을 해결하는 방법이 숨어있었으나 저는 찾지 못했습니다! 독특한 실마리를 지닌 수수께끼에 감동했죠!"

베르나르도 환상적인 기담을 상상해 내려고 노력했다. 에드거 앨런 포는 환상적인 기담을 풀어내는 놀라운 능력을 갖추고 있었다.

"구성이 탄탄한 무서운 이야기를 쓰고 싶었습니다. 범죄수사, 밀실살인사건 같은 이야기 말이죠."

〈마법의 성〉은 말하자면 베르나르의 데뷔작이었다. 이어서 그는 〈메나르와 타르팽의 수사〉로 상상력을 마음껏 발휘했다. 베르나르는 4페이지짜리 이 짧은 이야기에서 가짜 단서와 진짜 단서를 동시에 교묘하게 배치하는 기법을 선보였다. 평소에 베르나르가 관심을 갖고 있던 기법이었다. 진짜 단서를 찾는 것은 독자의 몫이었다.

얼마 지나지 않아 베르나르는 또 한 편의 소설에서 문학적인 짜릿함을 느꼈다. 쥘 베른이 쓴 《신비의 섬》이었다.

"에드거 앨런 포와 쥘 베른의 소설은 제가 처음으로 읽은 삽화가 없는 책이었습니다. 《신비의 섬》을 처음 읽었을 때가 여덟 살에서 아홉 살이었던 것 같습니다. 그 후로도 이 소설을 여러 번 읽었죠. 단체생활의 경험을 새로운 시각으로 그린 난파선의 모험이 흥미로웠거든요. 《신비의 섬》은 무인도에 가져가고 싶은 책 목록에 들어갑니다."

베르나르는 쥘 베른과 같은 작가들의 소설을 읽을 때 '취할 수도 있다'는 사실을 깨달았다. 마약처럼 이성을 마비시키는 소설.

"소설을 읽으면서 제가 어디에 있는지, 주변에 무슨 일이 있는지, 제가 안고 있던 문제가 무엇인지 전부 잊어버렸습니다. 예술은 현실을 잊게 해주죠."

"당시 저는 외로움에 몸부림치고 있었습니다. 사람들과 어울리지 못했던 시절이 몇 년 있었습니다. 제 곁에는 상상력만 있었습니다. 그런 제게 책은 마음의 양식이었습니다. 책은 저의 친구이자 탈출구였죠."

한창 호기심을 채울 나이의 베르나르는 새로운 잡지를 하나 만나게 된다. 베르나르의 과학자 기질을 일깨우는 잡지였다. 1969년 2월 24일 월요일에 창간된 《피프 가제트Pif Gadget》는 독자들에게 갖가지 실험을 제안했다. 작은 알을 용기에 넣고 갑각류로 변신하는 과정을 관찰하는 실험, 마이크로 로켓을 만드는 실험, 식물을 재배하는 실험 등 잡지에서 알려주는 실험의 종류는 다양했다. 놀라움에 이어 감탄을 느낄 수 있는 실험들이었다. 잡지가 나올 때마다 수많은 아이들이 열광했다. 베르나르도 그 중 하나였다. 이어서 또 다른 잡지 《투 뤼니베르Tout l'Univers》가 베르나르를 사로잡았다. 베르나르는 잡지에서 알려준 방법에 따라 자신만의 망원경을 만들었다.

1969년 7월 21일, 닐 암스트롱은 최초로 달 위를 걷는 인간이 되었다. 베르나르는 며칠 전부터 이 순간을 학수고대하고 있었다. 로켓 발사 장면을 본 그는 인류 문명에 새로운 희망이 싹트고 있다는 느낌을 받았다.

달 착륙선 이글호는 프랑스 시간으로 3시 56분 15초에 달 표면의 '고요의 바다'에 도착했다. 제비뽑기에 따라 암스트롱이 먼저 달에 내려갔다. 한 시간 후에는 동료 비행사 버즈 올드린이 그 뒤를 따랐다. 두 비행사는 151분 동안 달을 밟았다. 두 사람은 측정 장비를 설치해 21.7킬로그램의 암석을 모았다. 전 세계의 TV에서는 두 사람의 달 탐사 현장을 담은 흐릿한 영상이 천천히 깜박였다. 그날 밤 베르나르는 높은 산 위에 홀로 서있는 어느 호텔에 묵고 있었다.

"사방에 양들이 있었는데 배설물 냄새가 났습니다. TV는 식당 테이블 위에 놓여 있었죠. 우리 가족은 최초로 달을 밟은 인간의 모습을 TV로 봤습니다. 화면이 흐릿해서 제대로 보려고 잠시 멈췄습니다."

어린 베르나르는 인류의 역사적인 순간을 TV로 경험하고 있다고 생각했다.

"이런 생각이 들었습니다. 나의 마음을 울리는 것, 감정, 생각보다 인간이 순식간에 멀리 가는 순간, 이렇게 인간은 새로운 국경을 발견한다는 생각이었죠."

툴루즈로 돌아온 베르나르는 별의 신비, 빅뱅, 블랙홀을 제대로 알기 위해 우주 박물관을 자주 찾았다.

소년 베르나르는 자신이 가고 싶은 길을 일찌감치 알았다. 그는 영상을 보면서 곧바로 발명가들에게 공감했다. 개미를 연구하고, 천문학에 몰두하고, 자신만의 망원경을 만드는 발명가……. 영매가 예언한 대로 베르나르는 자신이 과학자가 될 것이라고 생각했다!

언젠가 존 레논이 이런 말을 했다. "원래 세웠던 계획과는 다르게 돌아가는 것이 인생입니다."

생각지도 못한 사건으로 운명이 달라질 수 있다. 어느 화창한 아침, 베르나르는 운명의 소용돌이가 부르는 소리를 느꼈다. 볼링장에 서있는 핀이 된 느낌이었다. 하지만 베르나르의 운명을 바꾼 것은 어떤 커다란 갈등이 아니라 내면의 뒤틀림이었다. 마치 에덴동산에 저절로 피어난 악의 꽃처럼 말이다.

어느 날 아침 베르나르는 잠에서 깨어났지만 일어날 수가 없었다. 베르나르는 부모님의 방으로 엉금엉금 기어가서 일어서지 못하겠다고 말했다. 부모님은 어떤 반응을 보였을까?

"베르나르, 영화 좀 그만 찍어."

"어서 일어나!"

부모님이 장난 좀 그만 치라고 소리쳤지만 소용없었다. 베르나르는 정말로 등이 아팠다. 의사 여러 명을 찾아갔지만 하나같이 고칠 방법이 없다고만 했다. 엑스레이를 찍어봐도 특별한 이상이 나타나지 않았다. 학교는 가야 했기에 베르나르는 지팡이를 짚었다. 학교에서 튀지 않으려면 다른 수단이 있으면 좋으련만, 당장에는 지팡이밖에 없었다.

"당시에는 안경을 낀 학생들이 거의 없었습니다. 그래서 저는 이미 아이들 사이에서 '안경잡이'로 통했습니다. 안경을 끼면 지적인 분위기도 납니다. 그런데 이번에는 몸에 마비가 와서 지팡이까지 짚고 갔으니! 그런 제 모습이 아이들에게는 기괴해 보였을 겁니다."

당시 의학 지식으로는 베르나르의 등 통증이 풀기 힘든 수수께끼였다. 그 어떤 전문가도 베르나르가 왜 갑자기 일어서지 못하는지 도무지 알지 못했다. 심지어 어느 전문가는 자신의 무지함을 그럴듯하게 감추기 위해 베르나르가 학교에 가기 싫어 꾀병을 부리고 있다는 이야기까지 했다.

얼마 후 의사는 베르나르에게 HLA-B27 검사를 받아보라고 했다. 면역학자 장 다셋이 발견해 '강직성 류머티즘 관절염'이라는 이름을 붙인 질병이었다. 장 다셋은 세포 연구로 노벨상을 수상하기도 했다.

이것은 도대체 어떤 병일까? 유전자 코드에는 HLA-B27이라는 특정 위치가 있는데 이것에 양성과 음성이 있다. 베르나르는 양성 HLA-B27을 지니고 있었다. 그래서 예전부터 대대로 내려오던 유전병이 발병하게 된 것이다.

"근친결혼으로 생긴 유전병일 수도 있습니다." 베르베르가 추리하듯이 말했다. "조상들은 폴란드의 같은 마을에서 매우 오랫동안 살았기 때문에 사촌들과 결혼을 했을 수 있습니다. 근친결혼이 계속되다 보니 유전자에 이상이 생겼을 수 있죠."

안타깝게도 유전병이라서 확실한 치료법이 없었다. 이 병을 앓는 환자들은 뼈가 딱딱하게 굳어버리는 고통을 겪게 된다. 예상되는 결과는 두 가지였다. 물론 모두 고통스러운 결과였다. 평생 앉아있거나 누워서 살아야 한다는 것이다.

당분간 의사들은 어린 베르나르를 기니피그 같은 실험동물로 사용해 이런저런 시도를 하면서 몰랐던 사실을 배워갔다. 베르나르는 물리치료사 프랑수아즈 메지에르가 고안한 자세교정 요법, 주사치료, 에센셜 오일 요법, 항염증제 투약, 소금주사 요법, 침술 등 수없이 많은 희한한 치료를 받았다.

담당의사가 아직 효과가 입증되지 않은 새로운 방법을 테스트하겠다고 말할 때마다 베르나르가 할 수 있는 선택은 많지 않았다. 독한 항염증제로 위에 구멍이 뚫릴까 봐 적당한 양만 복용하겠다는 선택 정도였다. 베르나르다운 매력적인 발상이었다.

실제로 미래의 작가 베르나르는 스스로 효과적인 치료법을 찾아냈다. 그 치료법은 바로 글쓰기였다.

"불행한 처지라는 생각이 들 때는 등이 계속 아팠습니다. 하지만 단순히 기분이 우울할 때는 짧은 이야기를 썼죠. 그러면 훨씬 나아졌습니다. 그래서 글쓰기 치료법을 생각한 것입니다. 혼자서 심심할 때는 종이와 연필을 꺼내어 무작정 글을 쓰고 작은 삽화를 그렸습니다. 저는 이것을 글쓰기 테라피라고 부릅니다."

"짧은 이야기를 쓸 때는 마치 꿈을 꾸는 기분입니다. 영혼이 몸에서 빠져나오는 것 같죠. 더 이상 육체 안에 갇혀 있는 죄수가 되지 않는 것 같습니다. 글을 쓸 때는 저의 영혼이 자유롭게 훨훨 날아다닙니다. 실제로 치료효과가 있죠. 글을 쓰지 않았다면 우울하고 불만이 가득한 어린 시절을 보냈을 겁니다."

음악 중에서 베르나르가 열중한 것은 비틀스와 엘튼 존이었다. 그리고 1971년 어느 날, 산에서 베르나르는 어느 십대 소년이 들려준 앨범을 알게 되었다. 제네시스의 세 번째 앨범 〈너서리 크라임Nursery Crime〉이었다.

"그 음악을 들었을 때 스탕달 증후군에 걸린 것 같았습니다. 아름다움 앞에서 받는 충격의 순간이었죠. 마치 최면에 걸린 것처럼 저의 척추가 진동하기 시작했습니다. 조만간 일어날 기적처럼 다가왔습니다. 왜 그런지는 알 수 없었지만 제네시스의 그 앨범은 어떤 글귀처럼 느껴졌죠. 다소 난해하고 날카롭고 복잡하며 우울한 세계관을 지닌 음악입니다."

제네시스의 음악과 환상적인 자켓에 이끌린 베르나르는 가사를 제대로 이해하고자 영어를 배우고 싶다는 생각을 했다. 〈큰멧돼지풀의 귀환〉이라는 곡은 영국 전역에 퍼지고 있는 독초에 관한 노래였다. 〈너서리 크라임〉 앨범은 환상과 록의 만남이었다.

베르나르는 아버지에게 생일선물로 책을 한 권 받았는데 문명을 발전시킨 위대한 사람들에 관한 위인전이었다. 나폴레옹, 아인슈타인, 예수, 프로이트 등의 이야기가 담겨 있었다. 베르나르는 이 중 지그문트 프로이트에게 호기심이 생겼다. 베르나르는 프로이트의 방대한 책《정신분석학》을 읽기 시작했다.

어느 날 작은아버지가 그런 베르나르를 보고 놀라워했다.

"열세 살짜리가 프로이트를 읽는다고? 무슨 내용인지 제대로 이해가 되니?"

놀란 작은아버지가 셀린과 프랑수아에게 이야기했다.

"베르나르가 프로이트를 읽던데요!"

베르나르는 인간의 정신에 대한 연구를 마치 미제사건을 수사하듯 풀어가는 프로이트의 방식에 흥미를 느꼈다.

"어쨌든 환자들의 이야기가 나와서 소설처럼 재미있게 읽었습니다." 베르베르는 애거사 크리스티, 에드거 앨런 포, 프로이트 사이의 연결고리를 찾고 싶은 듯 이렇게 표현했다.

등의 통증은 일시적으로 나아진 듯했으나 또 다른 운명 같은 상황이 기다리고 있었다. 당시 병원에 입원해 있던 여든둘의 친할아버지 이지도르는 자신이 죽게 내버려 두길 바라는 듯했다. 마지못해 괴로운 치료를 견디고 있는 할아버지의 모습에 베르나르는 슬픔을 느꼈다.

"할아버지는 임종을 맞기까지 오랜 시간이 걸렸습니다. 몸에 호스를 꽂은 채 생명을 유지하고 있었죠. 임종을 앞둔 어느 날 할아버지를 뵈었습니다. 평화롭게 당신을 놔두지 않는다며 화를 내시더군요. 폐에 물이 차서 치료를 받고 있었는데 너무 괴로운 일이었습니다. 할아버지는 치료를 더 이상 견디기 힘들어하셨습니다."

"할머니는 할아버지를 살려야 한다고 소리를 높이셨지만, 할머니의 고집에는 무엇인가 불분명한 것이 있었습니다. 할아버지의 뜻대로 놔두지 않는 할머니가 원망스러웠습니다. 할머니가 주도적으로 상황을 조정하는 방식에서 뒤늦게나마 설움을 풀고 싶어하시는 기분을 느낄 수 있었습니다. 그때까지 할머니는 할아버지의 그림자로만 살아왔습니다. 할머니는 이런 태도를 보이셨습니다. '현재 그이는 아프기 때문에 지시는 내가 할 거야. 그이가 죽고 싶어 해도 내 덕에 살아남을 거야. 결정하는 것은 나야.' 같은 태도 말이죠."

우울한 영화 같은 이 상황의 엔딩은 모호했다. 베르나르는 정확히 무슨 일이 있었는지 알지 못했다.

"할아버지는 삶의 고삐를 끊고자 애썼으나 삶의 끈이 할아버지를 놓아주지 않는 것처럼 보였습니다. 할아버지는 울분과 분노 속에서 침대와 당신을 꽉 붙들어 매고 있는 끈을 뽑아내고 자유롭게 벗어나 바닥에 떨어지고 싶어서 안간힘을 썼습니다."

베르나르는 원하는 대로 선택하지 못하는 할아버지를 보며 혼란스러웠다.

"세상에, 요즘 같은 시대에! 할아버지는 부르주아 같은 삶을 살고 계시지만 '이제 지겨워, 열차에서 내리고 싶어. 나 좀 내리게 해줘.'와 같은 말씀조차 편하게 할 수 없다니 이상했습니다."

이것이 다가 아니었다. 베르나르는 알 수 없는 깊은 혼란에 빠졌다.

"할아버지와 함께 공모할 것이 생겼습니다. 할아버지가 살아생전에는 해보지 못했던 일이죠."

베르나르는 마치 무거운 마음에서 벗어나려는 듯 돌아가신 할아버지를 위해 자신의 능력을 발휘하기로 결심했다. 할아버지 이지도르는 순교자이자 우상 같은 존재가 되었고, '좋은 사람'의 기준이 되었다. 할아버지야말로 용기 있는 삶을 살지 않았는가? 1900년 폴란드를 떠나려면 용기가 필요했다. 할아버지는 서로를 다 알고 지내는 익숙한 마을에서 안정적인 삶을 사는 대신 모든 것을 버리고 프랑스 툴루즈로 와서 정착했다.

"할아버지는 사진가가 되고 나서 폴란드로 돌아가 배우자 될 사람을 찾았습니다. 할아버지가 할머니를 택한 기준은 오직 하나였습니다. 고향 마을에서 할머니만이 유일하게 프랑스어를 할 줄 알았거든요!"

할아버지의 슬픈 죽음으로 베르나르에게는 강박관념이 생겼다. 수년간 베르나르는 어떻게 하면 행복한 죽음이 될 수 있을까, 어떻게 하면 우울한 것을 경쾌하게 만들 수 있을까에 대해 열심히 상상했다.

베르나르에게는 자신의 생각을 모두 적어놓는 노트가 있었다. 훗날 그가 쓸 여러 권의 책에서 만날 수 있는 에드몽 웰즈라는 인물에 영감을 준 바로 그 노트다.

나쁜 소식이 언제나 그렇듯이 등의 통증도 잊어버릴 만할 때 다시 찾아와 고통을 배로 안겨주었다. 마치 인생이 그에게 "네게 불행이라는 벌을 줄 거야."라고 속삭이는 것처럼 우울한 기분의 연속이었다.

"할아버지가 돌아가시면서부터 전반적으로 마음도 뒤숭숭했고 상실감도 컸습니다."

3

당신에게 잘 어울리는

죽음

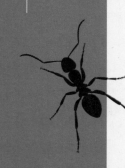

Bernard Werber

1974년 5월, 프랑스는 새로운 대통령을 선출했다. 스마트하고 낙관적인 신임 대통령은 대선 캠페인 때 다음과 같은 슬로건을 내걸었다. '프랑스를 제대로 보고 싶습니다.'

발레리 지스카르 데스탱 대통령은 문학정신을 지닌 정치가이기도 했다. 엘리제궁의 새 주인이 된 지스카르 데스탱은 사회문제에 유연한 태도를 보였다. 중도파인 그가 대통령이 되면서 프랑스는 한 치 앞을 내다볼 수 없는 변화에 직면했다. 그는 프랑스의 변화를 위해 몇 가지 개혁을 추진하는 것이 좋겠다고 생각했다. 야당

인사들이 지지한 개혁안이었다. 낙태권에서부터 젊은이들의 투표권까지 전방위적으로 개혁이 이루어졌다. 1968년 5월은 멀어져가고 있었다. 자본주의는 새로운 트렌드를 일부 받아들였다. 성적 해방이 관심사가 되었고, 젖가슴을 드러내고 해변을 거니는 여성들이 많아졌다. 보수적인 우파 지지자들도 머리를 길게 늘어뜨리고 다녔다. 그러나 석유 위기로 국가 재정이 흔들리면서 가혹한 현실이 될 미래에 대비하기 위해 허리띠를 졸라매어야 했다.

툴루즈에 사는 베르베르 가족에게는 당장에 해결해야 할 고민이 있었다. 베르나르의 할아버지는 더 이상 이 세상 사람이 아니었기에 셀린과 프랑수아는 베르나르를 다시 여름캠프에 보낼 수밖에 없었다. 베르나르는 잘 자라고 있었다. 이제 베르나르도 또래 친구들과 어울릴 때가 온 것 같았다.

여름캠프 장소였던 남프랑스의 예르는 환상적인 곳이었다. 누구나 평화롭게 지낼 수 있게 만들어진 도시였다. 푸르른 자연으로 둘러싸인 이곳은 반짝이는 햇빛이 가득했다. 뿐만 아니라 코트다쥐르 특유의 분위기도 갖고 있었다. 은은한 향기, 메뚜기 울음소리가 들리는 수풀, 그리고 포근한 풀숲에 사는 다양한 곤충들. 초목 하이킹, 등산, 수영……. 예르는 탐험정신을 불러일으키는 곳이었다. 해변에서 열리는 경기에도 참여할 수 있었다.

베르나르에게는 대단한 발견이 기다리고 있는 여름이 될 것만 같았다.

청소년 시절을 즐거운 추억으로 남겨주고 싶다는 예르 여름캠프 주최측의 목표에 따라 다양한 프로그램이 마련되었다. 오후에는 독창적인 활동 프로그램이 있었다. 느긋한 생각 놀이였다. 베르나르는 다른 학생들과 함께 바닥에 앉았다. 스피커에서는 감미로운 음악이 흘러나왔다. 캠프 교사는 여름캠프 참가 학생들에게 조용히 명상을 해보라고 했다.

"여러분이 숲에 있다고 상상해 보세요. 여러분은 오두막 하나를 발견했습니다. 오두막 안에는 큰 상자가 있습니다. 상자를 열었더니 안에는 선물이 있습니다."

뭐라고? 베르나르는 흥분했다. 아직 시작에 불과했다. 잠시 후 캠프 교사는 기타의 기본 코드를 가르쳐주었다. 미, 라, 레…….베르나르는 좋아하는 밴드와 가수들의 곡을 몇 개 연주하는 법을 배웠다.

툴루즈에서 온 베르나르는 혼자 있는 소년 한 명에게 조금씩 관심이 갔다. 그 소년은 매번 혼자서 조용히 무엇을 하고 있었다. 소년은 무엇이든 조용히 했고, 미소를 지었다. 그 어떤 것에도 영향을 받지 않는 무심한 성격 같았다. 베르나르는 궁금증이 생겼다.

"늘 편안해 보이던데 무엇을 하고 있는 거야?" 베르나르가 소년에게 물었다.

"라자 요가." 소년의 이름은 자크 파도바니였다.

"다른 요가와 같은 거야?"

"아니, 특별한 요가야. 파리에서 매일 오전 두 시간, 오후 두 시간씩 연습을 하지. 어떤 요가인지 궁금해?"

자크는 베르나르에게 벨기에 작가 앙드레 반 리세베스가 쓴 책을 건네주었다. 베르나르는 책을 살펴보았다. 각 페이지마다 이국적인 느낌의 흥미로운 자세들이 다양하게 나와있었다. 실제로 어떻게 하는 걸까?

"먼저 한 곳을 계속 바라보면 돼."

자크는 말과 몸짓으로 가르쳐주었다. 자크는 텐트 위에 펜으로 점을 하나 그리며 자세히 알려주었다.

"가능한 한 눈을 감지 말고 이 점에 집중하는 거야. 조금 있다가 불꽃 같은 것이 보이면서 무엇인가 경험할 거야."

자크는 라자 요가에서는 호흡법을 제대로 아는 것이 중요하다고 말했다. 자크는 베르나르에게 레몬과 바닷물로 코를 씻는 방법을 보여주었다. 코가 항상 깨끗해야 한다고 자크는 강조했다. 특히 자크가 수영장 바닥에 그대로 얼마 동안 있는 모습에 베르나르는 깊은 인상을 받았다.

"자크는 의지와 호흡법을 이용해 한참 동안 물속에 그대로 있었습니다. 자크는 호흡과 심장박동을 늦추며 조절하라고 가르쳐주었죠. 문득 돌아가신 할아버지가 생각났습니다. 언젠가 죽고 싶은데 주변 사람들이 그런 내 손을 묶으며 놓아주지 않는다면 내 의지만으로 심장을 멈출 수 있게 해야 한다는 생각을 했습니다. 그런 목표가 생긴 거죠. 나중에 병원에서 심전도 검사를 받아보라고 했을 때 저는 제 심장박동을 늦춰보겠다고 했어요. 저는 정말로 스스로 심장박동을 늦추며 조절할 수 있었지요."

한번은 자크가 바닥에 앉아 명상 연습을 하고 있었다. 그때 그의 눈꺼풀에 모기 한 마리가 앉았다. 베르나르는 모기가 자크의 눈꺼풀에 독침을 찔러 넣겠구나 하고 생각했다. 그런데 자크는 전혀 움직이지 않았다.

자크는 베르나르에게 다양한 원리를 가르쳐주었다. 그 원리는 해 뜨는 것을 보려면 아침 일찍 일어나야 한다는 법칙처럼 베르나르에게 소중하게 다가왔다. 또한 자크는 베르나르에게 의식적으로 모든 것을 해야 한다고 조언해 주었다. 예를 들어서 자크는 걸을 때 바닥 위에서 두 발의 움직임을 느낀다고 했다.

물론 혼란한 속세의 삶과 다른 방식으로 사는 법을 알게 되면 위험도 따른다. 20년 전 프랑스 가수 조르주 브라상은 이런 말을 한 적이 있다. "보통 사람들은 자신과 다른 길을 가는 사람을 좋아하지 않습니다." 어느 날 한 남자아이가 베르나르에게 시비를 걸었다.

"너 말야, 자크와 뭘 하고 있는 거야? 둘이 맨날 붙어 다니네. 누가 보면 선생님과 학생인 줄 알겠어. 너희들 도대체 뭐야?"

"네가 무슨 상관인데?"

"그냥 보기만 해도 짜증 나. 계속 그러면 한 대 패버릴 거야."

시비를 건 남자아이가 베르나르를 밀어 바닥에 넘어뜨렸다. 샤잠('샤잠!'을 외치면서 변신을 하는 DC코믹스 만화의 악동 캐릭터-옮긴이) 흉내를 내는 것 같은 이 남자아이의 팔 힘을 당해내기는 쉽지 않아 보였다. 사실, 이 남자아이는 가라테 챔피언이었다.

갑작스러운 남자아이의 시비에 놀란 베르나르는 자크 파도바니에게 자초지종을 이야기했다.

"그 아이 왜 나한테 이러는 거야?"

"네가 만만해 보여서였을 거야. 아직 내공을 더 길러야 해. 그 아이, 나한테는 시비 걸 생각도 못 했을걸."

자크는 베르나르에게 생각이 몸에서 나와 공간을 여행할 수 있는 상태에 대해서도 이야기를 들려주었다.

"자크에게 그 방법을 배운 것 같은데 희미하게만 생각납니다. 어쨌든 자크에게 배운 그 방법은 훗날 《타나토노트》를 쓸 때 영감이 되었습니다. 정신이 몸을 떠나 다른 차원의 세상을 여행하는 이야기가 나오니까요."

베르나르는 자크가 들려주는 이야기를 모두 좋아했지만 특히 자크가 주문처럼 자주 말하는 원칙 하나에 관심이 갔다. '원하는 것이 없으면 고통도 없다'는 원칙이었다. 자크가 자세히 설명해주었다. "문제가 생긴다면, 그것은 네가 무엇인가를 원해서야. 욕망을 갖지 않으면 더 이상 문제도 안 생겨."

베르나르와 자크는 이 주제에 대해 계속 대화를 나눴다.

"욕망이 없는 삶이 왜 좋은 건데?"

"지금의 네 모습과 네가 갖고 있는 것에 충분히 만족하고, 네가 갖지 않은 것을 탐하지 않게 되지."

"하지만 욕망이 없다면 여자친구도 사귀고 싶지 않겠네?"

"그건 아냐."

"욕망이 없는데도?"

"둘은 커플이 되겠지. 그 자체로 충분히 존재해."

"그리고 저는 이런 질문을 자주 했습니다. '이것이 영혼의 해방 안에 감추어진 비밀이 될 수 있을까?'라는 질문이었죠." 베르베르가 말했다.

예르 여름캠프를 마치고 떠나면서 베르나르는 세 가지 선물을 받은 기분이었다. 명상 수업, 기타 치는 법, 그리고 삶을 새롭게 보는 방법이었다. 1974년 가을, 자크는 파리로 떠났다. 툴루즈로 돌아온 베르나르는 자크가 알려준 라자 요가의 가르침을 더 알고 싶었다. 그러나 주변의 요가 클럽에서 가르쳐주는 것은 명상과 자세뿐이었다. 거기에 철학적인 차원은 없었다. 베르나르는 실망했다. 베르나르는 초월적인 명상 등 다양한 요가 클럽을 여러 곳 찾아가 봤지만 행복을 발견하지는 못했다.

"요가 클럽에서는 영적인 접근 없이 물리적인 기술만 가르쳤습니다. 요가 강사들이 요가 원칙을 제대로 이해하지 못하고 있다는 생각이 들었습니다. 자크와 다시 연락이 되지 않아 안타까웠죠."

어쩔 수 없이 베르나르는 롭상 람파(전생에 티베트 고승이었다고 주장하며 신비주의 돌풍을 일으켰던 영국의 베스트셀러 작가—옮긴이)나 카를로스 카스타네다(멕시코 원주민 주술사에 관한 책으로 유명해진 페루 출신 미국 작가—옮긴이) 같은 작가들을 찾아보았다.

"자크가 가르쳐준 원칙을 알게 된 이후로 모든 형태의 동양철학에 관심을 두고 싶었습니다."

베르나르는 초자연적인 대상을 다룬 포켓북 시리즈를 열심히 읽었다. 《신비한 모험》이었다. 흔적 하나 없이 미스터리하게 사라진 신화적인 문명, 아틀란티스 제국에 관한 책이었다.

"마치 계시와도 같은 책이었습니다. 아틀란티스 제국이 실제로 존재했다가 사라졌을 것이라는 생각이 들었습니다."

베르나르는 왜 아틀란티스 제국에서 불가사의한 인상을 받았는지, 몇 년 후 그 열쇠를 찾게 된다.

1970년대는 다양한 사건으로 혼란스러운 시대였다. 이런 상황에서 유토피아는 사람들의 관심을 끌었다. 새로운 기준, 새로운 삶을 살아가는 방식, 삶을 새롭게 바라보는 방법을 찾아 헤매던 시기였다. 모든 예술적 흐름도 이로부터 영향을 받았다. 회화는 자유로워졌고, 영화는 금기를 깼으며, 노래도 새로워졌다.

만화도 이와 같은 상상의 소용돌이에서 벗어날 수 없었다. 공상과학소설에서 영향을 받으며 기존의 기준에서 벗어난 만화는 모든 코드를 깼다. 마치 과거에 파격적인 뮤지컬 〈헬자팝핀Hellzapoppin〉이 그랬던 것처럼 말이다.

캐릭터들이 만화컷에서 나오고, 말풍선 대사가 새로워지고, 신체 묘사가 달라졌다. 새로운 만화가 그룹이 탄생하고 프랑스 만화가들이 그 뒤를 이었다. 이미지의 언어에는 경계가 없기 때문에 이들 프랑스 만화가들의 작품은 바다를 건너 해외로도 퍼져나갔다. 만화는 한 단계 발전해 예술의 반열에 오르고 싶어 했다. 만화 잡지가 뫼비우스, 드뤼이예, 빌랄처럼 재능 있는 신인 만화작가들을 소개하는 창구 역할을 했다.

1975년 초, 베르나르는 《메탈 위를랑Metal Hurlant》이라는 잡지를 만났다. 이것은 새로운 계시였다. 만화는 단순히 십대들을 위한 장르가 아니었다. 그야말로 환상의 세계, 생생할 정도로 재미있는 이야기, 진정한 글쓰기의 기준점이기도 했다. 프랑스 만화가 뫼비우스는 베르나르에게 절대적인 스승과도 같은 존재였다.

"제게 영감을 준 이들이 많이 있었지만 뫼비우스는 그 이상이었습니다. 범접할 수 없는 스승 같은 존재였습니다. 그는 만화 분야의 모차르트라 할 수 있었죠. 타고난 그림 실력으로 모든 것을 만화로 표현했습니다. 뫼비우스의 만화는 단순한 예술이 아니라 다른 차원의 의식 수준을 표현하는 것이었습니다. 영적인 세계와 만난 예술 같았죠. 훗날 뫼비우스를 만나 친구가 되는 행운을 누렸습니다."

1975년 8월에는 코르시카에서 새로운 여름캠프가 열렸다. 열네 살을 앞둔 베르나르는 이 여름캠프에 큰 기대를 걸지 않았다. 기대하는 것은 단 하나, 기타로 비틀스를 연주하는 시간이었다.

"그전에 저는 안경잡이일 뿐이었으나 이날은 난로 옆에서 기타를 치는 연주자가 되었습니다. 하지만 여자아이들과 같이 있는 것이 편치 않았고, 더 이상 단체생활에 익숙해지지가 않았습니다. 기타를 칠 때만 기분이 좋았습니다."

베르나르와 또래의 십대들은 시간을 떼우기 위해 자전거를 타고 코르시카를 돌아다녔다. 도로가 울퉁불퉁해서 자전거 여행은 무척 피곤했다. 어느 날 저녁, 베르나르 일행은 코르시카 섬 남동쪽에 있는 소렌자라에 가게 되었다. 그들은 해변 근처에서 오두막이 딸린 식당 주인에게 하룻밤 묵어 가도 되는지 물었다. 주인은 흔쾌히 그러라고 했다. 베르나르 일행은 텐트를 쳤다. 밤이 깊어질 무렵 베르나르는 아이들과 같이 쓸 물병에 물을 담아 오기 위해 밖으로 나갔다.

베르나르가 화장실에 들어갔을 때 영화 〈사이코〉의 한 장면이 펼쳐졌다. 세면대와 바닥 타일에는 피가 묻어있었다. 왠지 불길했다. 베르나르는 물병에 물을 채우고 서둘러 화장실을 나와 손전등으로 앞을 비추며 어둠 속을 걸었다. 그때 갑자기 얼굴에 피가 묻은 거구의 남자가 베르나르에게 권총을 겨누었다.

"손전등 꺼! 무릎 꿇어, 안 그러면 목에 총을 쏴버릴 테니까!"

베르나르는 순간 재미있는 생각이 떠올랐기 때문에 손전등을 즉시 끄지는 않았다. 남자의 권총은 어떤 브랜드의 제품일까? 그 권총을 보고 베르나르는 안심했다. 그것은 '스미스&웨슨 1810'이었다.

"그런 비싼 권총에 맞는 기분은 어떨까 생각했습니다."

남자는 뒤에서 베르나르에게 무릎을 꿇으라고 재촉했다. 베르나르는 총알을 기다리는 동안 이런 생각을 했다.

'자, 이제 내 인생은 끝이다. 대단한 것을 이룬 인생은 아닌 것 같지만 어쩔 수 없지.'

그때 어떤 소년이 다가와 외쳤다.

"쏘지 말아요, 아빠! 그 아이는 아니에요!"

베르나르는 자신의 목을 겨누고 있던 권총이 거둬진 것을 느꼈다. 소년이 남자 쪽을 보고 이렇게 말했다.

"어서 가세요. 이 아이는 제가 맡을 테니까요!"

기적적으로 목숨을 구한 베르나르는 그대로 달아났다. 텐트에
도착한 베르나르는 친구들에게 조금 전에 일어난 일을 알려주고
싶었다.

"여길 떠나는 것이 좋겠어. 아까 어떤 남자가 내게 권총을 들이
댔거든."

베르나르는 담담한 목소리로 이야기했다.

"많은 사람들이 심각한 두려움에 빠지는 상황에서 오히려 저는
이상하다 싶을 정도로 마음이 평온해집니다."

친구들은 베르나르가 거짓말을 한다고 생각했다. 베르나르가
장난으로 이야기를 지어낸다고 여겼던 것이다. 하지만 이어서 같
은 일행이었던 여자아이가 급하게 달려와 흥분하며 말했다.

"베르나르에게 권총을 겨눈 남자가 있어!"

여자아이는 베르나르가 어떤 남자에게 위협을 당하는 장면을
멀리서 봤던 것이다. 여자아이는 주변을 두리번거리며 겨우 텐트
로 돌아왔다. 마치 전쟁터에 있었던 것처럼 두려움을 느끼고 있었
다. 베르나르 일행은 재빨리 텐트를 거두고 짐을 챙겨서 다른 곳
으로 자리를 옮겼다. 아이들은 두려움 때문에 잠이 들지 못했다.
하지만 정작 베르나르는 아무런 스트레스 없이 편안하게 잠에 빠
져들었다.

새벽이 밝았다. 베르나르 일행에게 상황을 알려주었던 여자아이가 베르나르를 깨워 누가 찾아왔다고 말했다. 전날 밤에 그의 생명을 구해준 소년이었다.

"우리 아빠가 어제 일로 미안하다고, 사과의 의미로 선물을 주고 싶어 하셔."

"너희 아버지를 다시 보고 싶지는 않은데. 선물도 필요 없고. 대신 어제 무슨 일이 일어난 것인지만 말해주었으면 좋겠어."

식당 아들이 놀라운 이야기를 들려주기 시작했다.

전날 밤, 돈을 안 낸 손님이 아버지와 싸움을 벌이다가 아버지에게 면도칼을 휘둘렀다는 것이었다. 베르나르가 세면대 근처에서 본 핏자국은 식당 주인의 얼굴에서 흐른 것이었다. 식당 주인이 화장실에서 나오려는 순간 손님이 위협했다고 한다.

"친구들과 함께 돌아올 거다. 그리고 우리는 당신 식당에 불을 지를 거야."

식당 주인은 권총을 갖고 누가 오두막을 불태우려고 하는지 감시했다. 그때 자동차 한 대가 도착했다. 자동차 불이 꺼지고 그 안에 타고 있던 사람들이 나왔다. 사실, 이들은 자정에 물놀이를 하려는 관광객들이었다! 하지만 당시에 식당 주인은 이것을 알지 못했다.

그리고 마침 물통을 들고 있는 베르나르를 보고 오두막에 불을 지르러 온 범인들과 공범이라고 생각해 권총을 겨누었던 것이다!

"저에게 일어났던 일이니 망정이지 믿기 힘들었을 겁니다!" 베르베르가 한숨을 쉬었다.

이미 프로이트에게 관심이 있었던 베르나르는 위인전을 통해 아인슈타인의 이론에 대해서도 호기심을 느끼게 되었다. 학교 친구 한 명이 운동 방정식을 자세히 분석해 주었다. 베르나르에게는 미묘한 방정식처럼 다가왔다.

"계속 발전하며 살아있는 방정식이었습니다."

당시 툴루즈의 페르마 고등학교에 다니던 베르나르는 궁금한 문제에 대해 질문하기 위해 선생님을 찾아갔다. 학교는 베르나르가 살고 있던 트루아 방케 거리에서 도보로 15분 거리에 있었다.
"아인슈타인의 방정식에서 이해가 안 되는 것이 있어서요."
수학 선생님은 그런 베르나르를 명왕성에서 온 외계인처럼 바라보았다.
"왜 아인슈타인의 이론에 대해 알려달라는 거지? 교과목에 없는 내용인데."
"왜 방정식이 그런지 설명해 주실 수 있나요?"
"방정식에 대해 너에게 설명도 안 해줄 것이지만 너도 아인슈타인의 방정식에 관심을 가질 필요는 없어! 네 나이에 맞지 않는 내용이니까. 좀 더 자라면 배울 거야."

베르나르가 자주 듣던 말이었다.

문제는 이 수학 선생님이 베르나르를 싫어한다는 것이었다. 선생님은 베르나르가 영 마음에 들지 않았다. 무엇보다도 선생님은 베르나르가 이과로 가는 것을 탐탁지 않아 했다.

연말평가에서 수학 선생님은 베르나르에 대해 이렇게 적었다. '이과에 부적합.' 베르나르에게는 재앙과도 같은 평가였다. 흰 가운을 입은 과학자가 되는 꿈과는 작별인사를 해야 하는 것일까? 다행히도 재시험을 볼 수 있었다.

"기뻤습니다. 두 번째 기회를 얻었거든요." 베르베르가 당시의 상황을 떠올리며 말했다.

베르나르는 재시험에 합격하기 위해 수학 개인과외를 열심히 받았다.

시험 날이 다가왔다. 베르나르는 시험문제가 매우 쉽다고 느끼며 답안을 써나갔다. 시험 시간은 네 시간이었지만 베르나르는 두 시간 만에 답을 다 적었다. 교실 안에서 지루하게 기다리고 싶지 않았던 베르나르는 교실 밖으로 나갔다. 그리고 시험이 끝나면 으레 그렇듯 다른 학생들이 베르나르에게 시험문제들에 어떤 답을 썼냐고 물었다. 시험문제들? 문제가 여러 개였나?

"시험지 맨 아래에 표시가 있었다는 것을 알았습니다. 저는 그

표시가 페이지 끝에 그려진 장식인 줄 알았죠. 시험지를 넘겨야 한다는 뜻인지 몰랐던 겁니다! 기하학과 대수학 두 과목의 문제가 있었는데 저는 대수학만 풀었던 거죠."

　시험 결과는, 첫 번째 과목인 대수학은 10점 만점에 10점, 두 번째 과목인 기하학은 0점이었다. 이렇게 해서 아깝게 불합격했다. 베르나르는 세상이 무너지는 기분이었다. 과학자의 꿈은 저 멀리 달아나 버렸다. 베르나르는 페르마 고등학교를 떠나 오젠 고등학교 경제과로 들어갔다.

　"실패자, 운 나쁜 인간이 된 것만 같았습니다. 인생을 망친 기분, 루저가 된 기분이 들었죠."

4

편집장

1970년대 중반의 툴루즈는 자동차들이 여기저기 보였지만 여전히 예스러운 매력을 간직한 도시였다. 현대식 건물들이 우후죽순처럼 생겨났지만 툴루즈 시청에서는 '장미 도시'라는 툴루즈의 별명을 유지하기 위해 건물들의 외관을 조개탄 콘크리트로 칠하는것이 좋겠다고 생각했다. 달바드의 성모대성당 종탑에 대한 이야기를 주민들은 종종 했다. 1926년 성당 관리인의 끈질긴 요청으로파리에서 전문가가 파견되어 대성당 종탑의 상태를 측정했다. 전문가는 특별한 이상이 없다는 내용의 보고서를 작성하여 사람들을 안심시켰다. 그리고 그는 기차를 타고 파리로 갔다. 그러나 파리에 도착한 그는 종탑이 무너져 두 명이 사망하고 아홉 명이 부상당했으며 무너진 잔해가 몇 미터나 된다는 소식을 들었다.

그로부터 반세기가 지난 1976년. 베르나르에게는 다른 고민거리가 있었다. 오젠 고등학교를 다니면서 스스로 낙오자가 된 것 같은 기분이 들었던 것이다. 하지만 오젠 고등학교에는 놀랄 만한 좋은 일들도 있었다. 우선 여학생들이 대다수였다.

"반에는 여학생 스물여덟 명과 남학생 네 명이 있었죠. 여학생들 대부분은 비서나 타이피스트가 되고 싶어 했습니다. 나는 남학생들과 더 잘 통했습니다. 그 아이들은 나와 마찬가지로 씁쓸한 경험이 있었거든요. 같은 반 남학생들도 이과에 가고 싶었지만 불합격되어 이 학교에 온 것이었습니다."

베르나르는 페르마 고등학교보다 오젠 고등학교가 더 낫다는 것을 깨닫고 점차 실망에서 벗어났다. 오젠 고등학교에서는 자유 시간이 더 많았기 때문에 기타를 비롯해 다양한 취미활동에 푹 빠질 수 있었다. 베르나르는 같은 반 남학생 세 명과 함께 록 밴드를 결성하기로 했다. 베르나르와 멤버들은 먼저 기타 안에 마이크를 설치해 클래식 기타를 전자 기타로 만들었다. 베르나르는 25와트 앰프를 사용했다. 베르나르와 멤버들은 비틀스, 핑크플로이드, 제네시스 등 좋아하는 그룹의 곡을 연주했고 창작곡을 만들기도 했다. 언젠가 무대에서 연주할 것을 대비해 베르나르는 그룹 이름으로 '푸른 개미'를 생각해 냈다.

베르나르가 제네시스 다음에 좋아하게 된 그룹은 '예스'였다.

"처음에 그룹 예스의 음악은 다가가기 힘들었습니다. 마치 차가운 물처럼요. 하지만 일단 찬물에 들어가면 점점 괜찮아지듯 예스의 음악이 익숙해졌습니다. 그 무엇과도 비슷하지 않은 개성 넘치는 음악입니다. 특별한 기준 없이 자신만의 세계를 만드는 음악이죠."

그룹 예스의 굽이치듯 하는 멜로디는 매혹적이었다. 그러나 그런 음악은 모방하기 힘들 것 같았다. 푸른 개미의 공연은 같은 학교 남학생 미셸 펠리시에의 아버지가 운영하는 농장에서 수탉과 암탉들을 청중 삼아 이루어졌다. 사람들 앞에서 하는 공연은 해보지도 못했다. 베르나르가 만든 앰프가 폭발하면서 그룹 푸른 개미의 생명이 금방 끝나버렸기 때문이다. 아직 전자 기타 공연은 일렀다.

학생들이 요리나 뜨개질과 같은 선택과목을 신청할 수 있다는 것이 오젠 고등학교의 장점이었다. 베르나르는 타이핑을 배우기로 했다. 하지만 이 수업을 신청한 남학생은 베르나르뿐이었다. 예상한 대로 다른 남학생들이 놀려댔다.

"베르나르, 너 나중에 비서 되려고?"

타이핑 수업을 듣는 학생들은 IBM 타이프를 손가락 열 개로 치는 연습을 했다. 초시계로 시간을 잴 때는 가능한 한 빨리 타이핑을 해야 했다.

훗날 베르베르는 타이핑 수업을 선택해서 좋았던 것은 딱 하나라고 평가했다.

"그 수업 덕분에 열 개의 손가락으로 매우 빠르게 타이핑하는 방법과, 머릿속 생각을 즉시 자판으로 치는 방법을 배웠지요."

오젠 고등학교의 퐁코 선생님은 베르나르의 창의성을 북돋아 주었다. 'r'을 굴리며 발음하고, 시가를 피우며, 커다란 숄을 두른 퐁코 선생은 마치 러시아 무용 교사처럼 보였다.

어느 날 퐁코 선생님이 베르나르가 써 온 이야기를 공개적으로 칭찬했다.

"이야기 소재를 어디에서 찾았는지 모르겠지만 글이 아주 재미있어. 설마 마약을 피우며 쓴 것은 아니겠지?"

"아니에요, 선생님. 상상력을 발휘해 봤어요. 제가 꾼 꿈에서 영감을 얻었죠."

퐁코 선생님은 베르나르에게 계속 글을 써보라고 용기를 주었다.

"다른 선생님들은 그저 다른 아이들처럼 하라고만 하죠. 하지만 푭코 선생님은 '여러분의 개성이 좋아요. 개성을 발휘하세요.' 라고 말씀하셨어요."

푭코 선생님은 두 학생을 특히 칭찬해 주었는데 한 명은 베르나르였고, 또 한 명은 베트남계 학생 트룽이었다. 트룽도 글을 맛깔스럽게 쓰는 솜씨가 있었다. 처음에는 경쟁관계였으나 베르나르와 트룽은 점차 친구가 되었다. 트룽은 문체가 뛰어났고, 베르나르는 글의 독창성에서 두각을 나타냈다.

"저와 트룽은 푭코 선생님의 챔피언이었습니다. 선생님은 저희 둘을 소중하게 생각하며 글을 더 잘 쓸 수 있도록 격려를 아끼지 않으셨습니다. 그리고 저희는 선생님 덕분에 프랑스어 문장 실력을 갈고 닦아야 한다는 것을 깨달았습니다. 우리가 프랑스어 과목에서는 강했거든요. 학생들의 기를 죽이는 선생님이 있는가 하면, 반대로 학생들의 기를 살려주는 선생님도 있습니다!"

오젠 고등학교는 여성적인 베르나르의 성격과도 잘 맞았고, 푭코 같은 교사들이 일하기에도 좋은 곳이었다. 그래도 베르나르는 따분함을 느꼈다. 1977년 가을, 베르나르는 신문 서클을 만들어보자는 생각을 했다. 교장선생님을 찾아가 고등학교 잡지를 만들어도 되는지 물었다. 반응은 뜨거웠다.

"그거 좋은 생각이구나! 전임 교장선생님이 구입한 로네오식

등사기가 있어. 비싼 기계인데 한 번도 사용하지 않았지. 등사기를 이용해 인쇄하는 법을 배우면 되겠구나."

"어떻게 배우죠?"

"학교에서 개인수업 비용을 대주마."

이제 신문 서클을 꾸릴 팀을 만들어야 했다. 베르나르는 눈에 잘 띄는 곳에 서클 모집 광고 포스터를 붙였다.

'신문 서클 제1회 회의 – 화요일 오후 1시.'

화요일이 되었다. 베르나르는 누가 가입하는지 보려고 학교 운동장에서 내내 기다렸다. 오후 1시가 되었지만 아무도 오지 않았다. 1시 10분에도, 1시 30분에도 아무도 오지 않았다. 그러다가 첫 번째 남학생 한 명이 다가왔다. 이름은 에릭 르 드로였다. 에릭은 온 사람이 자기밖에 없다는 것을 알고 놀라워했다.

"다른 아이들도 있을 줄 알았는데 나만 온 거야?"

"나까지 포함해 둘이지!"

그다음에 뮈노라는 이름의 여학생이 합류해 세 명이 되었다. 세 명으로도 충분히 서클을 열 수 있었다. 셋은 학교에서 약속한 인쇄 수업을 받았다. 여러 번의 토론 끝에 잡지의 이름이 정해졌다. '오젠 수프'. 이 외에 '참소리쟁이 수프', '쌀과 달걀'이라는 이름도 후보에 올랐다.

고등학교 1학년 경제학 시간에 만난 조셉 슈프트 선생님 덕에 베르나르는 정치의식을 키우게 되었다. 슈프트 선생님은 마르크스주의자처럼 보였지만 공산주의를 넘어 세계의 진보를 제시할 수 있도록 객관적이고 싶어 했다.

"슈프트 선생님은 특정 현상이 계속 재현된다는 매력적인 아이디어를 제시하며 역사를 해석했습니다. 저는 공산주의에는 관심이 없었습니다. 공산주의는 나중에 꼭 스탈린주의와 같은 독재로 변하니까요. 슈프트 선생님이 말씀하신 공산주의는 마르크스의 공산주의처럼 이상을 추구했습니다. 하지만 마르크스는 중세시대에서 막 벗어난 러시아에서는 공산주의가 존재할 수 없다고 생각했습니다. 마르크스는 대학생 계급과 노동자 계급이 있는 나라에서 공산주의가 뿌리를 내릴 수 있다고 봤죠. 이러한 공산주의가 싹틀 수 있는 나라로 마르크스가 생각한 곳은 영국과 독일뿐이었습니다. 프랑스는 아니었고, 러시아는 더더욱 아니었죠."

잡지가 나오려면 누군가 글을 써야 했다. 베르나르는 시사문제 분석에서부터 기술 발견에 관한 이야기까지 계속하여 기사를 썼다. 베르나르는《하라 키리Hara Kiri》와 같은 풍자잡지, 만화잡지《플루이드 글라시알Fluide Glacial》의 풍자만화, 그리고《과학과 생활 Science & Vie》과 같은 보다 진지한 잡지 사이에서 영감을 받았다. 베르나르는《오젠 수프》덕에 근처 생 세르냉 고등학교에서 만화를 그리는 친구 파브리스 코제를 알게 되었다. 자연스럽게 협력이 이루어졌다. 베르나르는 글을 쓰고, 파브리스는 그 글에 맞는 만화를 그렸다. 두 사람은 기나긴 대화를 하면서 서로가 가진 수많은 아이디어에 놀랐다. 파브리스는 베르나르와 친구가 되었다.

기사가 준비되면 인쇄기를 돌리고 때가 낀 윤전기를 청소하는 데 꼬박 3일이 걸렸다. 베르나르와 파브리스는 아침 8시부터 저녁 8시까지 밥 먹을 시간도 없이 꼬박 일했다. 스피커에서는 두 사람이 좋아하는 CSNYCrosby, Stills, Nash and Young 와 플리트우드 맥의 음악이 흘러나왔다. 이해심 많은 슈프트 선생님은 베르나르에게 신문을 만드는 동안에는 학교에 나오지 않아도 된다고 배려해 주었다. 하지만 슈프트 선생님처럼 이해심이 많지 않은 다른 선생님들은 베르나르가 수업에 빠지자 0점을 주었다.

마침내 신문이 발행되었다. 《오젠 수프》는 고등학교 입구에서 2프랑이라는 저렴한 가격에 판매되었다. 제1호 신문은 며칠 만에 다 팔렸다. 성공이었다. 베르나르 팀은 다음 호 신문을 준비했다.

베르나르는 롭상 람파와 같은 작가의 작품을 읽고, 명상도 조금씩 했다. 철학 과목에서 에세이를 쓸 때는 이 같은 생각의 흐름에서 나온 다양한 개념을 활용했다.

'서양철학만으로는 모든 것이 설명되지 않기 때문에 이를 보완할 철학이 있어야 해.' 베르나르는 생각했다.

그러나 철학 수업에서 베르나르가 맞서야 할 존재가 있었다. 자신을 '허무주의자'라고 말하는 철학 선생님의 수업이었다. 어느 날, 철학 선생님은 베르나르를 자리에서 일어나게 한 후 공개적으로 훈계했다.

"베르나르 베르베르, 왜 동양철학에 대해 이야기하지?"

"흥미로워서요."

"하지만 동양철학은 필요 없어. 우리에게 필요한 것은 전부 서양철학에 있으니까. 플라톤, 소크라테스, 니체의 철학에 모든 것이 다 있거든."

"제가 동양철학에서 매력적으로 느끼는 것은 몸에 살아있는 경험이 있다는 생각이에요. 명상으로 마음을 비우는 것은 관념이 아닌 감각과 관계된 경험이라고 해요."

"하지만 서양철학에도 이미 명상이 있어. 네가 모르고 있을 뿐이지."

"어쨌든 저는 서양철학에서 발견하지 못한 것을 음양사상, 도교, 역경에서 찾았어요."

"이유야 어쨌든 다음 에세이에서는 동양철학에 대해 이야기하지 않았으면 좋겠다. 안 그러면 0점을 줄 거니까!"

베르나르는 철학 수업에서 자신의 입장을 이해받고 싶었지만 소용없었다. 선생님이 그렇게 하라고 했으면 어쩔 수 없었다. 베르나르의 표현을 빌리자면 철학 선생님은 다소 오만해 보였다. 수업이 끝나면 여학생들이 책상 주위로 모여들었지만 선생님은 건조하고 무신경했다. 여학생들이 철학을 이해할 수 있겠느냐는 식의 태도였다.

"동양철학을 밀고 나가고 싶었지만 적절한 논리를 찾지 못했습

니다. 제가 동양철학을 고집해 봐야 선생님에게 반감만 불러일으
킨다는 것을 얼른 깨달았고요." 베르베르가 말했다. "그다음에는
이 문제에 대해 좀 더 신중했습니다. 제가 고집을 부리면 너무나
많은 사람들이 거슬려 한다는 것을 알았기 때문입니다. 1977년
툴루즈는 보수적이었거든요!"

운동은 어땠을까? 베르나르는 여전히 운동에서는 빛을 발하지
못했다.

"운동은 여전히 형편없었습니다. 밧줄을 제대로 타지 못했습니
다. 모든 것이 어설펐고 팔도 힘이 없어서 제대로 들어 올리지 못
했죠."

그러나 베르나르의 등 통증을 치료하던 의사 한 명이 신체활동
은 꼭 해야 한다고 조언했다. 베르나르에게 좋아하는 운동 하나를
골라서 해도 충분하다고 했다.
"베르나르는 스스로 즐길 수 있는 운동을 해야 합니다." 의사가
조용한 목소리로 말했다.
운동? 베르나르는 검도를 하고 싶었다. 그러나 하고 싶은 운동
을 찾아봐야 무슨 소용인가? 툴루즈에는 검도를 배울 수 있는 곳
이 한 군데도 없었다. 결국 검도와 가장 비슷한 스틱 격검을 배우
기로 했다. 프랑스 무술인 스틱 격검은 호두나무 목검을 사용한

다. 시합하는 모습을 보면 〈스타워즈〉가 떠오른다.

"스틱 격검 도장에는 인원이 다섯 명뿐이라 금방 배울 수 있었습니다." 베르베르가 말했다. "얼마 지나지 않아 스틱 격검이 재미있어지더군요. 다들 시합을 하고 싶어 하지 않아 제가 참가했습니다. 도복을 입자 제 안에 잠자고 있던 전사의 본능이 깨어났습니다."

이런······. 비폭력을 추구하고 운동이라면 고개를 절레절레 흔들던 베르나르가 스틱 격검을 할 때만은 다른 사람이 되었다. 어찌나 날쌔고 유연한지 상대방이 겁을 먹을 정도였다. 베르나르가 목검을 잡는 순간 이렇게 달라지는 이유는 무엇이었을까? 사무라이 의상처럼 보이는 도복을 입으니 그의 안에 잠자고 있던 전사의 모습이 깨어난 것일까? 어쨌든 잠들어 있던 공격적인 본능에 휩싸인 베르나르는 상대를 향해 목검을 거세게 흔들었다. 베르나르는 힘차게 뛰어올라 공중회전까지 했다. 상대방은 뒤로 물러나며 덜덜 떨기 시작했다.

"3분 동안 헐크 본능을 마음껏 내뿜었습니다."

베르나르는 경기마다 승리를 거머쥐어 1등이 되었다. 본인 스스로도 놀랄 정도였다. 하지만 도복을 벗는 순간 모든 마법이 풀린 듯 베르나르는 '본래의 평범한 그'로 돌아왔다.

"훗날 어느 영매에게 전생에 사무라이였다는 이야기를 들었죠. 나름 맞는 말 같았습니다."

《오젠 수프》 창간호가 성공하면서 베르나르 팀은 다음 호를 신나게 발행했다. 베르나르 팀은 근처의 에콜 데 보자르 미대생들로부터도 도움을 받았다.
베르나르는 자신을 바라보는 주변 사람들의 시선이 달라졌다는 것을 느꼈다.

"학교 신문을 만들면서부터 제가 남자답고 멋있게 보였는지 여학생들로부터 따뜻한 눈빛을 받기도 했죠. 그전까지 여학생들은 제게 눈길조차 주지 않았거든요. 그렇게 인정을 받게 되자 학교에서도 이런저런 배려를 해주었습니다."

베르나르는 에릭 르 드로의 귀여운 여동생 나탈리를 보고 가슴이 두근거렸으나 사귀지는 못했다. 그 대신 베르나르는 신문 창간호 발행 축하파티에 온 마리 노엘이라는 여학생과 처음으로 데이트를 했다.
베르나르의 교내지 활동을 바라보는 선생님들의 시선은 어떠했을까? 선생님들 대부분은 베르나르가 교내지 발행에 시간을 많이 쓰다 보니 수업을 제대로 못 들어서 점수를 잘 받지 못한다고 생각했다. 그러나 조셉 슈프트 경제학 선생님을 비롯해 다른 선생님들도 베르나르의 교내지 활동을 공개적으로 지지하며 점수도 잘 주는 편이었다.

한편, 베르나르는 파브리스 코제 덕분에 아이작 아시모프의 소설《파운데이션》을 만나게 되었다. 1만 년 후 인류의 이야기를 다룬 이 소설을 읽으며 베르나르는 과학소설로도 역사와 정치를 이해할 수 있다는 것을 깨달았다.

"시사 기사처럼 이야기가 전개되는 소설이었습니다. 어설픈 전망이나 감정을 배제하고 계속 일관된 관점을 유지하는 작품이었죠. 베트남전, 케네디 대통령 암살사건, 마오쩌둥의 광기……. 흔히 증오에 사로잡혀 시각이 왜곡될 때가 있습니다. 그러나 아이작 아시모프의 《파운데이션》을 읽으면서 객관적인 거리를 두는 태도를 배울 수 있었습니다. 역사를 이해할 때는 이런 태도가 필요합니다. 변화, 빈부차이로 인한 갈등은 결국 인간이 더 행복해지는 평등으로 가기 위한 진통입니다. 《파운데이션》은 혼란스러운 인류 역사의 흐름에 대한 분석을 제안합니다. 이 소설 덕분에 철학과 정치에 본격적으로 관심이 생겼습니다."

베르나르 베르베르와 파브리스 코제는 다음 호 신문 작업을 하면서 툴루즈 문화원에서 만화 전시회를 열었다. 전시회를 연 지 얼마 되지 않아 베르나르는 파브리스에게 아이디어가 하나 떠올랐다며 인간이 아닌 개미를 주인공으로 하는 만화를 그려보자고 했다. 베르나르는 개미들의 도시를 인간의 문명과 대비시키는 스토리를 구상했다. 인간은 조그만 개미 도시에 관심을 두지 않는다는 생각에서 출발한 이야기였다.

파브리스는 베르나르의 아이디어에 흥미를 보이며 한번 해보라고 용기를 주었다. 베르나르는 10페이지짜리 이야기를 썼고, 제목은 '개미의 제국'이라고 붙였다. 그 과정에서 베르나르는 모리스 마테를링크의 《개미의 생활》, 레미 쇼뱅의 《개미와 인간에 대해서》와 같은 책을 몇 권 읽었다.

"이 책들에는 개미들이 나름의 정신세계나 정치관을 지닌 것으로 나옵니다."

개미에 대해 더 알아볼 생각에 베르나르는 할아버지 집에서 했던 개미 관찰을 계속해 보기로 했다. 숲에서 개미들을 잡아 신발 상자에 넣었다가 병 속으로 옮겼다.

1978년, 잡지 《파리 마치Paris Match》에 《샌 안토니오San Antonio》의 작가 프레데릭 다르의 인터뷰가 실렸다. 현대의 라블레라 불리던 프레데릭 다르는 '프랑스에서 가장 잘 팔리는 작가'이자 '유럽 최고의 작가'였다! 그의 신작 소설이 출간되면 출판사는 수만 부를 인쇄해 서점에 배포했다. 프레데릭 다르는 대중작가였지만 평론가들로부터 솔직한 재치가 넘쳐나는 작가로도 인정을 받았다. 《파리 마치》에서도 언급되었지만, 프레데릭 다르의 문장은 여러 논문에 인용되기도 했다. 그가 책으로 전하는 메시지는 늘 주목을 받았다. 그러나 인터뷰에서 프레데릭 다르는 작가라 불리는 것을 민망해하며 글을 규칙적으로 쓰는 습관이 중요하다고 강조했다.

"매일 아침 8시에서 점심 12시 반까지 글을 씁니다."

베르나르에게 와 닿는 메시지였다. 그때부터 베르나르는 프레데릭 다르처럼 매일 글을 쓰는 습관을 들이겠다고 결심했다. 베르나르는 매일 이 습관을 지키기 위해 노력했다. 그 결과 개미에 관한 단편소설은 점차 진전을 보였다.

"소설은 마치 씨앗처럼 자신의 속도로 자라는 존재라는 생각이 들었습니다. 시나리오 형태였던 글이 20페이지, 50페이지, 그 이상으로 불어나 단편소설이 되었으니까요."

5

개
미
집

몇 달이 지나 개미에 관한 단편소설은 페이지가 점점 늘어 장편소설이 되었다. 베르나르는 지인들과 여자친구에게 원고를 읽어봐 달라고 부탁했다. 그들은 원고를 받아 들자 이런저런 변명을 하며 별로 읽고 싶어 하지 않았다.

"개미? 나는 관심 없는데!"

"개미는 나의 취향이 아냐!"

원고를 흥미로운 책으로 만들어주는 기적적인 재료가 부족해 보였다. 그 재료가 무엇일까? 그 기적의 재료는 1979년 5월, 툴루즈에서 90킬로미터 떨어진 생 고댕의 정상을 오르는 산악캠핑 중에 발견되었다.

오후 1시쯤, 소규모 산악 일행이 지도에 나와있는 숙소로 향했다. 네 시간 후에 숙소에 도착했지만 공간이 부족해 전부 다 머물수는 없었다. 그래서 열 명은 그곳에서 묵기로 하고 베르나르를 포함해 나머지 일곱 명은 좀 더 높은 곳에 있는 다른 숙소를 향해 길을 떠났다.

얼마 안 되어 산행은 고통이 되었다. 꽤 오랜 시간 베르나르 일행은 강을 건너고 비와 우박과 추위를 견뎌야 했다. 초조해하는 사람들도 있었고, 다음 숙소로 가자는 생각은 누가 했느냐고 서로를 비난하며 짜증을 내는 사람들도 있었다.

베르나르 일행은 새벽 2시가 되어서야 겨우 목적지에 도착했다. 그러나 또다시 실망하고야 말았다. 이번 숙소에는 난방과 식량이 없었던 것이다! 피곤함과 추위에 지친 베르나르 일행은 침낭 안에서 조금이나마 몸을 따뜻하게 해보려 했으나 별 소용이 없어 오들오들 떨었다. 높은 고도를 견디지 못한 한 여학생이 천식 발작 증세까지 보였다. 응급처치법을 배운 적이 있는 베르나르가 한밤중에 그 여학생을 데리고 다시 내려가기로 했다. 그런데 다행히 여학생이 약품이 든 가방을 손으로 가리켰고, 베르나르가 가져다주자 여학생의 발작이 조금 나아졌다.

다들 잠이 오지 않아 뒤척이고 있는데 다비드가 농담 게임을 하자고 제안했다. 다비드가 먼저 이야기를 시작했다. "남자 한 명이 아들 생일날 아들에게 멋진 선물을 하고 싶었어."

　다음은 아버지와 아들의 대화.
　"뭐 갖고 싶니?"
　"노란 테니스공이요."
　"자전거는 싫어?"
　"예, 노란 테니스공 갖고 싶어요!"
　그로부터 몇 년이 지났다. 아들은 열 살 생일을 맞았다.
　"우리 아들, 학교 성적 잘 받아서 선물을 해주고 싶은데, 올해
는 무엇을 사줄까?"
　"노란 테니스공이요!"
　"또? 도대체 왜? 테니스도 안 하잖아."
　"나중에 말씀드릴게요."
　그리고 아들이 좋은 성적으로 대학시험에 합격했다. 아버지는
기쁜 마음에 아들에게 특별한 선물을 해주고 싶었다.
　"대학시험 합격 축하한다. 멋진 자동차를 사줄까?"
　"그냥 노란 테니스공이면 돼요."
　"도대체 왜 테니스공을 모으는 거니?"
　"때가 되면 말씀드릴게요."
　스물다섯 살이 된 아들이 좋은 성적으로 졸업했다. 아버지가 선
물을 주고 싶다고 말했다.
　"졸업 축하한다. 멋진 선물을 주고 싶은데 무엇을 받고 싶니?"

"노란 테니스공이요."

"그렇게 테니스공이 좋나 보구나……. 왜 그런지 설명 좀 해줄래?"

"조만간 말씀드릴게요."

그러던 어느 날, 아들이 큰 교통사고를 당했다. 병원에 실려 온 아들의 상태는 위독했다. 아버지가 병원에 급히 달려왔다.

"좀 어떻니?"

"많이 아파요……. 아무래도 힘들 것 같아요."

"죽기 전에 왜 노란 테니스공을 늘 선물로 받고 싶어 했는지 말해다오."

"말씀드릴게요. 늘 노란 테니스공을 받고 싶었던 이유는……."

아들은 말을 끝맺지 못하고 그대로 숨을 거두었다.

"그렇게 우리는 다비드의 썰렁한 농담을 들으며 약 10분 동안 애간장을 졸였습니다. 그리고 결론 없는 황당한 이야기에 모두 당황했죠."

일행들은 황당한 이야기에 허탈해하며 신경질을 부렸다.

"겨우 그거야?"

"뭐 그런 황당한 이야기가 있어?"

열 받은 나머지 다비드에게 달려들어 간지럼을 피우려는 학생들도 있었다. 한편, 베르나르는 다른 이유로 깜짝 놀란 상태였다.

부족했던 퍼즐을 방금 찾은 기분이 들었기 때문이었다.

"무엇인가를 깨달은 기분이었습니다. 다비드의 이야기를 들으면서 우리 모두 숨을 죽이며 모든 것을 잊을 수 있었죠. 여기에 오기까지 고생한 것, 추위, 불안감, 짜증, 두려움을 모두 잊었습니다. 노란 테니스공에 온 신경을 집중하다 보니 그 순간 노란 테니스공이 가장 중요한 것이 되었습니다. 그 노란 테니스공 덕분에 우리는 눈앞의 고민을 잊고 마음이 편안해졌습니다. 잠시나마 걱정거리에서 해방되었던 셈입니다."

"그 순간 한 가지를 이해했습니다. 책도 독자들의 관심을 끌고 궁금증을 자극해야 한다는 것입니다. 독자들이 궁금해하면 조금씩 호기심을 만족시켜 주어야 합니다. 애간장을 태우는 방법이죠. 초반부터 지나치게 많이 알려주면 안 됩니다. 궁금해하는 독자들에게 실마리를 조금씩 주어야 독자들이 마음을 졸이며 책을 읽습니다. 결말을 너무 일찍 예상하게 하면 독자들은 금세 흥미를 잃고 더 이상 책을 읽지 않죠. 독자가 자발적으로 끝까지 읽고 싶은 소설이 되어야 합니다."

툴루즈로 돌아온 베르나르는 4페이지짜리 단편소설 〈감옥〉을 써서 여자친구에게 읽어보라고 했다. 원고를 다 읽은 여자친구가 외쳤다. "정말 재미있어! 내가 읽고 싶어 하던 글이야. 《개미》 말고 이런 소설이 좋아!"

베르나르는 개미의 이야기와 〈감옥〉의 요소를 섞어야겠다는 생각을 했다. 〈감옥〉의 미스터리 기법을 이용해 독자들이 개미에게 관심을 느끼도록 하자는 생각이었다. 작전은 성공이었다.

"독자들이 계속 궁금증을 느끼며 소설을 읽도록 유도하는 데 성공한 셈이죠."

1979년 6월, 베르나르는 대학시험에 합격했다. 이제 청소년 시절이 추억의 한 페이지가 되었다. 같은 반 학생들 중에 고향인 툴루즈를 떠나 자신의 길을 가려고 하는 아이들도 많았다. 또래의 많은 학생들처럼 베르나르도 정확히 어느 길로 가야 할지 잘 몰랐다. 그래서 일단 툴루즈 법과대학에 진학했다.

그런데 거쳐야 할 또 하나의 관문이 있었다. 3일 동안 군 입대 적합성 평가를 받는 일이었다. 성인이 된 남자들이라면 거쳐야 할 일이었다.

"평소 마주칠 기회가 없는 사람들을 그곳에서 보게 되었습니다. 학생이라면 대부분 대학 입학자격 시험에 합격했을 것이라 생각했는데 400명 중에 대학 입학자격 시험에 합격한 학생은 저 포함해서 네 명뿐이었죠."

검사를 담당한 의사는 베르나르가 경직성 다발 관절염을 앓고 있다는 사실에 깜짝 놀랐다. 같은 병을 앓고 있는 환자 한 명을 이미 알고 있었기 때문이다. 마지막 단계에서 베르나르는 "앉을래요, 누울래요?"라는 질문을 받았다. 서있든 누워있든 베르나르 같은 환자에게는 어떤 자세든 괴로웠다. 그래도 차라리 서있는 것이 나았다. 다리 사이에 날개를 포개고 자는 박쥐처럼 베르나르 같은 환자는 차라리 천장에 매달려 자는 편이 나을 수도 있었다. 의사는 통증 때문에 일상생활에 불편함을 느끼며 쇠약해진 베르나르를 보고는 군 입대를 면제시켰다. 베르나르에게는 다행한 일이었다.

10월에 베르나르는 툴루즈 제1대학교 법학과에 입학했다. 그러나 얼마 지나지 않아 현실과 이상은 많이 다르다는 것을 깨달았다.

"법은 저와 맞지 않았습니다. 즐거움과 영혼이 없는 분야였죠. 법과 개정 조항을 외우다가 끝나는 과목이었습니다. 법조계에 종사하는 사람들은 다른 사람들의 불행으로 돈을 번다고 할 수 있습니다. 입양아, 이혼, 유산을 갖고 싸우는 형제자매……. 수업을 들으면서 들리는 것이라고는 불행을 관리하는 방법뿐이었습니다. 변호사나 판사라는 직업은 타인의 불행을 줄여주는 대가로 돈을 번다는 생각이 들었습니다. 수업에서 기억에 남는 것이라고는 일부 헌법 내용과 사회학 내용뿐입니다."

그뿐만이 아니었다. 베르나르의 눈에 법과 교수들은 이상하게 보였다. 공개적으로 페탱주의를 지지하는 교수들도 있었다. 대학 입구에서는 극우단체 GUD가 공개적으로 극우사상을 표출했다. 좌파를 자청하는 사회학 교수가 수업을 하자 우파단체 회원들이 계란을 던지면서 수업을 방해하기까지 했다.

그래도 베르나르는 대학생활이 재미있었다. 오전수업이 없어 프레데릭 다르처럼 매일 네 시간 반씩 글을 쓸 수 있었기 때문이다.

"아침에 자유롭게 글을 쓸 수 있는 시간이 큰 힘이 됐습니다. 그 순간에는 작가로 변신했으니까요. 그야말로 저의 생활을 스스로 책임지는 존재가 되었습니다. 그 기분은 아무도 모를 겁니다. 매일 오전 8시에서 오후 12시 30분까지는 소설을 쓰면서 진정한 나 자신이 되었습니다."

베르나르는 방에 개미집(수족관이 물로 채워져 있다면 개미집은 흙으로 채워져 있다)을 만들어 영감을 얻었다. 길이 1.5미터, 높이 1미터의 개미집에 붉은개미 3,000마리 정도를 길렀다. 베르나르는 매일 개미들의 행동을 지켜보았다. 그들이 마을을 짓고, 서로 전쟁을 벌이고, 음모를 꾸미는 모습이 놀라웠다.

베르나르는 지루함을 달래기 위해 STAC(Satirique Théâtre à procès cynique. 냉소적인 작품을 올리는 풍자극장이라는 뜻—옮긴이)라는 이름의 극단을 만들었다. 극단은 알프레드 히치콕의 작품을 리허설했지만 제대로 무대에 올리지는 못했다. 법학과 1학년의 성적이 나왔다. 베르나르는 과락으로 유급이 되었다.

1980년 개강을 하면서 베르나르는 대학에서 법학과 강의를 들으며 동시에 범죄학 학교에 다녔다. 범죄학 학교는 베르나르의 흥미를 끌 만한 요소를 모두 갖추고 있었다.

"대단했습니다. 탄도학, 사인 위조법, 자물쇠 여는 법을 배웠거든요. 제임스 본드 같은 스파이가 될 수 있는 모든 기술을 배웠습니다. 수업시간에 추리소설과 영화 이야기도 나왔고, 교수님들도 유쾌했습니다."

그러나 교수 한 명이 놀라운 말을 했다.

"범죄학은 체포되는 사람들만 연구할 수 있습니다. 그래서 선량한 사람들에 대해서는 잘 모릅니다. 참 대단한 분야죠."

다른 교수들도 놀라운 이야기를 하기는 마찬가지였다. 범죄학을 공부해 봐야 변변한 직업을 얻을 수 없다는 것이었다. 졸업장을 취득해도 대단한 일을 하지 못하고 경찰이나 법의학자가 될 때 참고할 만한 지식을 얻는 게 다라고 했다.

법학과 1학년을 마칠 때까지 파브리스 코제와 베르나르 베르베르는 《오젠 수프》 신문을 계속 발행하고 있었다. 이제 두 사람은 좀 더 야심 찬 신문을 생각해 냈고, 신문 이름은 '유포리(Euphorie, 도취)'라고 지었다. 두 사람은 《유포리》에 여전히 만화를 넣고 싶었다. 뿐만 아니라 모든 감각을 자극하는 새로운 예술을 발명하고 싶었다. 마이크 올드필드, 제네시스, 예스, 핑크플로이드 같은 음악을 들으며 읽을 수 있는 '음악 만화' 같은 것을 생각한 것이다. 독자들이 이야기에 몰입할 수 있도록 내용에 맞는 향기 나는 기다란 종이를 신문 안에 끼워 넣은 것도 새로운 시도 중 하나였다. 다행히 교수 한 명이 제비꽃 향수를 전문적으로 다루는 툴루즈의 사업가였다. 피에르 베르두 교수였다. 교수와 베르나르의 신문사 사이에 계약이 맺어졌다. 계약에 따라 피에르 베르두 교수의 실험실 소속 화학자들이 베르나르 팀에게 주문받은 향수를 제조했고, 에센스 오일로 만든 '향수 샘플'도 보내주었다.

베르나르는 마음을 안정시키는 용도로 향수 샘플을 방에 놓아두었는데, 향이 너무 강해서 웬만한 사람들은 방 안에 들어가지 못할 정도였다. 그런데도 베르나르는 머리 아플 정도로 독한 이 향기를 맡으며 잠을 잤다.

베르나르는 이런저런 시험을 해보며 이야기의 성격에 따라 초콜릿 향을 삽입하거나 짠맛 나는 빗물 향을 삽입했다. 이제 가장 귀찮은 일이 남아있었다. 신문 편집팀은 기다란 향기 종이를 셀로판 밑에 넣고 신문 안에 일일이 스카치테이프로 붙여야 했다. 오젠 고등학교와 생 세르냉 고등학교에 배포할 3,000부에 이 작업을 해야 했다.

1980년 11월, 《유포리》 1호 발행을 앞두고 베르나르는 툴루즈의 프낙서점에서 세르주 갱스부르와 인터뷰할 기회를 얻었다. 세르주 갱스부르의 소설 《에브게니 소콜로프 Evguenie Sokolov 》에 대한 인터뷰였다.

"신문의 이름이 뭡니까?" 세르주 갱스부르가 물었다.

"'살로프(Salope, 창녀)'라고 부르려고요!"

"대단하군요!"〈나는 당신을 더 이상 사랑하지 않아〉의 작곡가 세르주 갱스부르가 대답했다.

인터뷰를 하는 동안 세르주 갱스부르는 베르나르에게 속마음을 털어놓았다.

"조언 하나 하죠. 가면을 쓰지 마십시오. 나는 갱스바르의 모습과 갱스부르의 모습이 따로 놀아 괴롭습니다. 이제 갱스바르가 갱스부르에게 맞춰갑니다. 벗어나기 힘들어졌죠. 베르나르 베르베르 씨는 그렇게 살지 않았으면 좋겠습니다. 있는 모습 그대로 보여주시기 바랍니다. 가면은 쓰지 마십시오."

《유포리》 창간호는 1981년 3월에 나왔다. 신문의 홍보문구는 '음악이 들리고 향기가 나는 만화가 함께하는 환상적이고 풍자적인 신문'이었다. 그리고 템플기사단 단장 자크 모를레가 화형대에서 했던 저주의 문구에서 영감을 얻은 재미있는 홍보문구도 있었다. '유포리를 사지 않는 자들은 7대까지 저주를 받으리라.'

신문은 성공을 거두었다. 에릭의 여동생 나탈리가 남학생들에게 《유포리》를 사달라고 한 것도 성공 요인 중 하나였다. 매혹적인 그녀의 부탁을 거절할 남학생은 한 명도 없었으니 말이다!

베르나르는《유포리》를 발행하면서 법학과에서 느끼는 지루함을 극복했지만, 여기서 그치지 않고 다른 즐거움도 만날 수 있었다.《유포리》의 삽화가 중 한 명이었던 미셸 데제랄드가 프랭크 허버트의《듄》을 꼭 읽어보라고 권해주었다.

　　"제게는 에드거 앨런 포의《모르그가의 살인사건》, 쥘 베른의《신비의 섬》, 아시모프의《파운데이션》이 있었습니다. 그리고《듄》이 추가되었죠. 다른 작가들도 모두 이미 대단했지만 그중 프랭크 허버트는 제게 충격 그 자체였습니다."

　　하지만 베르나르가 처음부터《듄》을 즐겨 읽은 것은 아니었다. 이 작품에 입문하기 위해서는 시간이 필요했다.

　　"처음에는 이해가 잘되지 않았습니다. 두 번째 읽어도 마찬가지였죠. 그런데 어느 순간 갑자기 베일이 찢어지는 기분이 들면서 '듄'의 세계로 들어갔습니다. 제게《듄》은 인생의 지침이자 세계를 이해하는 관문이 되었습니다. 모든 것이《듄》을 거쳤습니다. 계시와 예술적인 충격을 주는 작품이었습니다."

　　1981년 6월, 베르나르는 법학과 1학년 시험에 통과했다. 그로부터 한 달 후, 베르나르는 첫 아르바이트에 나섰다. 지역신문《라 데페슈 뒤 미디 La Dépêche du Midi》에서 자료관리를 하는 일이었다.

"베르나르 베르베르는 몽상적이고 호감 가는 학생처럼 보였습니다."《라 데페슈 뒤 미디》의 전직 기자가 내린 평가다.

"자료관리는 정말로 지루했습니다." 베르베르가 말했다. "하지만 이 일에서 재미있는 것을 발견하게 되었습니다. 그 일을 오래 하고 싶을 정도의 재미는 아니지만, 일을 의미 있게 만드는 방식을 찾으려고 했죠. 이 일을 하면서 성장하고 무언가를 배워 간다는 생각을 하고 싶었으니까요."

지역신문의 자료관리 아르바이트 생활은 오래 계속되지 않았다. 이제 베르나르는 8월 한 달 동안 미국을 횡단해 보기로 했다. 여행 동반자는 에릭 르 드로였다. 에릭은 이미 에디오피아, 케냐, 예멘, 모로코 등을 여행한 적이 있어서 힘든 여정에 익숙했다.

두 사람의 미국 여정은 처음에는 순조로웠다. 베르나르의 먼 친척이 살고 있는 아름다운 센트럴파크의 아파트에서 환대를 받았기 때문이다. 한 가지 불편한 점이라면 친척 가족이 프랑스 고급 와인이라고 내놓은 것을 맛보는 일이었다. 라디에이터 가까이에 너무 오래 두었는지 와인은 맛이 없었다. 그래도 베르나르와 에릭은 와인을 마시며 맛있는 척을 했다. 그러나 안락함도 잠시, 두 사람의 미국 체류에 점차 먹구름이 드리우기 시작했다. 맨해튼 5번가에서 카드마술을 하는 남자에게 걸려든 것이다. 베르나르와 에릭은 마술을 지켜보면서 테크닉을 발견했다는 확신이 들어 돈을 많이 걸었다. 이런, 두 사람은 돈을 고스란히 잃고 말았다!

"우리는 붉은 카드에 걸면 이길 수 있다는 생각에 판돈을 세 배로 늘렸습니다. 하지만 속임수가 들어간, 마술에 가까운 카드놀이였죠. 결국 돈을 다 잃었습니다."

미국 대륙을 횡단하겠다는 야심을 품고 왔는데 얼마 안 되는 돈으로 뉴욕에 체류하게 되었다면 어떻게 해야 할까? 두 사람은 얼른 아르바이트를 찾아야 했다. 에릭이 브르타뉴 출신인 것을 내세워 종업원 자리를 찾으려고 했다. 하지만 레스토랑 주인은 그린카드를 요구했다. 베르나르와 에릭이 그린카드가 없다고 털어놓자 레스토랑 주인은 당장 경찰에 신고했다. 해결책은 하나였다. 줄행랑을 치는 것!

잠잘 곳을 찾아야 했다. 베르나르와 에릭을 3일간 무료로 재워주겠다는 희한한 남자가 있었다. 알고 보니 그 남자는 펑크 단체 회원이었다. 그 덕에 두 사람은 아침부터 저녁까지 클래시의 음악만 질리도록 들었다. 세면대는 형광 연보라색과 녹색으로 어지럽게 칠해져 있었다. 냉장고와 벽장에는 도난 방지를 위해 자물쇠가 채워져 있었다.

워싱턴에서는 상황이 나아졌다. 멋진 저택에서 묵게 된 것이다. 집주인은 대형 로펌에서 변호사로 일하는 베르나르의 친척이었다. 그러나 저녁이 되면 익숙하지 않은 길이 문제였다. 베르나르와 에릭은 집에 가는 버스를 탔지만 복잡한 도시교통 노선 탓에 제대로 내리지를 못했다. 두 사람이 들어오지 않아 걱정이 된 변호사의 어머니가 경찰을 부르는 소동까지 벌어졌다.

베르나르와 에릭이 미국 대륙 횡단을 위해 선택한 방법은 기름값을 같이 부담하는 카풀이었다. 멤피스에서는 강을 바라보며 블루스를 들었다. 콜로라도에서는 끝없이 펼쳐지는 붉은 암석 길을 보았다. 저녁에는 가격이 저렴한 YMCA 유스호스텔에 묵었다. 시내에 위치한 평판이 좋지 않은 유스호스텔이었다. 덴버의 YMCA 유스호스텔에서는 놀라운 광경이 펼쳐졌다. 바닥에 바퀴벌레들이 우글거리는 것이 아닌가! 누울 곳이 없어서 두 사람은 역에서 잤다. 그런데 미국 경찰은 역을 샅샅이 살피며 노숙자들이 없는지 확인해서 노숙자가 눈에 띄면 곤봉으로 쫓아낸다는 것이었다. 그래서 두 사람은 서로 돌아가며 경찰이 오는지 보초를 서며 잠을 잤다.

그래도 여행은 짜릿했다. 어느 날, 두 사람은 히치하이킹으로 차를 얻어 탔다. 그러나 이란 출신의 수학교수라는 그 운전자는 매우 위태로워 보였다.

"완전히 미친 사람이었어요. 꿀벌 한 마리가 차 안에 들어오자 발작을 일으키며 핸들을 놓은 채 꿀벌과 사투를 벌였습니다! 그를 진정시켜 차를 세워야 했죠. 조금만 늦었어도 우리 모두 지역 신문에 사고 희생자로 이름이 났을 겁니다."

이란인 운전사는 두 사람을 로스앤젤레스에 내려주고 추가요금을 요구했다. 두 사람이 돈이 없다고 하자 짐가방을 돌려주지 않겠다고 엄포를 놓았다. 그러나 상황이 심각해지면 경찰이 올까 봐 걱정되었는지 곧 두 사람의 짐가방을 던지고는 그대로 출발했다.

미국 여행의 시련은 계속되었다.

"로스앤젤레스에서는 문과 창문이 잘 닫히지 않는 곳에서 잠을 잤습니다. 사이렌 소리, 길에서 공격당한 사람들의 외침 소리가 들렸습니다."

뉴욕에서와 마찬가지로 두 사람은 프랑스 레스토랑에서 아르바이트 자리를 찾으려 했다. 로스앤젤레스에서 크루아상 가게를 운영하는 프랑스인이 즉각 두 사람을 채용하겠다고 했다. 두 사람이 물었다.

"무슨 일을 하면 되는 거죠?"

"재배."

"무슨 재배요?"

"농장을 운영하고 있습니다."

더 이상 물을 필요도 없었다. 두 사람은 주인이 마리화나 재배를 하고 있다는 것을 눈치 챘다. 로스앤젤레스 한복판에서 마리화나를 야외에서 재배하다니. 아니, 잠깐만……

"불법이잖습니까!"

"걱정 말아요. 감시탑이 있으니까."

"식당 주인이 한다는 소리가 그랬습니다!(웃음)" 베르베르가 재밌어했다. "우리 둘 다 아무 대답도 안 했습니다."

두 사람은 며칠 후 멕시코 국경으로 내려가 프랑스로 건너갔다. 살아서 돌아온 것만으로도 기적처럼 느껴졌다. 베르베르는 미국 여정을 통해 깨달은 것이 있다고 했다.

"우리 두 사람은 미국에서 거렁뱅이나 다름없었습니다. 미국에서 가난한 사람은 인간 대접을 받지 못합니다. 미국에서는 누구나 돈을 얼마나 갖고 있느냐로 평가를 받죠."

법학과 2학년은 금방 지나갔다. 이제 베르나르는 공부를 이어갈 마음이 시들해졌다. 어느 날 헌법 교수가 학생들에게 이런 말을 했다.

"법을 통해서 두 가지를 배웁니다. 속이는 방법과 뒤통수 치는 방법."

베르나르는 이 말을 듣고 생각에 잠겼다.

"이전부터 막연히 생각했던 것입니다. 나에게 맞지 않는 것을 배우고 있다는 생각이었죠. 속임수와 배신은 제가 추구하는 인생

목표가 아닙니다. 자기 발전에 도움이 안 되니까요."

졸업장, 검은색 법복, 열정적인 변호여, 영원히 안녕! 베르나르
는 법학을 포기하고 파리에 가기로 했다. 그곳에서 국립언론학교
에 들어간 그는 한 가지 희망을 품었다. 일단 파리에 가면 《유포
리》를 전국에 알릴 수 있을 것이라는 희망이었다.

1982년 개강과 함께 베르나르는 파리로 갔다. 그가 머문 곳은
스트라스부르 대로 근처 멋진 건물의 7층 꼭대기 작은 방으로, 화
장실은 공용이었다. 파리에 온 베르나르는 《유포리》를 열심히 발
행하려 했으나 편집자들의 반응은 시큰둥했다.

1982년 9월 'P63'이라는 제목의 《개미》 버전은 이미 1,000페이
지가 완성되었다. 《듄》, 《파운데이션》에 버금가는 대작이었다.

"지금까지 겪은 일이 글에 영감을 주었습니다. 《개미》를 고쳐
쓰고 또 고쳐 썼죠."

그렇게 원고를 고치는 동안 이합체의 시(각 문장의 첫 번째 글자
들이 숨어있는 다른 이야기를 만드는 형태-옮긴이)가 있는 버전이 되
었다.

"《듄》의 이야기를 이해하려고 많이 노력했죠. 그러다가 이 소
설이 타로카드 위에 쓴 글이라는 사실을 알았습니다. 갑자기 시스

템 안에 숨겨 있는 시스템 방식의 글을 쓰고 싶어졌습니다."

국립언론학교의 강의는 오후에만 있었다. 베르나르는 네 시간 반 동안 글쓰기에 여전히 매진할 수 있었다. 어쨌든 국립언론학교에서 베르나르는 글쓰기가 천성에 맞는다는 사실을 알게 되었다. 그런 그에게 글쓰기는 노력이 따로 필요하지 않았다.

"다른 사람들은 글쓰기를 힘들어합니다. 저는 말하는 것을 힘들어하죠. 글을 쓸 때는 처음, 중간, 끝, 이렇게 세 부분으로 구성하는 법을 배웠습니다."

그런데 국립언론학교의 교수 한 명이 학생들에게 이상한 소리를 했다. "일자리를 찾고 싶다면 우리 학교에는 오지 않는 것이 낫습니다."

1983년 3월, 베르나르는 담배회사 뉴스News가 자사의 이미지를 높이기 위해 주최한 르포 아이디어 대회에서 최우수상을 받았다. 베르나르가 제출한 테마는 무엇이었을까? 바로 식인 개미 근접촬영이었다.

"회사 측에서는 흔쾌히 출장을 기획해 주었습니다. 제가 놀라서 도망갈 줄 알았나 보더군요." 베르베르가 말했다.

회사는 잘못 생각했던 것이다. 베르나르는 저축한 돈으로 니콘의 수동 카메라 니코매트를 중고로 구입했다. 줌 기능이 엄청났지만 너무 무겁고 단단해서 총알까지 막을 것 같은 카메라였다.

베르나르는 르포를 준비할 시간이 있을 줄 알았지만 다음 주에 과학팀이 라느토 센터에 도착할 거라는 이야기를 들었다. 과학팀은 일주일간 머물 예정이었고, 베르나르는 과학팀을 도우면 되는 일이었다. 길게 생각할 시간이 없었다. 즉시 출발해야 했다.

베르나르의 아프리카 모험은 시작부터 버스터 키튼(미국의 무성영화 희극배우—옮긴이)의 짓궂은 개그 같았다. 코트디부아르 아비장 공항. 두 개의 짐가방을 든 베르나르의 귀에 "택시! 택시!"라고 외치는 소리가 들렸다. 기사 한 명이 베르나르의 짐가방을 낚아채더니 "따라와요!"라고 말했다. 또 다른 기사가 이번에는 베르나르의 다른 짐을 잡아채서 역시 "따라와요!"라고 했다. 베르나르는 얼이 빠진 채 짐가방 두 개가 멀어져 가는 모습을 바라보고 있었다. 돌려받을 희망이 없어 보였다. 짐가방 두 개는 왼쪽과 오른쪽으로 흩어지고 있었다. 베르나르의 머릿속에 이런 생각이 떠올랐다.

"좋아, 아프리카에 도착한 지 5분 만에 짐가방 두 개를 도둑맞아 버렸어!"

그때 갑자기 싸움깨나 할 것 같은 한 남자가 식민지 시대 의상 차림으로 나타나더니 첫 번째 기사를 붙잡아 베르나르의 짐을 찾아주었고, 두 번째 기사도 잡아서 나머지 짐을 찾아주었다. 그리고 남자는 베르나르에게 이렇게 말했다.

"아프리카에 처음 오셨군요!"

그는 현지 카우보이였다. 그는 베르나르에게 묵을 곳이 있느냐고 물었고, 베르나르는 없다고 대답했다. 그러자 그는 베르나르에게 묵을 곳을 추천해 주었다. 다음 날 아침, 베르나르는 자신이 묵은 호텔이 매매춘하는 곳임을 알았다!

아침에 과학팀이 리포터 베르나르를 찾으러 왔다. 과학팀과 베르나르는 차를 타고 아비장에서 출발해 도로를 여러 개 지나 계속 달렸지만, 아무것도 보이지 않았다. 라느토 센터는 옛 수도 아비장과 새로운 수도 야무수크로 사이에 있는 허허벌판에 있었다. 주민들은 그 지역을 벗어난 적이 없다고 했다.

나뭇가지로 만든 오두막집 마을 근처에 도착한 베르나르의 눈앞에 낯선 세계가 펼쳐졌다. 여자들은 천을 접고, 마을 남자들은 목청이 떠나가도록 크게 노래했다. 사람들의 얼굴에서는 기쁨을 느낄 수 있었다. 며칠 전에 비극적인 일이 일어났는데도 말이다. 늪지에서 놀던 아이들이 악어들에게 잡아먹힌 것이다. 그런데도 사람들은 큰 충격을 받지 않은 듯 담담했다. 그저 경고 표지판만 있을 뿐이었다. '늪 근처에 악어들이 있으니 아이들이 늪에서 놀지 못하게 할 것.' 베르나르 일행은 나무 속 집 안에서 잠을 잤다. 물을 마시려면 늪지의 물을 길어다가 돌로 된 시스템을 사용해 정수를 해야 했다.

"물이 한 방울씩 나오기 때문에 유리컵에 물을 채우려면 한참 기다려야 했습니다."

라느토 센터의 전문가인 르루 교수가 베르나르에게 이런 말을
했다.
"티셔츠를 입지 말고 소매가 긴 셔츠를 입으세요. 진디등이가
있거든요."
프랑스 사람 대부분이 진디등이의 공격을 받았다. 진디등이는
모기처럼 피부를 침으로 찌르지만 소리를 내지 않는 날파리 종
류다.

"모기는 윙윙 소리를 내죠." 베르베르가 자세히 설명했다. "하
지만 진디등이는 소리를 내지 않아서 다가와도 모릅니다. 그리고
모기는 침을 꽂아 피의 응고를 막는 물질을 주입한다면, 진디등이
는 작은 기생충을 옮깁니다."

베르나르는 흰색 셔츠를 입으면서 진디등이의 위력을 알게 되
었다. 셔츠 여기저기에 핏자국이 묻어있었던 것이다. 진디등이 떼
에게 물려서 나온 피였다. 진디등이에게 물리지 않으려면 피부를
드러내지 않는 것이 좋았다.
그리고 베르나르는 도착하자마자 하인을 두라는 조언을 들었
다. 이 말을 듣고 베르나르가 보인 첫 번째 반응은 이러했다.
"하인은 필요없습니다."

르루 교수가 계속 강요했다.

"하인이 왜 필요한지 직접 들어보세요."

하인으로 온 남자는 쿠아시 쿠아시라고 소개하며 자신의 장점을 늘어놓았다.

"침대에서 나와 무엇을 합니까?"

"침대를 정리하죠."

"그것은 하인이 할 일입니다. 신발을 벗으면 누가 빨죠?"

"제가 직접요."

"그것도 하인이 하는 일입니다. 문을 열고 들어간 다음에는 닫나요?"

"그렇죠."

"문 닫는 것도 하인의 일입니다."

"미안하지만 그런 것은 전부 직접 합니다."

"저기요, 제게는 아내가 열 명 있습니다. 곧 열한 번째 아내도 사 오려고 해요. 첫 번째 아내에게 허락을 받았거든요. 그런데 새 아내를 사려는데 10프랑이 부족합니다. 10프랑을 벌기 위해 일자리가 필요합니다. 그러니 저 좀 하인으로 써주시죠."

"10프랑을 받고 싶다면 굳이 문을 닫아주거나 신발을 빨아주지 않아도 됩니다."

"그냥 받으면 절도죠!"

베르나르는 하인을 두어야 마을과 가까워질 수 있다는 사실을 조금씩 알게 되었다.

뿐만 아니라 쿠아시 쿠아시처럼 프랑스어를 잘하는 현지인을 하인으로 두면 현지 사람들과 쉽게 왕래할 수 있었다. 이렇게 해서 쿠아시 쿠아시는 모든 일을 맡아서 하는 하인이자 경호원이 되었다.

"그곳의 프랑스인들은 상주하는 하인을 둡니다. 과학자 한 명은 변태 성향의 알제리인 대학생이었는데 하인을 패더군요. 저녁마다 매질 소리가 들렸습니다. 흑인 노예가 있던 루이지애나에 온 줄 알았습니다."

한편, 쿠아시 쿠아시는 TV 드라마 〈달라스〉를 보며 베르나르에게 이런 말을 했다. 당혹스러웠다.
"수 엘렌이 저렇게 술을 마시는데 이상하지 않나요?"

"나뭇가지와 흙으로 지어진 집을 상상해 보십시오. 이런 집과 주변의 정글 환경 속에서 헐겁고 긴 옷을 입은 남자가 수 엘렌이 술을 많이 마신다고 안타까워하고 있다고 상상해 보세요." 베르베르가 말했다.

어느 날 과학팀은 마냥개미 떼가 출몰했다는 소식을 들었다. 마냥개미 떼는 온도에 따라 나타났다. 이 개미 떼는 마치 검은색 강물처럼 보였다. 눈이 보이지 않는 마냥개미는 진격하면서 걸리적

거리는 것은 일단 전부 먹어치웠다. 베르나르는 멀리서 개미 떼가 서로 죽이거나 날아다니는 소리를 들었다.

"주민들은 개미 떼의 공격을 흘러오는 검은 용암처럼 생각합니다. 자연이 인간보다 강하고, 무력한 인간이 할 수 있는 것은 아무 것도 없음을 보여주는 현장이죠. 개미 떼가 시속 5킬로미터 속력으로 다가오면 그 누구도 막지 못합니다. 원주민 마을이 그 중간에라도 있다면 주민들은 의자 다리를 식초 통 속에 넣습니다. 특히 어린아이들이 위험하죠. 개미들의 턱은 면도날처럼 날카롭거든요. 주민들은 개미에게 물려 상처가 나면 다시 개미를 이용해 상처를 봉합합니다. 개미 한 마리에게 물리면 몸통을 뽑아버리죠. 그러면 개미 머리만 남아 피부의 상처가 봉합됩니다."

정오 무렵 무더위가 폭염 수준이 되자 개미 떼가 야영지로 다가왔다. 개미 떼는 재빨리 임시 굴을 팠다. 이날, 개미의 수는 약 5천만 마리였다.

과학팀은 개미 떼를 관찰하다가 적절한 순간을 발견했다. 개미 떼는 폭염 속에서 몇 시간 동안 야영지 근처에 깊이 1미터 정도의 굴을 파며 여왕을 찾으려 애썼다. 베르나르는 카메라를 준비했다.

과학팀은 개미 떼의 접근을 막는 방충제가 발라져 있는 긴 장화를 신었다. 그런데 이런, 베르나르의 발에 맞는 장화가 없었다. 장화 사이즈는 36밖에 없었는데 베르나르의 신발 사이즈는 43이었다. 할 수 없이 그는 자신이 갖고 있던 두껍고 목이 긴 신발을 그대로 신었다. 안에는 양말을 신고 있었다.

개미 떼가 가득한 굴 속으로 들어가려는 순간, 베르나르는 르루교수에게 주의를 들었다.

"조심하세요. 개미 떼는 구멍만 보면 들어가려고 하니까요. 구멍이 없도록 전부 막아야 합니다."

개미 떼가 귓구멍, 콧구멍, 입안, 엉덩이 안에 들어가지 않도록 주의했다. 베르나르는 카메라를 만지면서 엉덩이를 꽉 조였다.

개미 떼가 베르나르를 완전히 에워싸기 시작했다. 베르나르는 그토록 고대하던 사진을 찍을 준비를 하며 신경을 바짝 세운 채 그대로 서있었다. 마침내 그는 여왕개미를 볼 수 있었다. 그 순간, 그는 개미 떼에게 완전히 뒤덮였고 "어서 나와요, 어서요!"라는 사람들의 소리가 들려왔다.

"아직 사진을 찍기 전이라 그대로 있었죠." 베르베르가 말했다.

영광스러운 순간이 다가왔다. 여왕개미가 멋진 자태를 뽐내며 다가왔다. 날씬한 몸과 둥근 배를 지닌 여왕개미의 표피가 반짝 빛났다. 심지어 여왕개미는 카메라를 뚫어지게 쳐다보는 듯이 보이기도 했다. 그러나 여왕개미도 다른 일개미들처럼 눈이 보이지 않아 더듬이로 움직인다.

갑자기 쿠아시 쿠아시가 베르나르의 양팔을 잡아 구덩이에서

끌어올렸다. 쿠아시 쿠아시 덕에 베르나르는 위험한 순간을 넘겨 목숨을 구한 것이다. 현지인들이 큰 칼을 이용해 베르나르의 피부에 머리를 박은 개미 수천 마리를 긁어냈다. 다행히 개미의 독이 피까지 감염시키지는 않았다.

베르나르는 승리의 기분을 맛보았다.

"기다렸던 사진을 얻었습니다!"

파리로 돌아온 베르나르는 식인 개미를 취재한 첫 다큐 르포를 여러 잡지사에 소개했다. 그 르포가 많은 기회의 문을 열어주었다. 과학잡지 《사 멩테레스Ça M'intéresse》를 시작으로 여러 잡지사들이 그의 르포를 사 갔다. 그러나 김빠지는 일이 있었다.

"《사 멩테레스》 잡지사가 '르포를 사겠지만 계약은 다른 사람을 통해 하겠다.'라고 하더군요."

잡지사는 베르나르의 사진과 박스기사를 이용해 독자들의 흥미를 끌고 싶어 했다.

"르포 기자라는 직업도 만만치 않아 보였습니다."

《사 멩테레스》에 베르나르의 르포 기사가 실렸다. 동시에 베르나르는 캉브레에 있는 《라 부아 뒤 노르 La Voix du Nord 》에 인턴으로 들어갔다. 일간지 《라 부아 뒤 노르》에서는 '기자, 사진사, 운전기사' 역할을 동시에 할 수 있어야 해서 운전면허증과 카메라가 있는 사람을 찾고 있었다. 베르나르야말로 구인 조건에 딱 들어맞는 사람이었다. 캉브레는 북부에서 국립언론학교의 인턴과 연계된 유일한 도시였다. 다른 학생들은 코트다쥐르나 브르타뉴로 떠났다. 북부 지방에서 하는 인턴은 그리 재미있어 보이지 않았다.

베르나르는 아흔여덟의 할머니 비올레트의 집에서 하숙을 했다. 비올레트는 매일 아침 창문으로 식량 바구니를 내려 이웃 여자에게 보내주었다. 알고 보니 이웃집 여자는 현관문이 고장나서 집 밖으로 나가지 못하는 상태였는데, 고양이 서른 마리 정도를 키우고 있었다.

신문사에서 인턴을 시작하자마자 베르나르에게 떨어진 첫 번째 일이 있었다. "역에 가서 찍어야 할 사진이 있네." 소년이 철로를 건너려 했는데 기차가 오는 것을 보고 여자가 뛰어들어 구하려 했지만 이미 늦어버린 사건이었다. 안타깝게도 소년은 기차에 치여 숨졌다. 경찰은 베르나르에게 다소 끔찍한 소년의 시신을 사진으로 찍어달라고 했다.

"제가 독자라면 신문에 이런 끔찍한 사진이 실린 것을 보고 놀랄 것 같은데요." 베르나르가 말했다.

"신문에 실으려는 것이 아니라 우리가 보려고 찍는 사진입니다. 우리는 이런 사진들을 수집합니다." 경찰 반장이 말했다.

경찰 반장이 도시의 사정을 설명해 주었다. 도시는 우파를 지지하지만 철도청은 좌파를 지지한다고 했다. 그래서 철도청은 플랫폼 이동을 위한 지하도를 건설하기 싫어한다는 것이었다. 그러는 사이, 매달 한 명씩 길을 건너다 기차에 치여 죽는 사고가 일어나고 있다고 했다. 기차가 다가올 때 소리가 잘 들리지 않아 미처 피하지 못해서 일어나는 사고라고 했다. 경찰 반장은 마치 베르나르를 동료 대하듯 심각한 이야기를 담담하게 이어갔다. 인턴을 하기에는 희한한 곳이었다.

기자 여섯 명이 기사 쓰는 일을 담당하고 있었다. 베르나르가 보기에 이들은 극우 성향이었다. 동료인 마리스 필라르스키가 여자라는 이유로 막 대하는 것을 보면 극우 성향임이 틀림없었다. 남자 기자들은 문에다가 '여기에 여자는 필요 없음'이라는 종이를 붙이기도 했다.

"남자 기자들은 여자를 기자가 아니라 리셉셔니스트 취급했습니다." 베르베르가 말했다.

마리스 필라르스키가 취재를 나가야 할 때 동료 남자 기자들이 방해하기도 했다. 남자 기자들이 취재 대상에게 미리 전화를 걸어 마리스의 취재에 응하지 말라고 했다. 취재 대상자는 그 말에 따라 마리스에게 "여자가 아니라 남자 기자가 와주시죠."라고 말했다.

"남자 기자들은 제가 동조하지 않자 절 눈엣가시로 생각한 것 같았어요. 다만 제가 인턴이었기 때문에 참아준 것 같더군요." 베르베르가 말했다.

하지만 베르나르는 원하는 대로 스케줄을 자유롭게 쓸 수 있어서 인턴 생활이 나름 즐거웠다.

"기자들 대부분은 무기력하거나 술을 좋아했습니다. 그런 그들과 달리 저는 4페이지 기사를 써낼 수 있었고요. 기사 주제는 수영장 개관, 교통사고, 호박대회 등 다양했습니다. 기사를 쓰면 진짜 삶 속으로 들어갈 수 있었습니다. 기사는 일단 나가면 즉시 평가를 받죠. 아침에 크루아상을 사러 갔더니 빵집을 운영하는 여자 사장님이 기사를 읽은 소감을 들려줬습니다! 사람들에게 직접 영향을 미치는 글을 쓰는 기자라는 직업도 의미가 있더군요. 기자 인턴 생활은 1983년 8월 말까지 했는데 좋은 기억으로 남아있습니다. 기자 일을 해보면서 무언가를 배운 기분이었습니다. 내가 매일 20장 정도의 글을 쓸 수 있는 사람이라는 것도 알았고요. 그전까지는 내가 그렇게 생산적인 인간인지 몰랐거든요. 그리고 북부 지방 사람들은 처음에는 차가워 보여도 몇 주 지나면 진솔한 면을 보여줍니다."

그런데 한 가지 당혹스러웠던 사건이 있었다. 일곱 살 남자아이

미셸이 쓰레기봉투에 담겨 운하에 던져진 채 발견된 사건이었다. 베르나르는 아이의 엄마가 범인이라는 제보 편지를 여러 장 받았다. 빵집 사람들도 같은 이야기를 했다.

베르나르는 확인차 아이 어머니의 집을 찾아갔다. 사십대 여성인 아이 엄마는 베르나르에게 커피와 쿠키를 내오며 친절하게 맞아주었고, 무슨 일이 있었는지 자발적으로 들려주었다. 아들이 둘 있는데 먹여 살릴 길이 없어 극단적인 선택을 했다는 것이었다.

"인물이 제일 나은 아들을 키우기로 했어요." 아이 엄마가 태연하게 말했다.

이전에도 그 여자는 이미 큰아들을 강가에 던진 적이 있었는데 남동생이 형을 구했다고 한다. 그래서 쓰레기봉투에 넣어 다시 던지기로 한 것이다. 여자는 전혀 겁을 먹지 않은 모습이었다. 감옥에 가면 친절하게 자백하고, 필요하면 사진촬영 포즈도 취할 태세였다.

베르나르는 특종을 잡은 듯 들떠서 신문사에 도착하자마자 편집장에게 말했다.

"아이 엄마의 사진과 자백이 담긴 녹음테이프를 가져왔습니다."

그런데 어찌된 일인지 편집장은 그런 베르나르를 심하게 질책했다.

"그 기사는 실을 수 없네!"

"왜죠? 조사에 문제가 있습니까?"

"그 사건은 덮어. 셜록 홈즈처럼 굴지 말고."

"문제가 뭡니까?"

"우선, 그와 비슷한 상황에 있는 어머니들이 많아. 부담이 되는 아이를 처리하지 못해 고민하고 있었을 텐데 기사를 보고 봉투에 아이를 담아 강에 던지면 되겠다며 새로운 아이디어를 얻을 수 있다고. 자네 기사 때문에 아이들이 그런 식으로 죽는다면 책임질 건가?"

"무슨 말씀이신지……."

"그리고 죽은 아이는 다시 살릴 수 없어. 엄마가 감옥에라도 가면 남은 아이는 어쩔 건가? 아이를 엄마 품에서 빼앗고 싶은 것은 아니겠지? 이미 불행한 인생인 사람을 두 번이나 불행하게 하지 말라고!"

"그럼, 어떻게 하면 됩니까?"

"기사를 다시 쓰게. 강가가 미끄러워서 아이가 물에 빠진 것으로 하고, 아이들이 강가에서 놀지 못하게 해야 한다는 내용으로 쓰면 돼. 그리고 강가 둑길에 가로등을 제대로 설치하지 않은 시청의 잘못이라는 내용도 넣으라고."

어떻게 해야 할까? 인턴에 불과한 베르나르가 편집장에게 바른 소리를 할 수도 없는 일이었다. 더구나 직접 만나보니 친절하고 다정한 그 여자가 범인이었다는 생각에 베르나르는 혼란스러웠다.

얼마 후 베르나르는 경찰 반장에게 자초지종을 들을 수 있었다. 베르나르가 인턴 기자로 입사할 때 잠시 만났던 그 경찰 반장이었다. 자신의 아이를 죽인 그 여자는 캉브레에서 가장 인기 많은 매춘부에 속한다고 했다. 따라서 어찌되었든 그 여자는 체포되지 않을 거라고 말했다. 그리고 더 충격적인 사실이 있었다. 《라 부아 뒤 노르》편집장이 그 여자의 단골 고객 중 하나라는 것이었다. 뿐만 아니라 경찰 반장의 많은 동료들도 그녀의 단골이었다고 한다.

"그 후로는 기사 내용에 신뢰가 가지 않더군요. 1년 뒤, 그레고리 사건이 발생했습니다. 동시에 비슷하게 실종된 아이 사건이 있었죠. '신문이 그 아이 사건의 진실을 밝혀주면 다른 누군가의 사건은 저절로 해결되는데.' 하는 생각이 들더군요."

베르나르가 기자로서 느낀 환멸은 시작에 불과했다.

6

미스터 특종

다락방, 공용화장실……. 많은 소설에서는 이러한 것들이 낭만적인 배경으로 등장한다. 어떻게 보면 별 볼 일 없는 일상인데 왜 이런 일상이 소설 속 상상의 세계에서는 따뜻하게 그려지는 걸까. 별 볼 일 없는 시절을 지나온 사람들도 세월이 흐르면 그 시절을 감미로운 추억으로 떠올리며 웃으며 이야기한다. 아르바이트. 혼자 외로이 하는 산책. 언젠가 올 성공을 꿈꾸며 근근이 생활하는 무명 예술가는 아름다운 이야기를 만들어 돈을 번다. 무명 예술가의 이야기는 매혹적으로 들린다. 폴 오스터가 뉴욕에서 겪은 데뷔 시절

이야기처럼 말이다. 언젠가 창가에 버터 덩어리를 두었는데 햇빛 때문에 버터가 모두 녹아버린 안타까운 일이 있었다. 녹아버린 버터는 오스터의 비참했던 시절을 상징한다. 딜런도 무명 시절이 있었다. 무명 시절의 그는 컨트리 음악 바에서 일하며 임시 소파에서 잠을 잤다. 누추한 집에서 살던 딜런은 전투적으로 일상을 살아가야 했다. 당연히 어울리는 이들도 사회에 반항적인 사람들이었다. 당혹스러운 사건들도 있었다. 성공이라는 좁은 문을 통과한 사람들에게는 술로 달래던 배고픈 무명 시절의 이야기가 필수 무용담과도 같다. 가끔 행운이라는 기회가 인생에 찾아온다. 운이 다가오면 잡아야 한다.

　베르나르는 파리로 돌아왔다. 얼핏 파리는 인정이 많아 보였다. 쇼윈도마다 화려함을 뽐내고 네온사인이 유혹적인 눈길을 보냈다. 베르나르는 더 나은 내일을 꿈꾸며 좁은 방에서 일상을 살아가고 있었다. 가끔 집을 찾아오는 사람들은 잡동사니 창고와 다름없는 좁은 방을 보고 당황했다. 베르나르는 영 청소에 서툴렀다. 어머니가 매달 한 번씩 파리로 올라와 침대 시트를 바꿔주고 집안일을 해주었다. 베르나르는 요리에도 서툴러서 샤르티에 같은 싸구려 식당이나 그럭저럭 먹을 만한 중국집에서 점심과 저녁을 때웠다. 베르나르는 더 이상 공부에 미련을 두지 않았다. 졸업장만으로는 먹고사는 문제가 해결되지 않았다. 오히려 기자처럼 글을 써야 푼돈이라도 쥘 수 있었다. 여러 잡지사에서 베르나르의 개미 르포를 샀다. 《트리뷴 주이브Tribune Juive》는 베르나르에게 글을 의뢰했다. 베르나르는 《르 푸앵Le Point》, 《VSD》, 《리베라시옹Libération》과도 가끔 일을 했다.

1983년 중반쯤, 베르나르는 저녁식사 자리에서 괴짜들을 만났다. 그들은 당시 떠오르던 분야인 인공지능의 장점에 대해 떠들어댔다. 컴퓨터공학을 전공하고 있는 프랑시스 프리드만은 언젠가 생각도 소프트웨어 프로그램으로 표현될 수 있다고 믿었다. 프랑시스는 인조인간을 만드는 프로젝트도 구상하고 있었다. '신경 연결 프로젝트'였다. 프로그래밍 없이 스스로 학습하는 시스템이었다. 베르나르와 프랑시스는 이 분야에 대해 오랫동안 토론했다. 베르나르는 회의적인 반응을 보였다.

실연으로 방황하던 베르나르에게 프랑시스는 여자친구를 소개해 주어야겠다는 생각을 했다. 베르나르는 새로운 여자친구와 사랑에 빠졌다. 3개월 후 베르나르는 여자친구에게 아이를 낳아달라고 했다. 아이가 있으면 장점만 있을 것 같았다. 아이는 베르나르의 복제판일 테니 여자친구가 아이를 돌보면 베르나르에게는 자유시간이 더 생길 것 같았다.

프랑시스의 집에는 희한한 것이 있었다. '오릭 1'이었다. 영국 회사 탠저린의 제품으로, 이름은 만다린이었다. 스티브 잡스가 회사를 세워 애플이라고 이름 지은 것이 생각난다.

겉으로 보면 오릭 1은 키보드처럼 생겼다. 검은색 바탕 위에 드롭스 사탕처럼 생긴 하얀색 자판이 붕 떠있는 것처럼 보였다. 자판 단추 하나를 누르면 '탁' 소리가 났다. 오릭 1 컴퓨터는 출시되자마자 대중에게 큰 인기를 얻었다. 영국에서만 16만 대가 팔렸다! 프랑스에서도 오릭은 큰 성공을 거둬 1983년에 5만 대가 팔려 나갔다.

프랑시스는 이 컴퓨터를 구입했다. 잡지들은 베껴 쓰려면 어지간히 인내심이 필요했던 베이직BASIC 프로그램을 제공해 주었고, 이것으로 〈팩맨〉이나 〈스페이스 인베이더〉의 모조 게임을 만들 수 있었다. 베르나르는 이 기계에 푹 빠져버렸다. 가격은 얼마였더라? 무려 2,000프랑이었다! 어쩔 수 없이 오릭 컴퓨터를 살 때까지 절약해야 했다. 베르나르는 식비를 줄였다. 그는 이 컴퓨터를 구입한 후 앰프와 TV에 연결하며 애정을 과시했다. 베르나르는 베이직 언어를 배워 자체 텍스트 처리를 프로그래밍하기까지 했다! 그 과정에서 그는 소설 구상 방식을 바꿨다.

"무언가를 배울 때마다 원고가 달라졌습니다. 소설은 베이직의 'GOTO' 기능처럼 작동한다는 것을 알았습니다. 텍스트의 한 곳에서 다른 곳으로 이동하는 방식이죠. 마치 약속을 관리하는 방법과 비슷했습니다."

베르나르가 프랑시스를 괴짜로 생각하는 또 다른 이유가 있었다. 프랑시스는 필립 K. 딕의 책만 읽었다. 베르나르가 아무리 에드거 앨런 포, 쥘 베른, 아시모프, 프랭크 허버트의 작품을 강력히 추천해도 소용없었다. 프랑시스는 "딕! 딕! 딕!"만 외쳤다. 그는 딕의 소설은 단 한 줄도 빼먹지 않고 읽었고, 번역 오류가 발견되면 영어 원본을 들이대며 반박까지 했다. 단 한 작가의 작품만 광적으로 좋아하는 프랑시스의 취향이 베르나르에게는 낯설었다. 베르나르는 《높은 성의 사나이》를 통해 필립 K. 딕의 작품을 처음 알게 되었다. 계시와도 같은 작품이었다!

"그때부터 10년간 필립 K. 딕의 소설에 빠졌습니다. 그의 팬이 된 저는 소설을 전부 찾아서 다 읽었습니다. 잘 알려지지 않은 전작까지 모두요. 필립 K. 딕은 미스터리했습니다. 그는 마치 미래에서 온 인간 같았습니다. 소설 《유빅》을 꼼꼼히 읽으며 분석하자 마치 저의 정신세계 안에서 창문 하나가 열린 기분이었습니다. 필립 K. 딕의 소설을 읽으니 글을 쓰고 싶어 미치겠더군요. 개성이 넘치고 넘치는 그의 생각에 몰두하다 보면 마치 술을 마신 것처럼 정신이 몽롱해지기도 했습니다. 그의 소설을 통해 철학을 새롭게 발견했습니다. 고등학교 3학년 때 점수가 형편없던 철학을 말이죠. 필립 K. 딕의 소설을 읽으며 조로아스터교,[2] 카발 등 이상할 정도로 신비한 것들을 알았습니다. 딕은 《성스러운 침입》에서 유대교를 바라보는 생각을 놀랍게 전합니다."

매일 베르나르는 한 시간 동안 필립 K. 딕의 소설과 약력을 몰

---

2   고대 이란의 종교. 창시자는 조로아스터. 독일어식 발음으로 읽으면 조로아스터는 '차라투스트라'라고 읽는다.

입해 읽으면서 그의 글쓰기 방식에서 영감을 얻었다.

"필립 K. 딕의 소설과 문체에는 유쾌함이 돋보입니다. 마치 '아이디어를 발견했으니 지적으로 가공하지 않고 재빨리 풀어내겠어.'라고 결심한 듯 쓰거든요. 필립 K. 딕은 형식보다는 아이디어를 중시하는 작가입니다."

1984년 초, 새로운 시사주간지 《레벤느망 뒤 죄디 L'Evénement du Jeudi》가 가판대에 등장했다. 베르나르는 이 주간지에 지원했다.

"이 잡지사에서 전설적인 종군기자 장 프랑시스 엘을 만났습니다." 베르베르가 말했다. "그리고 《르 누벨 옵세르바퇴르 Le Nouvel Observateur》에서 쪼잔하고 호기심 없어 보이는 사람들과 만날 수 있었죠. 하지만 장 프랑시스 엘은 마음이 넓고 재치가 넘쳤습니다. 그에게서 기사를 써달라는 의뢰를 받았습니다. 개미, 태양열 추진, 중국의 최초 황제 진시황에 관한 기사들이었습니다."

베르나르는 《라 부아 뒤 노르》 인턴 기자 때는 기사의 길이를 줄이라는 지시를 받았지만 장 프랑시스 엘에게서는 기사를 '6페이지로 길게 써달라'는 부탁을 받았다.

기고가라는 직업은 불확실했다. 매번 편집부에 테마를 제안하지만 아이디어가 채택될지는 확신할 수 없었다. 그러던 어느 날 베르나르는 《르 누벨 옵세르바퇴르》로부터 과학기사를 정기적으로 써달라는 제안을 받았다. 과학 분야를 쓰고 싶어 하는 기자들이 드물다는 것이었다.

"과학기자들은 대부분 연구실에서 쫓겨난 타락한 과학자들이었습니다." 베르베르가 힘주어 말했다. "그런 과학자들이 대중에 영합하는 과학기사를 썼고, 이 때문에 과학자 동료들 사이에서는 이미지가 안 좋았죠."

고등학생 때와 마찬가지로 언론사에서 일할 때도 베르나르는 과학자와 문학가 사이를 왔다 갔다 했다.

"국립언론학교에서도 과학기자가 되고 싶은 학생은 저 혼자였습니다."

베르나르는 《르 누벨 옵세르바퇴르》의 제안을 장 프랑시스 엘에게 알렸다.

"미안하지만 우리는 예산이 부족해 베르베르 씨를 정식 기자로 고용할 수 없습니다."라는 잡지사의 말을 전해 들은 장 프랑시스 엘이 안타까워했다.

"그렇다면 《르 누벨 옵세르바퇴르》의 제안대로 기고가로 일할 수밖에 없겠군요." 베르나르가 말했다.

"한 가지만 알려드리죠." 장 프랑시스 엘이 조언했다. "《르 누벨 옵세르바퇴르》와 일한 적이 있습니다. 사회면 편집장을 맡을 뻔했는데……."

"그런데 무슨 일이 있었죠?"

"뒤파르라는 여성 때문에 물 건너갔죠. 그 여자와 얽힐 수 있으니 조심해요."

"기자인가요?"

"평생 기사라고는 써본 적이 없는 것 같은 여자이지만 기자입니다."

《르 누벨 옵세르바퇴르》의 정기 기고가로 일한다는 것은 대단한 일이었다. 그런데 사내 분위기는 이상했다. 과학부에는 세 사람이 있었다. 그런데 편집부 일부는 과학면 기사를 읽지 않는다는 것을 경쟁하듯 알렸다. 과학기사만 일부러 건너뛰고 있었다. 서른다섯 살의 어느 종군기자도 베르나르에게 자신의 입장을 알렸다.

"과학면 기사는 하나도 안 읽습니다. 내 취향이 아니거든요."

"하지만 과학은 세상일입니다."

"그럴지도 모르겠으나 나는 정치에만 관심이 있습니다!"

그래도 과학부에서는 아무도 기자들을 귀찮게 하지 않아 좋았다. 딱 하나만 빼고. 사회부 편집장, 그러니까 엘이 말한 그 유명한 뒤파르와 같이 작업해야 한다는 점이었다. 베르나르가 보기에 뒤파르는 다른 사람들의 일을 방해하면서 즐거워하는 사악한 성격인 것 같았다.

"사회부에 공포심을 조장해 우월감을 뽐내는 것이 그 여자의 주특기였습니다."

《르 누벨 옵세르바퇴르》의 과학부에서 베르나르는 동료 두 명과 일했다. 한 명은 보노였다. 그는 모호한 용어를 잔뜩 늘어놓고 문장을 길게 늘여 난해하게 쓰는 것을 좋아했다. 그런 그의 기사가 매우 진지하다는 평가를 받았다. 한편, 베르나르는 명확한 문장을 사용하고 실질적인 예시를 드는 스타일이었다. 편집장은 쉽게 읽히는 글을 마음에 들어 하지 않았다.
"베르나르 베르베르 씨, 이것이 정말 과학기사인가요?"

"난해해야 진짜 과학이라는 편견이 있었습니다." 베르베르가 말했다. "독자들을 아래로 보고 어려운 글을 쓸수록 중요한 내용을 다루는 것이라고 생각했습니다. 알기 쉽게 쓸수록 독자에게 신뢰를 받지 못한다는 논리죠."

편집장의 평가에 베르나르는 당황했다. 베르나르는 한 가지 사실을 발견했다. 과학기자 세 명 중에 독자들의 편지를 가장 많이 받는 기자가 보노였던 것이다. 그러니까 보노의 기사는 독자들이 많이 읽는다는 뜻이었다! 앞으로도 베르나르가 놀랄 일은 많았다.

《개미》를 쓰는 작업은 순조롭게 이어졌다. '수개미 103683호'

라는 이름의 주인공 개미가 겪는 환상적인 모험 이야기였다. 베르나르가 원고를 보낼 때마다 출판사는 하나같이 똑같은 이유의 거절 편지를 보냈다.

"죄송하지만 보내주신 원고는 현재 저희 출판사의 출간 방향과 맞지 않습니다."

다른 사람들 같으면 진작에 포기했겠지만, 베르나르는 원고가 부족하다고 생각해 고치고 또 고쳤다.

주인공의 이름은 에드몽 웰즈라고 했다. 베르나르가 읽으면서 놀란 허버트 조지 웰스의 단편소설 〈눈먼 자들의 나라〉에 보내는 오마주였다.

〈눈먼 자들의 나라〉는 어느 등반가의 이야기다. 안데스 산맥을 오르다가 비바람을 피해 가게 된 곳이 세상과 단절된 계곡이었다. 마을 사람들은 전부 선천적으로 눈이 보이지 않았다. 옛날에 마을 사람 한 명이 전염병에 걸린 뒤로 그렇게 된 것이다. 마을은 수백 년간 세상과 단절되어 있었기 때문에 마을 사람들은 눈을 갖고 있다는 것이 무엇인지도 몰랐다.

등반가는 눈먼 자들의 나라에서는 눈이 보이는 사람이 왕이라고 생각했다.

"여러분의 마을을 제가 다스리겠습니다." 등반가가 말했다.

"왜죠?" 마을 사람들이 물었다.

"눈이 보이는 제가 더 나으니까요."

"눈이 보여서 좋은 점이 무엇인지 모르겠습니다!"

"예를 하나 들죠. 저 혼자 여러분을 상대할 수 있습니다."

그런데 등반가가 마을의 남자 한 명과 결투를 해보니 눈먼 사람들은 소리를 통해 등반가를 감지해 쉽게 그를 제압했다.

밤이 되어 칠흙 같은 어둠이 펼쳐지자 마을 사람들은 더욱 실력을 발휘했다.

소설 끝부분에서 등반가는 마을 여자와 사랑에 빠진다. 여자는 등반가가 앞이 보여서 망상에 사로잡히는 것이라 생각해 극단적인 제안을 한다.

"우리 마을에서 살고 싶다면, 날 사랑하고 싶다면 당신의 두 눈을 뽑아버리세요."

등반가는 딜레마에 빠진다. 행복해지기 위해서는 가장 중요하게 생각하는 것을 포기할 수 있을까? 멋진 마을에서 따뜻한 사람들, 사랑스러운 여자와 사는 일이 두 눈을 포기할 정도로 가치 있을까?

"인간이 중요한 것을 희생할 생각까지 하는 상황이 끔찍하게 다가왔습니다." 베르베르가 설명했다. "이 단편소설을 읽으면서 한 가지 깨달은 것이 있습니다. 이전에 한 번도 해보지 않은 질문을 유도하는 책이 좋은 책이라는 사실입니다. 독자에게 딜레마를 던지는 책이죠. 만일 여러분이 주인공이라면? 허버트 조지 웰스의 단편소설에서는 이런 질문을 던집니다. '여러분에게 눈이 보인다는 것은 어느 정도까지 중요한가?' 저한테는 매우 중요합니다.

눈이 보여야 글을 쓰고 읽으니까요. 사랑 때문에, 혹은 행복한 사회에서 살기 위해 두 눈을 포기한다는 것은 생각만으로도 충격입니다."

〈눈먼 자들의 나라〉에 깊이 감동한 베르나르는 자신의 소설에 에드몽 웰즈라는 이름의 등장인물을 꼭 넣고 싶었다.

1984년 10월 즈음, 베르나르는 작가 렌 실베르와 친해졌다. 낙태할 권리를 위해 투쟁하는 선구자였던 그녀는 이전에 페미니스트 책 《무경험 L'inexpérience》(1967년)을 낸 적이 있었다. 렌은 베르나르에게 일종의 멘토 역할을 했다. 그녀는 《개미》의 원고를 읽으며 대단하다고 감탄하면서 용기를 주었다.

"기자보다는 작가가 맞네."

그 후로 렌은 《개미》 후속작을 읽어봐 주기로 했고, 의견을 건네며 용기를 북돋아 주었다.

"렌은 제가 천재라고 확신했습니다. 누군가 그렇게 생각해 준다는 사실만으로도 천재가 된 것 같은 기분이 들죠."

베르나르는 《개미》의 1장과 2장 사이에 과학이나 역사에 관한 설명을 넣는 것이 좋겠다는 생각을 했다. 그래서 떠올린 것이 '상대적이며 절대적인 지식의 백과사전'이었다.

"《개미》를 쓰면서 어느 순간 '사람들이 소설 내용에 관심이 없다면 관심을 갖게 만들 수 있는 내용을 양념처럼 넣는 것이 좋을 것 같다.'라는 생각이 들었습니다."

열세 살 때부터 베르나르는 놀라운 것을 발견하면 잊어버리고 싶지 않다는 강박관념이 있었다. 그래서 베르나르는 감동적이거나 깨달음을 주는 내용을 발견하면 스크랩해서 모으거나 베껴서 적어놓곤 했다. 지구의 크기, 많은 동물의 종류, 알려지지 않은 역사 이야기, 애플 밀푀유 레시피 등이었다. 공책 전체를 합치니 두께가 엄청났다. 그래서 베르나르는 《개미》의 1장과 2장 사이에 이 공책의 내용을 골라 넣기로 했다.

"시각을 달리했습니다. 흥미로운 발상이었죠. 독자들에게 반짝이는 독특한 이야기를 서로 나누고 토론을 시작할 기회를 주자는 생각이었습니다."

한편, 베르나르는 실빈이라는 예쁜 여성에게 반하고 말았다.

"기분이 수시로 바뀌며 미스터리한 여자였습니다. 그래도 정말 귀여웠죠. 젊은 남자들이 고개를 돌려 쳐다볼 만한 여자였습니다." 당시 베르베르의 친구가 들려준 이야기다.

검고 긴 머리에 우수에 젖은 눈빛을 한 실빈은 강박관념처럼 베르나르에게 계속 이런 말을 했다.

"나한테 너무 가까이 오지 말아요. 나는 사람들을 바닥까지 끌고 간다고요."

베르나르는 미스터리하고 우수에 젖은 실빈에게 깊이 빠져들었다. 예상대로 실빈은 어디로 튈지 모르는 공 같은 여자였다. 지하철이나 길에서 기절할 때도 있었다. 실빈은 툭하면 자기 집에 가버렸다가 베르나르의 집으로 다시 찾아오곤 했다. 어느 날, 실빈은 정신과 의사와 상담을 했다고 베르나르에게 말했다. 실빈의 말에 따르면 의사는 그 어떤 여자도 자신을 거부하지 못한다고 자랑스럽게 말했고, 얼마 뒤 그녀도 그와 잠자리를 같이했다고 했다. 그로부터 얼마 후, 실빈이 공포에 질린 목소리로 베르나르에게 전화했다. 실빈은 정신과 의사의 매력에 빠졌지만 동시에 그를 두려워하고 있었다.

"그가 열한 살의 어린아이를 차로 치었어요. 나보고 거짓 증언을 해달라고 하네요."

베르나르는 실빈에게 아무것도 하지 말라고 했다. 실빈은 그 의사가 자살충동도 있고 폭력적이라고 말했다. 그는 질투도 심해 실빈에게 전 남자친구와 연락을 끊으라고 여러 번 요구했다고 한다. 심지어 베르나르를 《르 누벨 옵세르바퇴르》에서 쫓아낼 수 있다는 위협까지 했다는 것이었다. 실빈이 폭력적인 의사 애인 집에서 나와 다시 베르나르에게 왔다가 의사 애인이 애원하면 마지못해 돌아가는 일이 그 후로 계속 반복됐다.

1985년 3월, 베르나르는 《레벤느망 뒤 죄디》에 〈전 세계 모든 개미를 위한 하나의 두뇌〉라는 기사를 실었다. 얼마 후, 알뱅 미셸 출판사의 프랑시스 에스메나르 대표가 편지를 보내왔다.

'기사가 정말 마음에 듭니다. 같이 단행본을 냈으면 합니다.'

알뱅 미셸 출판사를 찾아간 베르나르를 맞아준 사람은 연대장을 지낸 적이 있는 장 피에르 모르크레트였다.

"개미에 대한 책을 써줄 수 있나요?"

"잘됐군요. 마침 개미에 대한 소설을 쓰고 있습니다. 알뱅 미셸에도 이미 전에 원고를 보낸 상태고요." 베르나르가 설명했다.

"소설이라고요? 이런! 우리는 에세이를 원하는데."

"저는 소설로만 쓰고 싶습니다."

"그건 힘들 겁니다."

"알뱅 미셸에서 소설을 출간하고 싶다면 어떻게 해야 하죠?"

"독자위원회에서 원고 심사를 받아야 합니다."

베르나르는 《개미》의 최종 원고를 알뱅 미셸 출판사에 보냈지만 독자위원회에서는 원고를 통과시킬 수 없다고 알렸다.

"그 순간 알뱅 미셸 출판사에서 출간하는 일은 물 건너간 셈이었죠." 베르베르가 말했다.

베르나르가 살고 있는 곳은 파리 19구 케 드 루아르에 있는 진짜 아파트였다. 문제는 하나였다. 베르나르는 혼자 살면 청소를 게을리한다는 것이었다. 결국 주방은 바퀴벌레들이 접수했다. 베르나르는 바퀴벌레를 퇴치할 놀라운 기술을 사용했다. 청소기로 바퀴벌레 떼를 빨아들이는 방법이었다. 하지만 이렇게 해도 바퀴벌레는 퇴치되지 않았다. 오히려 청소기 속 봉투 안이 따뜻하다 보니 바퀴벌레들이 더 빠른 속도로 번식했다. 바퀴벌레 떼의 습격에서 벗어나기 위해서는 더 강력한 방법이 필요했다.

베르나르는 새로운 연극을 무대에 올리고 싶다는 생각을 했다. 친구 프랑시스 프리드만의 도움이 필요했다. 이번 연극에는 가재가 등장했다. 겨울 동안 가재는 창밖에서 휴식을 취하며 무대에 오를 날을 기다렸다. 그런데 따뜻한 날이 다가오자 가재는 불쌍하게도 부패하기 시작했다. 악취는 토할 정도로 심각해져서 도저히 리허설 현장에 데려갈 수 없었다.

1986년, 베르나르는 《르 누벨 옵세르바퇴르》에 〈신과 과학〉이라는 특집 기사를 보냈다. 종교와 과학을 연결한 시리즈 기사였다. 해당 호의 잡지는 최고의 잡지 판매 부수를 기록하며 성공을 거뒀지만 베르나르는 그에 대한 보답을 받지 못했다. 오히려 편집부는 이번 성공을 자신들의 공으로 돌렸다.

"아이디어는 제가 냈다고요!"

편집장 장 다니엘이 부서를 옹호하는 발언을 했다.

"〈신과 과학〉 같은 테마의 기사를 또 발행한다면 유명인들만 읽는 기사가 되어서는 안 됩니다. 그런 테마는 일반 독자들이 소화하지 못하거든요. 과학자나 문학가라면 모를까."

잡지사에서 베르나르는 현재 쓰고 있는 소설 《개미》의 이야기를 할 때도 있었다. 동료들은 그런 소설이 팔릴까, 하며 회의적인 반응을 보였다. 이런 말을 하는 동료도 있었다.

"도대체 왜 개미에 대한 책을 그렇게 악착같이 쓰는 거야? 그런 이야기는 아무 관심 없다고. 사람들은 개미를 주방에서 어떻게 퇴치하면 되는지에만 관심 있어. 우리도 그렇거든. 책을 내고 싶으면 가장 잘 쓴 기사 다섯 편을 모아 연결해 봐. 그러면 휴가비는 벌 수 있을 테니까. 다들 그렇게 해. 게다가 《르 누벨 옵세르바퇴르》에서 확실히 괜찮은 기사를 써서 이름을 알리면 책이 잘 팔릴 거야."

당시 편집장이던 프란츠 올리비에 지베르는 회의에서 이런 말을 했다.

"진실 따위는 집어치워요. 자신이 쓴 책에 대해 비평기사를 쓰는 기자들은 필명을 사용합니다. 그러나 이렇게 해도 들킬 위험이 있죠. 그래서 필명보다는 동료의 이름을 사용해요. 서로 이름을 빌려주며 돕죠."

실빈은 여전히 베르나르의 인생에 무거운 짐이었다. 한번은 실빈이 베르나르에게 몰래 전화를 걸어 왔다. 정신과 의사 애인이

전에 만났던 여자 세 명을 강제로 정신병원에 가두었다며 자랑을 했다는 것이었다. 결국 실빈은 애인의 집을 나왔다고 했다. 그러던 어느 날, 실빈은 베르나르에게 전화해 의사 애인의 집에 놓고 온 서류를 가져와야 하는데 도와달라고 부탁했다. 베르나르는 실빈이 내려오지 않자 걱정이 되어 의사의 집으로 올라가 보았다. 정신과 의사가 실빈을 때리고 문을 쾅 치는 소리가 들렸다. 그가 문을 열어주지 않자 베르나르는 문을 부수려 했는데, 마침 경찰들이 그 모습을 보게 되었다. 베르나르는 집으로 경찰들을 들여보냈다. 정신과 의사는 고위직에 있는 친구들을 두었다고 엄포를 놓았다. 이 와중에 벽 아래 앉아있던 실빈은 경찰들 앞에서 자신을 때린 정신과 의사를 사랑한다고 말했다. 베르나르는 황당할 뿐이었다. 실빈을 샹젤리제까지 태워다 주고 베르나르는 실빈에게 이제 다시는 보지 말자고 말했다.

그로부터 몇 달 뒤, 베르나르에게 카트린이라는 새로운 동반자가 생겼다. 1988년 10월, 두 사람은 서로 알고 있는 친구의 집에서 함께 브런치를 하다가 만나게 되었다. 두 사람은 아주 잘 통했다. 더구나 악기연주가 취미라는 공통점까지 있어서 더 쉽게 친해질 수 있었다. 카트린은 피아노, 베르나르는 기타를 연주했다. 베르나르는 카트린에게 《르 누벨 옵세르바퇴르》 이야기를 자주 들려주었고, 그곳에서 일하는 것이 얼마나 힘든지 모르겠다고 넋두리를 했다.

전에 사귀던 여자친구들과 마찬가지로 카트린도 처음에는 베르나르의 집에 와서 개미집을 보고 매우 놀라워했다. 개미집은 욕조에 조성되어 있었다. 베르나르는 샤워기만 사용하고 욕조는 개미집에 양보한 것이다. 개미들이 사는 세상은 길이 1미터, 높이 70센티미터였다. 개미들의 도시에는 일개미 1,600마리, 여왕개미 여섯 마리가 살고 있었다.

"여자친구마다 하나같이 개미들이 목욕탕에서 기어 나오면 어쩌냐고 무서워했습니다. 숲에 살던 왕개미, 나무에 살던 붉은개미들이 그곳에 살았죠. 붉은개미는 소설《개미》의 주인공이 됩니다. 저는 반대로 개미들이 죽을까 봐 두려웠죠. 집에서 개미를 기르는 사람들의 모임을 통해 조언을 얻었습니다."

무엇보다도 집에 개미집을 두니 개미들의 행동을 세심하게 관찰할 수 있었다. 어느 날 저녁, 베르나르는 개미들의 조직적인 음모를 목격했다. 여왕개미 두 마리가 손을 잡고 다른 여왕개미들을 제거해 여러 개미 도시들을 다스렸다. 그리고 이제는 여왕개미 두 마리가 서로 최후의 결투를 벌였다. 여왕개미들은 개미 종족을 유지하기 힘든 환경에서는 알을 적게 낳았다. 베르나르는 출산을 조절하는 여왕개미의 능력에 감탄했다.

"목욕탕에 조성된 개미집에는 개미들이 1,600마리가 있었습니다. 그런데 공간이 좁다 보니 개미들이 개미 알 낳는 수를 줄였습니다. 우리 인간도 이렇게 해야 한다는 생각이 들었습니다."

6개월 후, 카트린은 베르나르가 사는 아파트로 들어왔다. 두 사람은 서로 많이 사랑했다.

1989년 2월부터 베르나르는 처음 산 노트북을 들고 《르 누벨 옵세르바퇴르》에 출근했다. 도시바 노트북 T1000이었다. 타자기에 익숙하던 편집부 사람들의 눈에 노트북은 불경죄처럼 비쳐졌다. 베르나르는 빅토르 위고가 지금 살아있다면 시대에 맞는 기계를 사용해 《세기의 전설》도 워드로 썼을 것이라고 맞받아쳤다. 하지만 베르나르가 아무리 떠들어도 편집부 사람들은 들은 척도 하지 않았다.

당시에는 잡지사들도 시대의 흐름에 따라 문서 처리 방식을 바꿔가고 있었다. 기자들은 기사를 디스크에 저장했다. 편집이 훨씬 쉬웠기 때문이다. 마침내 몇 달 뒤, 《르 누벨 옵세르바퇴르》의 클로드 페르드리엘 편집장이 이제 기자들도 컴퓨터로 작업해야 한다고 말했다. 기자들은 반박했다.

"우리는 과학자가 아니라고요!" 기자들이 항의했다.

페르드리엘 편집장이 기자들에게 텍스트 처리 교육 프로그램을 제공하겠다고 했지만, 기자들의 저항도 만만치 않았다.

"말도 안 됩니다. 우리는 진짜 기자들입니다. 그러니 평소대로 하겠습니다."

합의가 맺어졌다. 기자들이 비서에게 PC로 글을 받아 적게 한 것이다!

소설 《개미》는 1,500페이지 분량이 되었다. 베르나르는 계속 원고를 여러 출판사에 보냈지만 번번이 퇴짜를 맞았다. 그러던 어느 날, 희망을 가질 수 있는 일이 생겼다. 《르 누벨 옵세르바퇴르》의 동료 엘리자베스 셈라가 베르나르에게 프랑수아즈 베르니의 연락처를 준 것이다. 프랑수아즈 베르니는 플라마리옹 출판사에서 영향력이 있는 임원이었다. 프랑수아즈 베르니는 《개미》에 관심을 보였다. 하지만 라파엘 소랭[3] 편집자가 이의를 제기했다.

"개미 이야기와 인간 이야기가 번갈아 나오는 형식이군요. 인간 이야기 부분을 전부 빼면 책으로 만들어보겠습니다."

하지만 그럴 마음이 없었던 베르나르는 편집자의 제안을 거절했다.

베르나르는 과학기사 기고가로 일하면서 노동조건을 높이기 위해 노력했다. 베르나르의 상황은 납득이 되지 않았다. 매일 출근해 좋아하는 테마로 매주 심층기사를 쓰고 있지만 받는 돈은 최저임금 수준이었다. 심지어 비서 월급보다도 못했다! 편집장 로랑 조프랭은 베르나르의 입장에 공감했지만 할 수 있는 일이 없었다. 동료 기자가 베르나르에게 사정을 알려주었다.

"놀고먹는 사람들을 너무 많이 고용했더니 정작 일하는 사람들

---

3   이후 라파엘 소랭은 미셸 우엘벡 작가와 계약을 맺기도 했다.

을 고용할 수 없는 상황이야!"

그해, 샴페인 브랜드 멈Mumm이 최고의 기사상 대회를 개최했다. 베르나르는 시험 삼아 '컴퓨터 도시, 싱가포르'라는 제목의 기사를 응모했다.

몇 주 뒤에 베르나르는 기사가 본선에 진출하게 되었다는 소식을 들었다. 그런데 알고 보니 《르 누벨 옵세르바퇴르》의 다른 기자들도 기사를 응모했는데 본선 진출에 떨어진 상황이었다. 사회부 차장이 베르나르를 따로 불렀다.

"멈 최고의 기사상에 지원하지 말지 그랬어요. 지금 베르나르 베르베르 씨에게 반대하는 사내 움직임이 있거든요."

"왜죠?"

"이번 대회에서 떨어진 기자들이 베르베르 씨를 질투하고 있습니다. 베르베르 씨가 자신들의 자리를 빼앗았다고 생각하고 있어요. 조제트 알리아는 장 다니엘 편집장에게 베르베르 씨를 해고하라고 요청했고, 베르베르 씨 때문에 마음이 불편했던 사람들도 조제트의 편에 섰습니다."

논설기자 프랑수아즈 지로가 이번 대회의 심사위원을 맡았다. 그녀가 베르나르에게 만나자고 연락했다. 프랑수아즈 지로는 베르나르의 기사가 아주 마음에 든다며 여러 잡지에 소개하겠다고 했다. 그러면서 이런 말을 했다.

"이런, 《르 누벨 옵세르바퇴르》에서 이미 근무하고 있군요."

"하지만 저는 기자가 아니라 고정 기고가입니다."

프랑수아즈 지로가 놀라워했다.

"뭐라고요? 베르베르 씨 같은 사람이 고정 기고가 일만 한다고요? 이해가 안 되는군요. 클로드 페르드리엘에게 말해봐야겠어요."

프랑수아즈 지로와 만난 후 베르나르는 편집장 사무실로 호출을 받았다. 사무실에는 로랑 조프랭도 있었다. 클로드 페르드리엘 편집장은 프랑수아즈 지로가 베르나르를 입에 침이 마르도록 칭찬했다고 말했다. 그래서 편집장은 베르나르를 정식 직원으로 고용할 생각이라고 했다. 조건은 최저임금보다 조금 높은 연봉. 로랑 조프랭이 놀라서 물었다.

"잠깐만요! 사회부는 이미 인건비가 많이 나갑니다. 정말로 베르베르에게 그런 월급을 줄 수 있는 상황인가요?"

편집장 면담이 끝났다. 로랑 조프랭이 베르나르를 찾아와 생색을 냈다.

"봤지? 자네 편을 들어줬다고! 자네가 정식 직원이 되게 해주겠다고 약속했잖아. 자네는 정식 직원이 될 거야."

과학부로 돌아온 베르나르는 새로운 상황을 목격했다.

"지금 베르베르 씨를 고용하느냐 마느냐로 의견이 갈렸습니다. 베르베르 씨의 고용을 반대하는 사람들이 세력이 더 큰 것 같군요."

상황은 불리하게 돌아갔다. 베르나르는 장 다니엘에게 불려 갔다.

"베르베르 씨가 응모했는지 몰랐습니다. 알다시피 나는 과학 기사를 읽지 않습니다. 나의 관심사는 영화, 정치, 문학이죠."

"하지만 열 개의 커버 기사 중 과학기사가 최소 네 개입니다. 콜레스테롤, 두통, 인류의 기원, 여름 식사법 등."

"그건 넘어갑시다. 프랑수아즈 지로가 베르베르 씨를 좋게 보고 있다는 것은 압니다. 하지만 조제트 알리아가 베르베르 씨를 해고해 달라고 요청했습니다. 조제트는 개인적으로 친구 사이이기도 해서 어쩔 수 없이 베르베르 씨를 해고할 수밖에 없습니다."

"해고 사유는요?"

"조제트는 베르베르 씨에게 상을 도둑맞았다고 생각합니다. 베르베르 씨가 응모하지 않았다면 조제트의 기사는 결선에 올랐을 겁니다."

베르나르는 믿을 수 없었다. 1990년 초, 베르나르가 받아 든 해고통지서에는 어떤 사유도 적혀 있지 않았다. 이로써 베르나르는 《르 누벨 옵세르바퇴르》에서 해고된 몇 안 되는 기자라는 타이틀을 얻었다. 엎친 데 덮친 격으로 베르나르는 결선에서 상을 타지 못했다!

베르나르의 해고 소식을 들은 《르 누벨 옵세르바퇴르》의 동료들은 베르나르에게 등을 돌렸다. 베르나르를 지지한 동료 두 명만은 예외였다. 첫 번째 동료는 볼린스키였다. 볼린스키는 베르나르에게 《레코 데 사반L'Echo des Savanes》에 가서 서로 편하게 말을 놓자고 말했다.

"에르베 데생주를 찾아가서 내 이름을 대라고.《레코 데 사반》에서는 더 나은 대우를 받을 거야."

두 번째 동료는 그때까지 전혀 생각지도 못한 인물이었다. 외모는 볼품없지만 진지하고 강직한 프랑수아 슐로세였다. 그는 베르나르를 대신해 클로드 페르드리엘 편집장을 찾아갔다.

"베르베르 씨가 멈 최고의 기사상에 응모했다는 이유로 해고했다고요? 그런 좋은 인재를!"

"잘 알고 있지만 장 다니엘과 맞서며 얼굴 붉히고 싶지 않습니다."

"그런데 베르베르 씨에게 휴가비와 열세 번째 달 월급도 안 주셨더군요. 베르베르 씨를 해고한 것도 모자라 노동법을 어기셨어요!"

나중에 베르나르는 프랑수아 슐로세에게 왜 유일하게 자기 대신 나서서 편을 들어주었느냐고 물었다.

"원래 성격이 반항적이라서요. 부당한 것을 보면 그냥 넘어가지 못하는 성격이죠."

"프랑수아 씨는 편집부에서 유일하게 좋은 사람이었군요!" 베르나르가 감사하다고 인사한 후 한숨을 쉬었다.

베르나르도 노동청에 신고할 생각이었다. 그러나 환멸이 극에 달해 분위기를 바꾸고 싶었다.

"가족에게 배척당한 기분이었습니다. 하지만 상관없습니다. 그런 가족과는 영원히 이별이죠!"

프랑수아 슐로세는 베르나르에게 인턴 자리가 났다고 알려주었다. 마침 잘되었다. 그렇지 않아도 베르나르는 시나리오 작가 직업에 대해 배우고 싶었다. 그래서 INA에서 1년 인턴 생활을 해보기로 했다.

"INA에서 대단한 것을 배우지는 않았지만 제가 매일 시나리오 한 편을 쓸 수 있다는 것과, 영감이 부족한 사람들을 위해 글을 쓸 수 있다는 것을 알았습니다."

그 기간 동안 베르나르는 또 다른 글쓰기에 돌입했다. 이제는 매일 저녁 6시와 7시 사이에 단편을 썼다. 소설이나 영화를 위한 것이었다.
베르나르는 《르 누벨 옵세르바퇴르》 과학부에 자신의 후임이 들어왔다는 소식을 들었다. 《레벤느망 뒤 죄디》를 그만두고 나온 후임자 미셸 드 프라콩탈은 베르나르의 연봉보다 높은 조건을 불렀고, 그 외 까다로운 조건을 달아 채용되었다.

"후임자는 '베르베르 때처럼 이성에서 벗어나 대중에 영합하는 글이 아니라 진지한 글을 쓸 겁니다. 과학기사 본연으로 돌아가는 것이죠.'라는 태도로 나왔다고 합니다."

그러나 후임자는 큰소리만 칠 뿐 기사는 거의 쓰지 않았다!

"기사가 어떻게 되어가느냐는 질문을 받으면 후임자는 '기다려요, 나는 매주 아무 글이나 휘갈기던 베르베르와는 다릅니다. 나는 진지하게 글을 쓰는 사람이라고요.'라고 대답했다고 합니다. 그는 기사를 찔끔찔끔 썼죠. 사내에서도 생산력이 떨어지는데 능력이 과잉 평가된 것 아니냐는 이야기가 나왔다고 합니다."

베르나르 일병을 구해야 했다. 10년간 운명의 여신은 베르나르의 편이 아니었다. 어떻게 하면 베르나르의 시대가 펼쳐질 수 있을까……

7

출판사들의

경쟁

베르나르가 쓴 《개미》의 여러 버전은 약 100개가 넘었다. '벨로
캉'이라는 제목의 버전 Z118에는 네 개의 후보 제목도 있었다.

- 개미
- 여왕개미
- 개미의 황혼
- 개미의 영광

하지만 매번 정중한 거절의 답변이 돌아왔다. 그래도 희망은 있었다. 렌 실베르가 올리비에 오르방 출판사에 다리를 놓아준 것이다. 총서 담당 편집자 프랑수아즈 로트는 베르나르의 소설이 걸어온 자취를 관심 있게 바라봤다. 그녀는 이미 많은 작가들을 데뷔시킨 적이 있었다.

"《개미》를 출간해 보고 싶습니다." 프랑수아즈 로트가 말했다.

"정말입니까?"

"그래요. 그런데…… 알려드리고 싶은 것이 있습니다. 저희 출판사는 과학 전문 출판사가 아닙니다. 그래서 출간을 한다면 소량만 인쇄할 것이고, 선인세 포함 인세 비율도 적습니다. 이 조건이 괜찮다면 출간해 보죠."

"언제쯤 출간합니까?"

"당장은 아닙니다. 현재의 원고는 미비한 점이 있어서 재수정 작업을 해야 합니다."

"어느 부분을 고치면 되죠?"

"처음부터 끝까지."

베르나르는 원고 수정이라면 익숙했다. 하지만 어떤 방향으로 수정을 해야 할까? 다행히 프랑수아즈 로트가 정확한 방향을 몇 가지 알려주었다. 그녀는 주간 베스트셀러를 꼼꼼히 살펴본 후 판매 1위에 오른 도서 이름을 알려주었다.

"환상문학 분야의 최고 베스트셀러는 스티븐 킹과 피터 스트라우브가 쓴 《부적》입니다. 스티븐 킹의 소설을 읽어보신 적 있나요?"

"아뇨."

"《사계》부터 읽어보시면 됩니다. 그러면 독자들이 환상문학 작
가에게 무엇을 기대하는지 이해가 잘될 겁니다."

《사계》를 읽는 일은 향수에 처음 입문하는 기분이었다. 스티븐
킹이 서스펜스를 다루는 방식은 짜릿함이었다. 스티븐 킹은 자신
만의 방식으로 독자들이 등장인물에 감정이입하도록 만들어 인물
들의 기분과 일상을 함께할 수 있도록 이끌었다. 독자는 소설을 읽
으며 위험한 상황에 진짜 있는 것처럼 몰입하고, 등장인물들의 발
걸음마다 공포심을 느낀다. 마치 등장인물에 빙의된 것처럼 이빨
을 꽉 깨물고 긴장하고 맥박이 빨라진다. 독자들은 놀랍게도 방울
방울 땀까지 흘린다. 이처럼 독자는 소설을 읽으며 스티븐 킹이 구
상한 분위기에 따라 반응하는 꼭두각시 인형이 되는 경험을 한다.

스티븐 킹이 서스펜스를 쥐락펴락하는 실력에 놀란 베르나르는
자신의 원고를 고쳐 썼다. 베르나르가 프랑수아즈 로트에게 전한
수정 원고는 구성이 더 탄탄하고 스토리가 더 풍부했다. 그래도
편집장은 만족하지 않았다.

"아직도 좀 그렇네요. 다시 고쳤으면 합니다." 편집장이 베르나
르에게 말했다.

갑자기 시간이 빨리 흐르는 기분이었다.

《르 누벨 옵세르바퇴르》에서 기고가로 일하던 시절, 베르나르

는 프레데릭 살드만[4]과 친해졌다. 그는 의학을 대중화시킨 유명 심장전문의였다. 어느 날 프레데릭 살드만이 베르나르에게 같이 글을 써보자고 제안했다.

"자네, 12년 동안 책을 썼지만 아무도 원하지 않잖아. 무슨 문제가 있다고 생각하지 않나? 자네가 너무 장벽을 높이 세웠어. 사람들은 자네가 왜 개미에게 그토록 관심을 갖는지 이해하지 못하는 것 같아. 좀 더 쉽게 갈 필요가 있어."

"그래도 포기하지는 않을 거야."

"내가 하나 제안하지. 나는 건강서를 하나 써볼 거야. 내가 어떤 내용을 쓰고 싶은지 알려줄 테니까 같이 써보자고. 전직《르누벨 옵세르바퇴르》과학기자와 심장전문의가 손을 잡으면 책은 금방 쓸 거야. 쇠이유 출판사 쪽에 인맥이 있거든."

말은 행동으로 곧장 이어졌다. 두 사람은 영양에 대한 상식을 알려주는 책을 썼다. 원고를 완성하기까지 약 15일이 걸렸다. 쇠이유 출판사에 보낸 원고는 환영을 받았다. 편집장은 얼른 출간하고 싶어 했다. 베르나르가 이제까지 고군분투하며 걸어온 길과는 너무도 다른 길이 펼쳐졌다. 15일이면 충분히 쓰는 원고가 사람들에게 환영을 받다니!

그런데 며칠 후 쇠이유 출판사의 편집자가 베르나르에게 전화해 곤란한 이야기를 전했다. 사장님이 출판을 허락하지 않는다는

---

4 프레데릭 살드만은 건강 분야의 베스트셀러 작가로, 집필한 저서들은 300만 부 이상 팔리기도 했다.

것이었다.

"과체중이 건강에 좋지 않다고 쓰셨잖아요. 그런데 사장님이 비만이세요. 사장님은 작가님의 글이 뚱뚱한 사람들을 비하하고 있다고 생각하십니다."

쇠이유 출판사 편집장은 사과의 의미로 알뱅 미셸 출판사의 브리지트 마소 편집장을 소개해 주었다. 알뱅 미셸? 베르나르의 소설을 거절했던 출판사다.

브리지트 마소는 베르나르가 프레데릭 살드만과 쓴 건강 에세이에 관심을 보였다. 토론은 화기애애했고 분위기가 좋았다. 회의가 끝나고 나가려는 베르나르의 팔을 브리지트 마소 편집장이 잡았다.

"제게 소개할 다른 원고는 또 없나요?"

"있긴 하지만, 이미 알뱅 미셸 출판사로부터 세 번이나 거절당했습니다. 장 피에르 모르크레트 씨를 만났지만 소설에 관심 없다고 하셨죠."

"그래도 저한테 그 원고 좀 보여주실 수 없을까요? 그냥 궁금해서요."

"보여드릴 수는 있지만 올리비에 오르방 출판사와 작업을 시작했습니다."

"계약은 하셨나요?"

"아뇨……"

"그렇다면 올리비에 오르방 출판사와 계약하지 마세요. 그쪽 출판사는 작가님의 원고만 읽어볼 뿐 그 이상 진전은 없을 겁니다. 제가 읽어볼게요."

그로부터 4일 후, 브리지트 마소가 베르나르에게 전화했다.

"아직 올리비에 오르방 출판사와 계약하지 않으셨죠?"

"예."

"작가님께《개미》계약금으로 6,000프랑을 드릴 수 있습니다."

베르나르는 숨이 막혀 왔다. 하지만 선뜻 그러겠다고 대답이 나오지 않았다.

"음…… 조금 곤란하군요. 올리비에 오르방 출판사와 이미 작업을 시작해서요."

"하지만 저희 출판사는 계약서를 보낼 겁니다! 올리비에 오르방 출판사는 아직 아무 제안도 안 했죠!"

베르나르는 렌 실베르에게 전화해 상의를 해보았다. 렌은 베르나르에게 프랑수아즈 로트에게 연락해서 알뱅 미셸이 내건 조건을 알려주라고 조언했다. 베르나르가 프랑수아즈 로트에게 전화하자 그녀가 먼저 이렇게 제안했다.

"그 출판사가 얼마를 제시했다고요? 6,000프랑? 좋아요, 저희 쪽은 1만 프랑을 드리죠!"

"《개미》의 최종 원고를 읽으셨습니까?"

"아뇨……, 시간이 없었어요. 하지만 예감이 좋아요."

어떻게 해야 할까? 렌 실베르는 알뱅 미셸 출판사에 연락해 올리비에 오르방 출판사가 더 높은 금액으로 베르나르의 선인세를 제안했다고 슬쩍 전달했다. 베르나르도 브리지트 마소에게 현재의 상황을 알렸다. 그녀는 시간을 조금 더 달라고 하더니 곧 1만 5,000프랑을 제안했다!

몇 달 동안 베르나르의 선인세를 놓고 두 출판사 사이에 경쟁이 벌어졌다. 경매처럼 경쟁이 치열해지면서 알뱅 미셸 출판사는 5만 프랑, 올리비에 오르방 출판사는 4만 5,000프랑까지 얘기했다. 두 출판사 모두 더 이상 금액을 올릴 수 없는 상황이었다.

어려운 문제의 고리를 풀어야 했다. 베르나르에게는 원칙이 있었다. 그를 처음에 알아봐 준 출판사는 올리비에 오르방이었다. 프랑수아즈 로트는 귀한 조언을 많이 해주었다. 하지만 알뱅 미셸 출판사는 그의 원고를 세 번이나 거절했다. 베르나르는 렌 실베르에게 속내를 이야기했다.

"올리비에 오르방 출판사를 선택할 생각이에요."

"그러지 마. 최고 금액을 제시한 쪽을 거절하지 말라고."

"그러면 어떻게 하죠?"

"신경 쓰인다면 알뱅 미셸에게 터무니없는 금액을 제시하는 거야."

"얼마 정도나요?"

"10만 프랑."

"10만 프랑이요?"

"그러면 알뱅 미셸 출판사가 거절할 거야. 그러면 원래의 자리로 돌아가는 거지."

베르나르는 브리지트 마소에게 전화해 요구사항이 있다고 알렸다. 마치 아기를 노예시장에 파는 기분이었다. 베르나르는 어려운 이야기를 꺼냈다.

"《개미》의 계약금으로 10만 프랑을 원합니다."

"10만 프랑이요? 너무 큰데요. 신인 작가가 아니라 베스트셀러 작가에게 제시하는 금액이라서요!"

"그러면 거절이신 거죠?"

"아뇨, 잠깐만요……."

브리지트 마소는 컬렉션 담당 편집장에게 연락을 시도했지만 잘 되지 않았다. 브리지트 마소는 10만 프랑이 너무 높다고 결론 짓고, 아쉽지만 포기하겠다고 알려 왔다. 베르나르는 프랑수아즈 로트에게 연락해 올리비에 오르방 출판사와 계약하겠다고 말하고 출판사와 약속을 잡았다.

약속한 날이 되어 베르나르는 오후 3시에 올리비에 오르방 출판사에 갔다. 로트가 사전 브리핑을 하고 싶다며 한 시간 일찍 와 달라고 부탁했기 때문이었다. 로트가 말을 꺼냈다.

"올리비에 오르방 대표님을 만나기 전에 알려드릴 것들이 있어요."

그때 전화기가 울렸다. 프랑수아즈 로트가 전화를 받았다. 전화를 건 사람은 작가 베르나르 랑트릭이었다. 바캉스, 서로의 아이들에 관한 이야기가 이어졌다. 시간이 흘러갔다. 베르나르는 초조했지만 참았다. 그는 속으로 되뇌며 집중하려고 해보았지만 소용

없었다. 로트는 오늘이 베르나르에게 중요한 날이라는 것을 알고 있을까? 잠시 로트는 시계를 봤다. 오후 4시였다. 이제 갈 시간이었다.

사무실. 올리비에 오르방 대표가 베르나르에게 말했다.

"작가님의 책이 솔직히 무슨 말을 하는 것인지는 잘 모르겠습니다. 개미 이야기를 하는 것 같은데요. 그런데 프랑수아즈 편집장이 원고에 대해 칭찬을 아끼지 않았습니다. 4만 5,000프랑에 계약하죠. 저희 출판사에게는 큰 금액이지만 작가님의 책은 정말로 좋습니다."

베르나르가 물었다.

"편집장님, 원고 읽을 시간이 있었나요?"

"최종 버전은 읽지 않았지만 좋을 것 같습니다."

대표가 물었다.

"계약서는 읽으셨나요?"

"아직요."

"계약조건을 알려드려야겠군요. 영상화가 이루어지면 작가님은 인세 50%를 받습니다. 해외 판권도 같은 조건입니다."

대표는 베르나르에게 이해하기 힘든 부분까지 세세하게 알려주었다. 베르나르가 사무실을 나가기 전에 올리비에 오르방 대표가 한마디 더 했다.

"계약서에 빨리 서명하실 필요는 없습니다. 현재 저희 출판사가 자금을 마련해야 해서요. 그러니 여유를 갖고 기다리시면 계약서를 보내드리겠습니다."

"마치 처음 사랑을 나눈 여자가 된 기분으로 출판사를 나왔습니다. 일이 순조롭게 진행되지 않았으니까요." 베르베르가 말했다.

그로부터 며칠 후, 《레코 데 사반》의 편집장 에르베 데생주가 베르나르에게 연락을 했다. 알뱅 미셸 출판사에서 소란스러운 회의가 열렸다는 소식이었다.

"알뱅 미셸 출판사는 베르베르 씨가 올리비에 오르방 출판사를 택했다는 소식을 들었습니다. 프랑시스 에스메나르 대표는 베르베르 씨가 알뱅 미셸의 작가라고 확신했거든요."

"하지만 5년 전에 장 피에르 모르크레트 씨에게 원고 출간을 거절당했습니다. 알뱅 미셸 출판사 쪽은 이 사실을 모릅니까?"

"어쨌든 알뱅 미셸 출판사 대표는 화가 잔뜩 나 있습니다. 회의 중에 에스메나르 대표가 이렇게 말했다더군요. 알뱅 미셸 출판사의 작가가 올리비에 오르방 출판사로 갔다니 무슨 소리냐, 하고요."

"오르방 출판사와 계약을 해서……."

"잠깐, 알뱅 미셸 출판사의 프랑시스 에스메나르 대표가 베르베르 씨를 만나고 싶어 합니다."

"너무 늦었어요. 올리비에 오르방 출판사와 계약할 겁니다."

"베르베르 씨, 프랑시스 에스메나르 대표처럼 중요한 사람이 만나고 싶어 하면 일단 만나요! 그다음에 계약은 하지 않겠다고 말해도 늦지 않으니."

1990년 4월, 알뱅 미셸 출판사를 방문한 베르나르는 그 출판사의 이인자인 리샤르 뒤쿠세를 만나게 되었다. 리샤르 뒤쿠세는 외교적으로 말했다.

"오르방 출판사와 계약을 하셨는지는 모르겠지만 작가님의 책에 대해 이야기하고 싶습니다. 그다음에 오르방 출판사와 계약을 하셨는지 들려주시죠."

놀라운 사실이 있었다. 리샤르 뒤쿠세의 말을 들어보니 알뱅 미셸 출판사는 아주 오래전부터 《개미》 원고를 원하고 있었던 것 같았다. 독특한 테마의 소설이라고 본 것이다! 정작 부하직원들은 원고를 거절했는데 경영진이 원고가 좋다고 흥분하다니 베르나르는 놀라움을 금치 못했다. 뒤쿠세는 이런 말도 했다.

"《개미》를 읽으며 《듄》을 떠올렸습니다."

뭐라고 해야 할까……. 더 적절한 비유가 없었다!

그때 리샤르 뒤쿠세의 전화벨이 울렸다. 그는 상황을 얼른 해결했다.

"앞으로 한 시간 동안은 방해받고 싶지 않으니 전화하지 마십시오!"

순간 베르나르는 올리비에 오르방 출판사에서 있었던 일을 떠올렸다. 그때도 편집장이 전화를 받았는데, 여기 알뱅 미셸 출판사의 담당자처럼 자신과의 일을 더 중시하지 않았다.

그 후로 한 시간 동안 리샤르 뒤쿠세는 베르나르와 《개미》이야기를 나눴다. 《개미》는 세대를 초월한, 문학사의 기념비적 작품이 될 수 있을 것이라는 말이 뒤쿠세의 입에서 흘러나왔다. 《개미》가 알뱅 미셸 출판사에서 출간되면 '기념비적인 소설'이 될 수 있다고 했다. 끝으로 뒤쿠세가 중요한 질문을 던졌다.

"올리비에 오르방 출판사와 계약을 한 겁니까?"

"아직이요."

"그럼, 알뱅 미셸에서 책을 같이 내보죠. 계약조건을 말씀해 주십시오."

"생각 좀 해보겠습니다."

"저희 측에서 요구하는 조건을 하나뿐입니다. 소설 분량이 1,500페이지더군요. 《듄》이나 《반지의 제왕》같은 대작 소설을 출간하는 것은 미국 문화입니다. 프랑스에는 이런 책에 대한 시장이 없습니다. 책이 너무 비싸면 독자층을 확보하기 힘들어집니다. 그러니 소설을 350페이지로 줄이는 것이 좋을 듯합니다."

출판사를 나서는 베르나르는 기분이 좋았다. 알뱅 미셸 출판사의 이인자가 한 시간 동안 《개미》에 대해 이야기하면서 작품을 제대로 이해한 것 같은 느낌을 주었기 때문이다. 동시에 베르나르는 기분이 묘하고 혼란스러웠다. 렌 실베르가 그런 그에게 다시 한번 길을 알려주었다.

"관심과 열정을 보여주는 사람이 나타난다면 그와 함께해야 해. 널 하찮게 대하는 사람들과 시간 낭비하지 말라고. 제대로 대우해 주는 사람들에게 가는 것이 맞아."

결국 베르나르는 알뱅 미셸을 선택했다. 얼마 후 프랑수아즈 로
트가 베르나르에게 전화해 욕을 한 바가지 퍼부었다.

"마음을 바꾼 것은 지난번 올리비에 오르방 출판사와 미팅했을
때 프랑수아즈 로트 편집장이 보여준 태도, 아무도 내 원고를 읽
지 않았다고 느낀 기분 때문이었는데 그 말까지는 안 했습니다."

이제 소설의 길이를 줄여야 했다. 1,463페이지를 350페이지
로. 이 작업은 공상과학 소설을 잘 아는 담당자가 함께할 것이라
고 했다.

그러나 운이 없었는지 담당자 세르주 브뤼나 로소는 과학소설
도, 스티븐 킹의 소설도 읽어본 적이 없는 사람이었다. 베르나르
는 환상문학을 이해하지 못하는 담당자에게 지시를 받게 되자 안
타깝다는 생각이 들었다. 더구나 뒤쿠세와 연락할 길도 없었다.

"세르주 브뤼나 로소는 《개미》를 좋아하지 않았습니다. 콩쿠르
문학상을 탈 수 없는 소설이라고 느낀 것이죠. 그에게 의견을 듣
고 좌절했습니다. 소설의 각 장의 길이를 어느 정도 비슷하게 맞
추라고 하더군요. 하지만 챕터마다 길이를 일부러 달리한 것이라
고 설명했습니다. 나름 의도가 있는 형식이라서요."

세르주는 특히 전투 부분을 모두 없애자고 했다.

"소설이 더 깔끔해질 겁니다. 전투 장면이 너무 많습니다. 그리고 저는 평화주의자라서 이런 전투 장면이 마음에 들지 않습니다."

베르나르는 실망을 금할 수 없었다.

"모든 전투 장면은 필요해서 생각한 것입니다. 흥미진진한 장면이라는 생각에 삽화까지 그렸고요. 세르주 브뤼나 로소는 소설을 이해하지 못한 것 같았습니다."

베르나르는 나름의 방법을 취했다. 소설에서 전투 장면이 삭제되기 전, 마지막 순간에 개양귀비 전투를 추가한 것이다!

소설 《개미》는 1991년 3월 14일에 출간될 예정이었다. 당시 베르나르의 나이는 스물아홉에 불과했다. 출간 한 달 전에 베르나르는 책을 집에서 받아 보았다. 충격이었다. 이 소설을 책으로 내기까지 경험했던 모든 거절과 무시를 보상받은 기분이었다. 오랜 시간이 걸렸고 노력도 많이 했다. 그러나 그렇게 원하던 소설 《개미》가 마침내 손에 들어오자 베르나르는 허탈감에 빠졌다.

"온 힘을 다해 작품을 낳은 셈입니다. 하고 싶은 말은 이 소설에 다 있기 때문에 더 이상 들려줄 이야기가 없었습니다. 이해가 안 될 수 있지만, 제 인생은 거기서 멈췄습니다."

"진지하게 자살을 생각했습니다. 슬퍼서 하는 자살이 아니라 앞으로 살면서 더 이상 좋은 날이 없을 것 같다는 허탈감에 하는 자살이요. 범죄학 수업 때 배운 '자살' 페이지를 보기도 했습니다."

그래도 베르나르에게 남아있는 행복이 있었다. 정식으로 결혼을 하지는 않았지만 함께 살고 있는 사랑하는 사람과의 일상. 베르나르는 카트린에게 이렇게 말했다.
"오늘 저녁, 날 혼자 두지 마. 매일 사람들을 초대해 줘. 사람들이 계속 집으로 찾아와 내게 말을 걸어주었으면 해."
3일 동안 친구들이 베르나르의 집으로 행차했다.
《개미》의 출간일을 얼마 남겨두지 않은 상황에서 언론의 촉각은 한 곳에 집중되었다. 사담 후세인과 걸프전쟁.

"책들은 사람들의 관심 밖이 되었습니다. 사람들은 걸프전 외에는 관심이 없었습니다." 베르베르가 말했다.

다행히 걸프전은 2월 28일 목요일에 막을 내렸다. 그로부터 2주 후에 소설 《개미》가 출간되기로 되어있었다.

"전쟁이 끝나서 얼마나 다행이었는지 모릅니다. 전쟁이 더 길어졌다면 《개미》라는 소설이 나왔는지도 사람들은 몰랐을 겁니다."

《개미》가 출간되었지만 언론은 잠잠한 편이었다. 베르나르는 그저 프랑스 3 스트라스부르 방송 〈미크로 옹드Micro-Ondes〉에 잠깐 출현했을 뿐이었다. 기자 미셸 뷔르 앞에 있으니 베르나르는 이제 막 십대 티를 벗은 학생처럼 보였다. 그러나 베르나르는 관심 주제에 대해 능숙하게 설명했다. 기자들은 베르나르가 집에서 개미들을 키우며 개미의 행동을 세심하게 관찰했다는 이야기에 놀라워했다. 미셸 뷔르는 소설 《개미》를 아주 재미있게 읽었다며 독자들에게 강력 추천했다. 하지만 지방방송이라 전국적인 파급력은 크지 않았다.

이후 베르나르는 베르나르 랍이 진행하는 문학 전문방송 〈카락테르Caractères〉 4월 5일 방송에 출연 요청을 받았다. 채널 2에서 방영되기 때문에 많은 대중에게 알려질 수 있는 기회였다.

대기실에서 베르나르 랍 기자에게 들은 이야기는 예감이 좋았다.

"《개미》는 사촌 여동생이 말해주어 알게 됐습니다. 처음에는 표지가 제 스타일이 아니었는데 막상 소설을 읽으니 너무 재미있어서 놀랐죠. 두 번이나 읽었습니다."

방송에서 베르나르는 미국의 미래학자 앨빈 토플러, 철학가이자 학자인 알베르 자카르, 과학자 티에리 고맹과 함께 출연했다. 베르나르는 티에리 고맹을 보고 깜짝 놀랐다. 불과 몇 달 전에 소설 일부를 대필해 달라고 베르나르에게 제안을 한 적이 있었기 때문이었다.

"두 챕터를 쓰다가 포기한 적이 있습니다. 일부를 대필할 뻔했던 책의 작가와 방송을 함께하다니 기분이 이상했습니다."

이날 방송의 테마는 '21세기'였다. 앨빈 토플러의 말은 동시통역으로 전달되었기 때문에 출연자 모두 이어폰을 끼고 있었다. 방송 시작 때 베르나르 랍은 출연자들에게 15분 동안 말을 하면 된다고 설명했다. 베르나르의 순서는 맨 마지막이었다. 고댕은 고의적인 듯 혼자 발언 시간을 넘겨 계속 주절거렸다.

베르나르 차례가 되자 말할 시간이 별로 남아있지 않았다. 다른 출연자들은 지쳐 보였다. 자정 방송에서 베르나르의 발언 시간은 10분밖에 없었다. 랍이 상황을 알아차렸다.

"이런……. 베르베르 씨, 시간이 얼마 없네요."

유쾌한 성격의 베르나르 랍은 베르나르의 소설 속에서 이상적인 사회를 발견했다고 말을 꺼냈다.

"개미들의 세상은 집단이 개인보다 우선이 되었기 때문에 오래되고 안정된 사회가 된 것 같더군요."

베르나르는 초조했지만 편안하게 대답했다.

"개미들의 사회는 역사가 오래되었기 때문에 앞으로 인간이 백 년, 천 년, 수백만 년 이후에 부딪히게 될 문제의 해법을 알고 있지요."

"저는 개미에 대해 전혀 몰랐지만 소설 덕분에 많이 배웠습니다."

"개미들의 소통 시스템은 순간적으로 이루어진다는 장점이 있죠. 개미들은 개체수가 지나치게 많아졌을 때 여왕개미가 일정한 수의 알만 낳는 방법으로 문제를 해결합니다."

전국적으로 전파를 타는 방송토론에서 베르나르는 자신 있는 태도를 보여주었다.

베르나르 랍은 개양귀비 전투를 두 번이나 언급했다.

"개양귀비 전투는 대단했습니다. 연대기에 남을 전투입니다."

베르나르는 기분이 좋아졌다.

"속으로 쾌재를 불렀습니다! 세르주 브뤼나 로소는 전투에도 안무 같은 것이 있을 수 있고 시각적인 즐거움을 준다는 것을 몰랐는데 말이죠."

랍이 베르나르에게 질문을 던졌다.

"베르베르 작가님, 언젠가 인간과 개미가⋯⋯."

갑자기 베르나르는 아무 말도 들리지 않았다. 이어폰 버튼을 눌렀지만 소용없었다. 당황한 그는 질문을 다시 해달라는 말도 못하고 아무렇게나 대답해 버렸다.

"예⋯⋯."

"정말로 그렇게 생각하십니까?" 랍이 물었다.

"안 될 거라도 있나요?"

이런, 무슨 질문이었던 것일까? 그때 고댕이 멋대로 끼어들어 발언 기회를 가져갔다. 이어서 알베르 자카르의 발언이 이어졌다.

방송을 마무리하며 베르나르 랍은 소설에서 꽤 에로틱하고 뜨겁다고 느껴지는 구절을 읽기 시작했다. 매혹적인 암컷 개미가 수컷 개미를 만나는 장면을 묘사한 구절이었다. 암컷은 알을 낳을 때가 되면 수컷의 목을 물어서 잘라버린다.

방송이 끝났다. 베르나르는 별로 대단한 말을 하지 못했다는 생각이 들었다.

대기실에서 고댕은 자신의 언론 담당 직원에게 초시계를 보여주었다.

"봤죠? 내가 참석자들의 시간을 전부 슬쩍했지! 발언 시간은 15분인데 나는 20분이나 했다고!"

랍이 이 대화를 듣고 분노했다.

"다시는 댁을 방송에 부르는 일은 없을 겁니다!"

베르나르는 방송 출연이 그리 성공적이지 못했다고 생각했지만 실은 그렇지 않았다. 다음 날부터 소설 《개미》에 대한 반응이 심상치 않았다. 여러 군데 서점에서 《개미》가 다 팔려 나가 재고가 없었다. 반응이 너무나 뜨거워 알뱅 미셸 출판사에서도 매출을 예상하지 못할 정도였다. 15일 동안 사람들은 《개미》를 사려고 했지만 허탕을 쳤다. 구하기 힘든 소설이라는 점과 입소문이 만들어내는 효과는 대단했다. 책은 약 2만 부가 팔려 나갔다. 당시로서는 대단한 판매 기록이었다.

《개미》에 대한 인기는 서서히 불타올랐다.

"사실 《개미》는 즉각 성공을 거두지는 않았습니다. 이후 문고판으로 나오면서 대단히 히트를 쳤죠." 베르베르가 말했다.

《개미》의 성공은 문고판의 이인자 막스 프리유의 공이 컸다.

"막스 프리유는 소설의 힘을 예감해 날개를 달아주기로 했습니다." 베르베르가 말을 이었다. "막스 프리유는 《개미》가 종교라고까지 생각했습니다. 동물 세계를 통해 정신적인 깨달음을 줄 수 있는 소설이라고 생각한 겁니다. 특히 그는 '젊은 사람들이 책을 읽고 싶게 만들 소설이다.'라고 말했습니다."

프리유는 《개미》를 젊은 층 독자에게 어필할 수 있도록 홍보를 해보자고 직원들을 설득했다. 학생 독자들에게 어필하는 소설은 그 자체로 도전이었다. 훗날 베르나르는 젊은이들이 《개미》로 독서하는 법을 배웠다는 이야기를 들었다.

"덕분에 저는 사막 속의 나무 같은 존재로 떠올랐습니다." 베르

베르가 말했다. "환상소설을 다뤄서죠. 동물 문명이 나오고요. 소수의 마니아 독자층이 있었죠. 하지만 고전문학 시장에 제대로 나오지는 않았습니다."

이제 베르나르에게는 반짝 성공한 작가가 아니라는 것을 증명할 일이 남아있었다.

8

인도의
노래

글자 세 개로 이루어진 단어일 뿐이다. 모음 세 개가 조합을 이루어 행복한 효과를 만들어내는 단어. 세 모음이 모여 힘찬 소리를 낸다. 마치 위쪽은 동그랗고 끝으로 갈수록 유선형이 되는 달걀처럼 유연한 느낌을 준다. 바로 '위(Oui, 예)'라는 단어다.

'Oui'에는 초자연적인 힘이 있다. 'Oui'라는 단어만으로도 운명이 달라지고 공감하는 미래가 차곡차곡 만들어진다. 'Oui'라는 말만으로도 인간은 더불어 사는 삶의 미래를 만들어갈 것만 같다. 비바람이 치고 눈이 내려도 우리는 둘이 될 것 같다. 'Oui'

라는 단어가 입에서 나오는 순간 시간을 초월한 초자연적인 힘이 된다.

'Oui'는 신의 왕국에 속한다. 초월적인 'Oui'라는 단어가 주는 매력과 즐거움은 무엇일까?

1991년 8월. 카트린과 베르나르는 미래를 함께 걸어가는 여정의 출발점이 되는 'Oui'를 교환했다. 그리고 두 사람은 결혼을 기념하기 위해 인도로 신혼여행을 떠났다. 즉흥적으로 한 선택이 아니었다. 동양철학에 빠져있던 베르나르는 인도 여행을 기대하고 있었다. 인도는 단순히 오스만 제국의 술탄이 다스리던 동방국가, 지리적으로 북쪽이 중국과 맞닿아 있는 나라가 아니었다. 베르나르에게 인도는 정신적인 깨달음을 얻을 수 있는 나라였다. 인도의 정신은 약 5,000년 전에 쓰인 장문의 철학시 바가바드기타로 거슬러 올라가고, 우주의 기초를 노래하는 베다의 찬가는 그보다 더 오래되었다. 베르나르는 인도 여행이 무척 기대되었다.

정신적인 깨달음을 얻기 위해 인도 여행을 간 것은 베르나르가 처음은 아니었다. 그보다 17년 전에 스티브 잡스가 인도 여행을 했다. 그러나 베르나르는 힌두교 은둔자의 암자를 몇 곳 방문하고는 곧 실망했다. 신화와 현실의 거리는 엄청났다.

뉴델리에 도착한 베르나르와 카트린 부부는 다른 행성에 와 있는 기분이었다. 거리에는 거지들이 우글거렸다. 동정심을 얻기 위해 상처를 보여주는 거지들도 있었다. 색채와 냄새가 뒤섞이며 모든 감각을 자극했다. 현재의 조건을 불평하지 않고 그대로 받아들이는 것처럼 보이는 사람들에게서 기쁨이 풍겨왔다. 그런데 놀랍게도 어디선가 갑자기 독수리들이 나타났다. 공원에서 몸을 좌우로 흔들며 사람들 쪽으로 다가갔다.

"처음에는 아이가 노인을 흉내 내며 걸어가는 모습인 줄 알았습니다." 베르베르가 말했다.

인도로 떠나기 전에 베르나르와 카트린은 여행 가이드북 《르기드 뒤 루타르 Le Guide du Routard》 인도편을 읽은 적이 있었다. 가이드북에는 주의를 당부하는 글이 있었다. '아이들에게 절대로 돈을 주지 말 것. 아이들에게 둘러싸여 벗어나지 못할 수도 있다.'

베르나르는 무언가 물컹한 것을 밟으며 걷고 있었다. 호기심에 내려다보니 길에 쇠똥이 엄청나게 많았다. 그런데 그때 어린 여자아이가 그의 발아래에 손을 내밀었다. 베르나르는 소녀에게 못 봐서 미안하다고 말했다. 여자아이는 그런 그를 웃으며 바라보더니 손을 내밀어 구걸을 했다. 가이드북에서 읽은 내용이 있어 베르나르는 돈을 주지 않고 계속 걸어갔다. 여자아이가 다시 베르나르의 발아래에 손을 내밀었다. 베르나르는 여자아이에게 조심하라고 말했다. 그러자 아이는 무심한 시선으로 이런 말을 하는 것 같았다. '무슨 말인지 못 알아듣겠어요. 다른 것은 필요 없으니 동전이나 주세요!' 베르나르는 그 여자아이에게서 벗어나기 위해 동전을 꺼내 주었다. 작전이 성공해서 즐거운 듯 아이는 웃음을 터뜨리며 멀어져 갔다. 이것이 신호였을까? 갑자기 어디선가 10여 명의 여자아이들이 나타나 베르나르의 발밑으로 손을 내밀었다!

"옛날로 거슬러 올라간 것 같았습니다. 예전 《노트르담 드 파리》에서 거지들이 잔뜩 몰려온 미라클 안뜰에 와 있는 기분이었죠." 베르베르가 말했다.

인도 여행에서 당혹스러운 것은 또 있었다. 교통이었다. '타타 모터스' 브랜드의 트럭들이 돌진했다. 마치 겁에 질린 작은 물고기들 사이로 지나가는 큰 고래 같았다. 자동차와 스쿠터들이 떨어져 나갔다. 트럭이 사람들과 부딪치기도 했다. 그런데도 트럭은 아무렇지 않은 듯 계속 지나갔고, 행인들도 놀라지 않는 눈치였다. 카트린과 베르나르는 '베짝'(인력거)을 타고 가다가 남자 한명이 교통사고를 당하는 모습을 목격했다. 베르나르가 인력거꾼에게 외쳤다.

"멈춰요! 내려서 저 남자를 구해야 합니다!"

인력거꾼은 심드렁하게 말했다.

"여기서는 그렇게 안 합니다."

"그럼, 어떻게 하는데요?"

"죽을 운명이면 죽는 것이고, 살 운명이면 사는 것이죠."

"안 구할 겁니까?"

"업보입니다."

베르나르와 카트린은 놀라서 입을 다물지 못했다. 몇몇 행인들이 방금 교통사고 당한 남자를 인도 쪽으로 옮겨두고 갔다. 그 남자의 딱한 운명이었다. 아무도 그를 도와주지 않을 것이다.

"인력거꾼은 어쩔 수 없다며 계속 길을 갔습니다. 인도에서는 교통사고를 당해도 업보라며 아무도 도와주지 않습니다."

화장을 하는 성스러운 도시 바라나시. 쾌활해 보이는 스물다섯 살의 대학생이 베르나르 부부에게 겐지스강에서 보트 투어를 안내하겠다고 했다. 가이드 일을 하는 그는 성스러운 겐지스강에 대해 설명해 주었다.

"겐지스 강물을 마시면 모든 병이 다 낫습니다."

베르나르는 겐지스강을 자세히 보았다. 강은 크림 커피처럼 보였다. 베이지색, 거품, 희끄무레한 자국. 별로 마시고 싶지 않았다. 강가에서는 사람들이 변을 보거나 소변을 봤다. 아이들은 강에서 얼굴과 몸을 씻고 물을 마셨다. 근처 화장터에서 나온 재가 강에 뿌려졌다. 강에는 쓰레기들이 가득했다. 베르나르 부부가 탄 보트가 해골과 부딪히기도 했다. 나무가 부족해서 완전히 다 타지 않은 노인들의 해골이었다. 부유한 사람들만 완전히 화장이 되어 가루가 되고 가난한 사람들은 반만 화장된 채 강가에 버려져 물고기나 악어의 밥이 된다.

가이드는 보트를 몰며 담배를 피웠다. 그 틈에 그가 베르나르에게 말을 걸었다.

"직업이 뭐죠?"

"작가예요."

"왜 작가가 되었죠?"

"먹고살려고요."

"왜 먹고살 돈을 법니까?"

"집세를 내려고요."

"집세는 왜 내죠?"

"먹고살 장소가 있어야 하니까요."

"왜 먹죠?"

"살기 위해서요."

"왜 살죠?"

"모르겠습니다…… 세상에 태어났으니까요."

"왜 태어났죠?"

"모르겠습니다."

"그거 보세요. 왜 태어났는지 모릅니다. 왜 사는지도 모르고요. 그러니까 인생은 의미도, 존재 이유도 없죠. 다행히 저를 만나 이것을 깨달으신 거고요. 친절한 분이니 조언을 해드리죠. 여기는 세상에서 가장 성스러운 도시 바라나시입니다. 여기 계신 김에 자살을 하시죠."

"뭐라고요?"

"자살을 하는 순간, 당신은 지금 성스러운 도시에 있기 때문에 업보의 고리에 들어갑니다. 천민에 이어 거지로 다시 태어날 것입니다. 착하게 살면 점점 계급이 올라가 저처럼 브라만 계급의 사람으로 다시 태어납니다. 조언을 드리자면, 호텔방에 가면 무기를 사용해 목숨을 끊으시든가 창문으로 뛰어내리세요."

"생각해 보겠습니다."

"절 좀 보세요. 행복하잖아요. 하지만 손님은 근심 있고 불안해 보입니다. 서구권 나라에서 오셨죠? 서구권 나라에 있으면 업보의 고리를 통해 다시 태어나는 기회를 전혀 얻지 못합니다. 그런 사람은 인도에서 최하층으로 불립니다."

"신혼여행을 하는 동안에는 서구권에서 배운 가치를 잊고 새로운 단계와 시스템이 있다는 것을 배워야 했습니다." 카트린이 말했다.

베르나르 부부는 인도에서 계속 당혹스러운 일을 경험했다. 타지마할로 가는 비행기를 타기 바로 전, 두 사람은 공항세로 낼 1루피아가 부족하다는 것을 알았다. 1루피아는 1상팀도 안 되는 작은 금액이었다. 두 사람의 짐은 이미 좌석 열 개짜리 작은 비행기 안에 있었다. 낡은 비행기였다. 승무원이 베르나르 부부의 탑승을 막았다.

"1루피아를 내지 않으면 비행기를 탈 수 없습니다."

승객들이 하나둘 비행기에 오르기 시작했다. 베르나르가 사정을 설명했다.

"잠깐만요. 1루피아는 손톱 조각만큼 작은 금액입니다. 타일 하나 가격밖에 안 됩니다. 호텔을 예약한 상태라 가야 합니다."

그러나 승무원은 완고했다. 심지어 짐도 찾아가지 못하게 했다.

"인도 사람들은 어떤 상황이 닥치면 그 사람의 업보라고 생각해 아무도 끼어들지 않습니다. 특히 절대 도와주지 않죠." 베르베르가 말했다.

다행히 관광객 한 명이 나섰다.

"얼마가 부족합니까? 뭐라고요? 1루피아? 여기 있습니다. 10루피아, 50루피아는 안 필요합니까?"

이렇게 해서 베르나르 부부는 비행기에 탈 수 있었다. 비행시간은 약 한 시간이었다. 비행기가 아그라(타지마할이 있는 곳)에 도착하자 또 다른 놀라움이 두 사람을 기다리고 있었다. 베르나르 부부가 공항에서 나왔을 때 수백 명의 사람들이 "택시!"를 소리 높여 외치고 있었다. 베르나르는 택시 한 대를 골라잡았다. 하지만 잘못된 선택이었다. 베르나르가 택시에 타자마자 기사는 다른 기사들에게 멱살이 잡혀 주먹질을 당했다. 집단 린치를 당한 그 기사는 피투성이가 된 채 줄행랑을 쳤다. 베르나르는 겁에 질린 채 카트린 쪽을 돌아봤다.

"택시를 타려면 어떻게 해야 하지?"

베르나르는 생각에 잠겼다. 이 상황에서 철학자 노자였다면 어떻게 했을까? 택시 운전사에게 보디가드가 있어야 한다! 베르나르는 담당자를 찾아갔다.

"저 택시기사들 사이에 가족이나 친척이 있습니까?"

"예, 사촌이 있습니다."

"제가 그 사촌분을 지정하면 저희들이 택시를 탈 때까지 그 사촌분의 보디가드 역할을 해주실 수 있습니까? 그래야 아까 그 택시기사처럼 주먹질을 당하지 않을 것 같아서요."

말이 끝나자마자 행동으로 이어졌다. 베르나르 부부가 택시에 타자 다른 택시 기사들이 서로 사인을 주고받았다. 베르나르 부부가 탄 택시의 기사가 영업을 마치고 이리로 다시 오면 죽일 태세였다. 베르나르는 택시 기사가 불쌍했다.

"위험한 직업이군요! 이제 어떻게 할 겁니까?"

"여기에 다시 오지 않을 겁니다."

"어떻게요?"

"손님에게 받을 돈으로 이사를 가야죠. 이 도시를 떠나야죠."

"그래봐야 택시 요금밖에 안 될 텐데요?"

"택시 기사에게 20유로에 해당하는 금액을 지불해야 했습니다. 그래야 그에게 이사 비용이 되니까요." 베르베르가 놀란 얼굴로 말했다.

《르 기드 뒤 루타르》에는 호텔을 믿지 말라고 적혀 있었다. 인도와 네팔의 위생 상태는 안 좋기로 유명했다. 그래서 베르나르는 도시에서 가장 고급 호텔에 묵기로 했다. 왕궁 바로 맞은편에 있는 아나푸르나 호텔이었다.

베르나르 부부가 아나푸르나 호텔로 들어서자 수위가 재빨리 럭셔리 룸을 보여주었다. 황금 장식, 조각상, 커튼이 드리워진 침대가 있는 멋진 방이었다. 왕족이 머무는 방 같았다. 그런데 천장에서 이상한 소리가 들렸다. 베르나르 부부가 고개를 들어 천장을 살펴봤다. 이럴 수가! 천장에는 바퀴벌레들이 기어 다니고 있었다!

"여기 문제가 있는데요, 천장에……."

수위가 천장을 바라보고 대답했다. "예, 예."

"우리가 원하는 것은 방이지 천장의 바퀴벌레들이 아닙니다."

수위는 베르나르 부부를 다른 방으로 안내했지만 그 방이라고 다르지 않았다. 천장에 벌레들이 우글거렸다.

"저기요, 곤란할 것 같군요." 베르나르가 말했다.

"아! 바퀴벌레를 원치 않으시나요?"

"그래요. 방 두 곳이 이런데 호텔 전체가 다 이런 것 아닙니까?"

"아, 아닙니다……."

수위는 베르나르 부부를 세 번째 방으로 안내했다. 황금빛 장식과 멋진 물건들이 있는 것은 다른 방과 똑같았다. 베르나르 부부는 천장을 바라봤다. 특별히 이상은 없었다. 흰색의 깨끗한 천장이었다. 베르나르 부부는 이 방에서 묵기로 했다. 그런데 밤중에 카트린이 두 눈을 크게 뜨고 설명했다.

"이 방에는 왜 바퀴벌레가 없는지 알 것 같아. 문제가 있어. 뒤 돌아보지 마."

그러나 호기심을 참을 수 없었던 베르나르는 뒤를 돌아봤다. 그 순간 베르나르는 토끼만 한 흰색 쥐와 눈이 마주쳤다. 쥐는 양탄 자를 발톱으로 꽉 쥐고 베르나르를 쳐다봤다. 너무 무서웠던 베르 나르는 이불 속에 들어갔다. 이불은 구멍이 송송 뚫려 있었다. 호 텔 안에 쥐들이 살고 있었다. 도시에서 최고급 호텔인 이곳조차 바퀴벌레와 쥐들의 온상이었다!

호텔을 바꾸기에도, 방을 바꾸기에도 너무 늦었다. 베르나르 부 부는 그냥 밖으로 나와 침낭을 베개 삼아 잠을 청했다. 밤중에 쥐 에게 물리지 않을까 걱정하면서 말이다.

"직접 겪어보지 않으면 상상밖에 할 수 없는 경험이었죠." 베르 베르가 재미있게 추억을 곱씹었다.

다음 날 베르나르는 호텔 프런트로 가서 항의했다.

"분명히 말하는데 바퀴벌레도, 쥐도 나오지 않는 방을 원합니 다."

"아, 동물을 전혀 원하지 않으시는군요."

"저기요, 이런 곳에서 4일이나 머물 수는 없습니다."

"바퀴벌레와 쥐가 없는 방이 있긴 있습니다."

"동물이 전혀 없다는 거죠?"

"예, 맹세합니다. 아무것도 없습니다."

"미안하지만, 댁의 말을 믿을 수 없습니다. 그만하죠."

그리고 베르나르 부부는 좀 더 현대적으로 보이는 호텔로 갔다. 거기서 바퀴벌레도, 쥐도 없는 방을 찾았다.

"우리 부부는 이상한 장면을 볼 때마다 정신을 차리기 위해 미친 듯이 웃을 때가 많았습니다." 카트린이 말했다.

베르나르 부부는 네팔에 가면 히말라야 트레킹을 할 수 있다는 이야기를 들었다. 두 사람은 특별한 추억을 만들고 싶었다. 오후 1시에 시작해 오후 5시쯤 돌아오는 일정의 트레킹이었다. 날씨가 무척 더웠기 때문에 베르나르 부부는 짧은 옷차림으로 배낭을 메고 나섰다. 그런데 트레킹은 계속 이어졌다. 저녁 7시. 아직도 트레킹은 끝나지 않았다. 주변은 협곡이었지만 베르나르 부부는 손전등도 없이 걸어야 했다. 날이 추워졌다. 시간이 지날수록 눈앞에는 칠흑 같은 어둠이 펼쳐졌다.

새벽 1시쯤 되었을 때 베르나르 부부는 '세상의 끝'이라고 적힌 현수막이 붙어있는 길에 도착했다. 조금만 더 가니 마침내 쉴 수 있는 곳이 나왔다. 식당을 겸하는 호텔이었다. 돌아가기 전에 베르나르 부부는 여기서 피자를 먹고 가기로 했다. 옆에는 두 쌍의 커플뿐이었다. 현실 같지 않은 대화 내용이 들려왔다.

"어디서 오셨습니까?"

"호주요."

"아, 저희도요!"

"시드니요. 두 분은요?"

"저희도 시드니예요. 이런 우연이!"

"어느 동네에 사시죠?"

"윌슨 거리요."

"뭐라고요? 저희도 윌슨 거리에 살아요. 몇 번지죠?"

"144번지."

"저희도 144번지인데!"

"몇 층에 사세요?"

"3층이요."

"저희는 4층이에요. 그러고 보니 아래층에 사시는 이웃분들이
네요!"

"두 커플은 끝없이 웃으며 이야기했습니다. 히말라야의 레스토
랑에서 만난 이웃들이었죠."

뉴델리로 돌아온 베르나르 부부는 택시를 불렀다. 수염을 기른
시크교도였던 기사가 베르나르 부부에게 질문을 했다.

"인도에 대해 어떻게 생각하십니까?"

"좋았습니다. 멋져요." 베르나르가 대답했다.

"그래도 역겨운 나라죠!"

"그보다는……"

"저 거지 떼들, 아무렇게나 운전하는 차들이 역겹지 않으십니까?"

"예……"

"제 생각을 말씀드릴까요? 제 택시 위에 기관총을 설치해 난사하는 것이 꿈입니다! 저 거지들과 차들이 역겹거든요."

"그 택시 기사는 자신과 같지 않은 것은 전부 무시했습니다. 공항에 도착한 우리 부부는 정신적인 나라로 포장된 인도 뒤에 폭력이 있다는 사실을 알았습니다. 카스트 제도와 업보라는 개념이 있는 나라이기도 했죠. 그래도 인도 여행은 인상적이었습니다……." 베르베르가 인도 여행의 소감을 들려주었다.

파리로 돌아온 베르나르는 《개미》 후속작 《개미의 날 Le Jour des Fourmis》을 쓰기 시작했다.

9

개미 없이는

하루도 못 살아

Bernard
Werber

"자신에 대해 나온 기사는 전부 스크랩하던 베르나르가 생각납니다. 베르나르는 비판에 민감했고 판매량도 계속 살폈습니다. 베르나르와 함께 TV 방송에 따라간 적이 있습니다. 베르나르가 무척 감동했어요." 당시 아내였던 카트린의 회고다. "베르나르는 사람들을 집에 초대해 자신이 대화의 주인공이 되는 것을 좋아했습니다. 예술가들이 모두 그렇기는 하죠. 작가로서 쌓아온 것, 첫 소설과 관계된 희노애락이 대화의 주제가 되는 것을 좋아했습니다! 그래도 베르나르는 독자들, 인터뷰하러 온 기자들에게 스스럼없고 겸손했습니다."

첫 소설이 출간되고 베르나르는 상당히 많은 편지를 받았다. 베르나르는 길을 가다가 독자들과 이야기를 나누기도 했다. 독자들 대부분 개미의 살아가는 방식을 소설 덕에 알 수 있었다는 점을 좋아했다. 소설을 통해 독자들은 개미가 도시를 짓고 방어 전략을 세우고 나름대로 정의를 실현한다는 사실을 배웠다. 대중은 마치 가이드를 따라 투아리 동물원을 보는 것처럼 베르나르의 소설을 통해 개미들의 생활방식을 엿보며 호기심을 느꼈다. 《개미》는 개미를 대중들에게 친근한 존재로 만든 소설이다. 하지만 독자들은 베르나르의 소설을 읽으면서 개미도 인류만큼 할 말이 많은 존재라는 것을 깨닫지는 못했다. 따져보면 개미가 인간보다 선배였다. 개미가 지구에 출현한 것은 1억 2,000만 년 전이지만 인간이 지구에 나타난 것은 불과 300만 년 전이다.

"《개미》에 대해 초기에 피드백을 받았는데 소설을 이해한 사람이 없다고 느꼈습니다." 베르베르가 말했다.

다 읽고 나서 서재에 꽂히는 책이 있고, 후속작이 나오는 책이 있다. 추리소설은 손에서 놓기 힘든 책이다. 신입으로 들어온 비서의 마음을 두근거리게 하는 멋진 사장이 나오는 여름 로맨스도 그렇다. 베르나르는 실망했다. 《파운데이션》, 《듄》, 《유빅》 같은 책들 덕에 베르나르는 인생관이 달라졌다. 베르나르가 목표로 한 수준의 책이었다. 책은 사물을 인식하는 방법에 변화를 주어야 한다는 것이 베르나르의 생각이었다.

"《개미》에서 독자들이 보지 못한 것을 설명해야겠다는 생각에 《개미의 날》이 쓰고 싶어졌습니다. '눈을 뜨세요. 첫 번째 소설의 정신을 이해하지 못했으니 두 번째 소설을 보내드리죠. 더 정확히 설명해 드리겠습니다.'라는 생각이 든 것입니다."

베르나르는 규칙 하나도 새로 정했다. 매년 소설 한 권을 출간한다는 결심이었다.

《개미의 날》도 전작 《개미》와 마찬가지로 인간의 이야기와 개미의 이야기가 교차된다. 219개의 에피소드로 이루어진 《개미의 날》에서 여왕개미는 '손가락들'이라고 하는 인간들을 상대로 십자군 전쟁을 벌이고 싶어 한다. 손가락들은 개미들의 집과 소통능력을 계속해서 망가뜨리는 존재였다! 전작과 마찬가지로 후속작에서도 집에서 키우는 개미집을 관찰한 덕에 여러 장면들이 탄생했다. 예를 들어, 베르나르는 붉은개미가 전투훈련실을 두고 있으며 다른 개미들을 복종시키는 모습을 발견했다. 동시에 《개미의 날》에서는 손가락들 사이에서 왜 개미 살충제 전문가들이 차례로 사라지는지 수사가 벌어진다.

《개미의 날》에는 전작과 달리 러브 스토리도 등장한다. 어느 독자와의 대화에서 영감을 얻어 넣은 것이다.

"《개미》에는 사랑 이야기가 없어서 아쉬워요." 독자가 말했다.

"여왕개미와 수컷 개미와의 사랑이요?" 베르나르가 물었다.

"아뇨, 곤충들의 세계에 있는 사랑 이야기요. 꽤 많을 겁니다."

메시지 접수. 베르나르는 《개미의 날》에 사랑 이야기를 넣었다. 두 주인공인 기자 레티샤 웰즈와 형사 자크 멜리에스 사이에 조금씩 싹트는 사랑 이야기였다. 교수 아버지를 둔 레티샤는 유럽인과 아시아인 혼혈로 연보랏빛 눈을 지닌 신비한 여성이다. 학자들의 실종사건을 담당하는 형사로 자크 멜리에스가 나온다. 자크는 레티샤의 정체를 알고 싶어 한다. 처음에는 레티샤가 살인사건과 관련이 있지 않을까 의심한다. 개미들의 이야기는 이처럼 두 인물 사이에서 벌어지고, 형사와 기자 사이에 조금씩 싹트는 사랑 이야기가 펼쳐진다. 글을 쓰다가 베르나르는 전작을 읽지 않았어도 《개미의 날》을 읽는 데 지장이 없는지 살펴보았다.

베르나르가 《개미의 날》을 완성하는 데는 1년이라는 시간이 걸렸다. 전작 《개미》에서는 개미들이 인간이라고 하는 낯선 존재를 느끼기 시작했다면, 《개미의 날》에서는 이와 반대로 인간이 개미의 문명이 존재한다는 사실을 알게 된다.

베르나르는 《개미》 때처럼 수없이 원고를 수정하지는 않았어도 《개미의 날》 역시 전체적으로 열두 번 이상 고쳐 썼다.

"초벌 원고는 별로입니다. 처음에는 문체가 거칠죠. 문제가 무

엇인지 분석하면서 어느 부분을 고치면 매끄러울지 결론을 내립
니다."

담당 편집자 세르주 브뤼나 로소는 《개미의 날》 원고를 받아 보
고 의견을 주었다.

"첫 번째 소설은 운이 좋았습니다. 《개미》가 잘 팔린 것은 우연
입니다. 기적이 또 일어날 것이라고는 기대하지 마십시오. 독자는
《개미의 날》에 열광하지 않을 겁니다."

베르나르가 보기에 브뤼나 로소는 《개미》가 별로였고, 《개미의
날》은 더 별로일 것이라고 생각하는 듯했다.

"그 후로도 세르주 브뤼나 로소는 《개미의 날》을 계속 트집을
잡았습니다. 전투 장면이 또 들어갔다고 비판했습니다." 베르베
르가 말했다.

1992년 10월, 마침내 《개미의 날》이 출간되었다. 11월 6일, 베
르나르는 다시 베르나르 랍의 문학 방송에 출연해 신작 이야기를
나눴다. 이번에 함께 출연하는 이들은 위베르 리브, 그리고 다른
작가 두 명이었다. 랍은 《개미》를 읽으면 개미 수만 마리의 생명
을 구할 마음이 생긴다고 말했다.

"많은 독자들이 개미를 차마 죽이지 못하겠다면서 고민이라고
하더군요." 베르나르가 대답했다.

주방에 개미들이 있다면 어떻게 해야 할까? 베르나르가 처방전을 내놓았다. 바질 잎을 놓으면 충분히 개미들을 쫓을 수 있다.

이번 방송에서 베르나르는 더 당당한 모습을 보였다. 푸른 빛깔이 나는 옷을 입고 능숙하게 방송을 했다. 안경을 낀 베르나르는 미소를 지으며 개미에 대해 전문적으로 설명했다.

"개미는 지구상에서 가장 넓게 분포하는 생물입니다. 개나 고양이를 마주친 적 없는 사람은 있어도 개미를 본 적이 없다고 하는 사람은 한 명도 없을 것입니다."

베르나르의 설명을 듣고 보니 인간과 개미의 관계는 크기의 문제였다. 인간은 개미가 너무 작아서 관심을 두지 않고, 개미는 인간이 너무 커서 관심을 두지 않는다.

"개미는 이타적인 생물입니다. 동료들의 일을 그대로 지나치지 않죠. 냄새로 이루어지는 개미의 소통방식은 인간의 소통방식보다 뛰어나다고 할 수 있습니다."

베르나르는 짧은 시간에 개미에 대한 많은 것을 알려주었다. 베르나르의 설명은 사람들의 눈길을 집중시켰다. 그때 작가 한 명이 끼어들었다.

"실제 개미는 그렇게 똑똑하지 않은데 조금 과장하시네요."

방송이 《개미의 날》 판매에 특별히 영향을 미치지는 않았다. 하지만 《개미의 날》에 대한 기사가 다양하게 나왔다. 베르나르는 메시지가 제대로 전달되어 기뻤다.

"《개미의 날》에서 제가 개미들을 통해 인간을 다루었고, 인간 문명과 개미 문명을 비교했다는 기사들이었습니다."

10월에 출간된《개미의 날》은 몇 달 뒤에야 폭발적으로 팔려 나가기 시작했다. 어느 행사가 계기가 되었다. 베르나르는 알뱅 미셸 출판사가 프랑스 서점에서 개최하는 작가전에 꾸준히 참가했다. 여기서는 독서토론도 열렸다. 토론에서 베르나르는 컴퓨터 워드 사용을 전적으로 지지했다. 베르나르는 컴퓨터를 사용하기 때문에 진짜 작가가 아니라고 말하는 작가들과 마주칠 때가 많았다.

"컴퓨터가 나 대신 글을 쓴다고 생각하는 작가들이 있었습니다. 컴퓨터의 능력을 지나치게 높게 평가한 것이죠. 컴퓨터 사용을 공상과학에서나 나오는 행위라 생각한 것입니다."

베르나르는 직설적으로 반박했다. 빅토르 위고가 요즘 살았으면 컴퓨터 워드를 사용했을 것이라고 말한 것이다.
"거위 깃털 펜을 잉크에 적셔 양피지에 쓰는 것을 추억이라고 하지만, 제게는 그저 고리타분하게 느껴집니다."
오젠 고등학교에서 들었던 타자기 수업 덕에 베르나르는 열 개의 손가락으로 매우 빨리 워드를 칠 수 있었다. 펜으로 쓸 때보다 워드를 치는 것이 훨씬 빨랐다.
"머릿속에 생각난 것을 워드로 치면 모니터에 그 생각이 바로 눈앞에 보여 좋습니다."

처음에는 작가전에 오는 사람들이 많지 않았다. 베르나르는 독자들이 오기를 기다리는 외로운 작가의 심정을 경험하게 되었다. 그래도 독자들을 기다리는 동안 옆 사람과 이야기할 수 있어 심심하지 않았다. 한번은 보르도에서 옆 사람이 베르나르에게 최면술 열 가지 수업에 관한 실용서를 소개해 주었다. 베르나르는 궁금증에 조금씩 질문을 던졌다.

"최면술을 가르쳐주실 수 있습니까?"

"뛰어난 최면술사가 되는 것은 어렵지 않습니다. 최면에 걸릴 수 있는 사람들을 찾는 것이 어렵죠."

"왜죠?"

"최면술은 누구나 할 수 있습니다. 하지만 모두가 최면에 걸리지는 않습니다. 20%의 사람들만이 최면에 걸립니다. 최면 실험에 응하겠다는 사람들을 찾으면 최면술을 가르쳐드리죠."

그날 베르나르는 독자 세 명을 만났다. 남학생 두 명, 여학생 한 명이었다. 베르나르는 세 사람에게 최면술을 받아보지 않겠느냐고 물었고, 셋은 흔쾌히 그러겠다고 했다. 저녁 6시. 베르나르와 최면술사, 학생 세 명이 운동장에 남았다. 최면술사가 입을 열었다.

"첫 번째 실험. 눈을 감으라고, 꼿꼿하게 서있으라고 실험대상에게 말하세요."

베르나르는 남학생 한 명에게 최면을 걸려고 지시했으나 남학생이 웃음을 터뜨렸다. 베르나르가 최면술사에게 말했다.

"이 학생은 안 될 것 같습니다."

다른 남학생이 자신이 해보겠다고 했다. 그러나 베르나르는 회의적이었다.

"안 될 겁니다. 친구가 웃음을 터뜨리면 학생도 같이 웃음이 터질 테니까요."

여학생만 남았다. 베르나르가 여학생에게 눈을 감고 움직이지 말고 있으라고 지시했다. 여학생은 최면술이 금세 먹혀들었다.

"성공입니다. 여학생이 최면에 빠졌어요." 베르나르가 최면술사에게 말했다.

"이게 다인가요?"

"그래요…… 그다음에 여학생이 제대로 최면 상태에 빠졌는지 확인해 봅니다. 남학생 두 명에게 여학생의 다리와 어깨를 잡아 의자 두 개를 붙인 곳에 눕히라고 하세요. 의자 하나에는 머리가, 다른 의자에는 다리가 오게요."

남학생 두 명은 지시받은 대로 여학생을 의자로 옮겼다. 베르나르는 계속해서 여학생에게 그대로 움직이지 말라고 지시를 했다.

"이제 최고로 놀라운 것을 보여드릴 차례입니다. 그 여학생 위에 앉으세요!" 최면술사가 말했다.

"말도 안 돼요. 저는 몸무게가 75킬로그램이고 여학생은 45킬로그램밖에 안 돼 보이는데요." 베르나르가 말했다.

"남학생들에게 앉아보라고 합시다."

남학생 두 명이 차례로 최면에 걸린 여학생 위에 앉아 중심을 잡았다. 여학생의 몸은 그 무게를 견뎌냈다!

"비결이 뭐죠?" 베르나르가 물었다.

"여학생은 모든 근육이 긴장상태에 놓여 있습니다. 자연스러운 신체능력이죠. 오늘 저녁 여학생은 식사를 잘할 겁니다. 최면에 걸린 동안 당을 많이 소비했으니까요. 그리고 잠도 푹 잘 거고요!"

최면에 걸릴 수 있는 사람의 비율이 20%밖에 되지 않는다는 사실은 베르나르에게 인상적으로 다가왔다. 최면술을 배워본 경험은 글쓰기에도 영향을 미쳤다.

"소설도 최면술과 비슷하다는 것을 알았습니다. 소설도 독자에게 무엇인가를 지시하죠. 그것을 하고 안 하고는 독자의 마음이지만요. 예를 들어 작가가 '내 눈앞에 세계 최고의 미녀가 있었다.'라고 말하면 독자는 세계 최고의 미녀를 상상할 겁니다. 마찬가지로 제가 좋아하는 문장이 있습니다. '문을 연 그가 놀라서 뒤로 물러섰다.' 이 문장을 읽는 순간, 사람들은 자연스럽게 그 장면을 상상합니다. 이미지를 제시하는 것보다 상상력을 자극하는 것이 독자에게 더 통하니 작가의 힘은 강하죠. 최면술 경험을 하고 나서 글로 묘사하는 방식이 더 좋아졌습니다. 그리고 최면술에 대해 더 알고 싶어졌습니다."

이후 베르나르는 최면술사들을 만나봤지만 그중에는 사기꾼도 있었다. 그러나 어디에나 좋은 사람과 나쁜 사람이 있는 법이다.

1993년 1월, 《개미의 날》은 잡지 《엘르》의 여성독자상을 수상했다.

　"《개미의 날》에는 사랑 이야기가 있기 때문입니다. 그래서 여성 독자들에게 어필되었던 것이죠. 흔히 과학소설과 환상소설은 소년들과 성인 남성들의 전유물이지 여성은 이런 장르에 관심이 없다고 생각합니다. 그래서 《엘르》의 여성독자상이 행운처럼 느껴졌습니다."

　상을 받기 위해 베르나르는 기차를 타고 샤토 드 랭스까지 갔다. 역에는 오토바이 탄 사람들이 너무 많아서 제대로 헤치고 걷기도 힘들었다. 베르나르는 그들이 유명인을 기다리며 진을 치고 있다고 생각하며 택시를 잡아탔다. 시상식장에 도착하자 주최측은 베르나르를 놀란 눈으로 쳐다보았다.
　"오토바이 탄 사람들은요?"
　"오토바이요? 랭스 역에 있던데요, 왜 그러죠?"
　"작가님이 타고 오실 차를 예약해 두었는데 오토바이 탄 사람들은 경호원들이에요."
　베르나르는 오토바이 탄 경호원들을 실망시키지 않기 위해 다시 역으로 갈 수밖에 없었다.
　베르나르에게 《엘르》 여성독자상을 수여한 사람은 《잠수종과 나비》로 유명한 장 도미니크 보비였다. 장 도미니크 보비는 전신 마비에 걸린 후 눈을 깜빡이며 소설을 받아 쓰게 했다. 이 특별한 인기 작가가 베르나르에게 상을 건넸다. 심사위원으로 참가한 다른 작가들과 마찬가지로 장 도미니크 보비도 베르나르의 소설을 아주 좋아했다.

《엘르》의 여성독자상은 소설 판매에 날개를 달아주었다. 개미 시리즈의 판매 부수가 2만 부에서 5만 부로 늘어났다. 새로운 독자를 확보하는 일은 베르나르에게 매우 중요했다. 그래야《개미》의 성공이 우연이 아니라는 것을 증명할 수 있었기 때문이다. 이로써 베르나르는 다시 기적을 만들어내고 독자층을 넓힐 수 있는 작가가 되었다.

"그때부터 작가로서 존재하기 시작했습니다. 《개미》에 대한 입소문이 《개미의 날》로도 이어졌죠."

그러나 이것이 다가 아니었다. 베르나르는 글 쓰는 직업으로 먹고살 수 있게 되었다.

"처음에는 작가라는 직업이 돈벌이가 시원치 않아 보였습니다. 그러나 《개미》가 출간되고 1년이 지나자 작가로서 버는 수입이 기자였을 때 번 수입보다 높다는 것을 알게 되었죠."

베르나르가 세금신고서를 작성할 때 세무서 직원이 감탄했다.

"직업란에 '작가'라고만 적는 사람들이 많지 않습니다. 보통은 '작가'와 다른 직업을 같이 적죠. '작가 · 편집자', '작가 · 기자'처럼요."

실제로 글만 써서 먹고사는 사람들은 여전히 드물다. 많아봐야 스무 명 정도. 아마도 베르나르는 전업작가 중 최연소였을 것이다.

무대를 바꿔보자. 지구 반대편에 사는 아시아인들이 무대에 등장할 차례다. 《개미》는 한국에서 출간되자마자 선풍적으로 인기를 끌었다. 프랑스보다 더욱 큰 성공을 거두었다. 1993년 초, 베르나르가 한국을 찾았다. 베르나르는 각종 행사에 참석했다. 한국에 도착하자마자 언론사 인터뷰도 있었다.

"어디에서도 해본 적이 없는 특별한 경험이었습니다. 인터뷰장에는 기자 30명이 있었고 TV 카메라 6~7대가 돌아가고 있었죠. 같은 말을 매번 또 할 필요도 없었습니다. 제가 늘 기대했던 환대를 한국에서 받게 되었습니다."

사람들이 베르나르를 보러 구름같이 몰려들었다. 확실히 한국에서 베르나르는 스타가 되고 있었다.

너무 아름다워서 현실 같지 않다고? 아직 그런 말을 하기에는 이르다. 이와는 대조적으로 험난한 여정도 기다리고 있었다.

10

인생은
새옹지마

Bernard Werber

게임을 하느라 수많은 밤을 하얗게 지새운 적이 있을 것이다. 그
중에서도 가장 많은 밤을 새우게 한 게임을 꼽으라면 단연 〈문명
Civilization〉일 것이다.

1989년 시드 마이어 감독은 각종 전략을 동원하는 이 게임을
구상했다. 각 시대를 거치며 이동한 인류의 운명을 따라가고 선사
시대에서 현대까지 인류의 이동을 추적할 수 있는 게임이었다. 시
드 마이어가 개발한 게임 〈문명〉은 진화를 거듭하며 끝없이 이어
진다. 매번 해결해야 할 새로운 상황이 등장하여 무기, 무역, 혹은

아이디어로 정복과 방어에 나서야 한다.

〈문명〉 게임은 1991년에 출시되어 큰 성공을 거뒀다. 전에는 게임을 해본 적이 없는 사람들도 〈문명〉 게임에서는 헤어나지 못하는 일이 많았다. 마치 매주 다음 이야기를 기다리게 되는 TV 드라마처럼 〈문명〉도 매번 새로운 상황을 전개한다. 〈문명〉에 빠졌던 사람들은 이 게임에 대한 추억을 종종 이야기한다.

1993년, 베르나르도 〈문명〉에 빠져 몇 달 동안 매일 게임에 몰두했다.

"마치 아이작 아시모프, 《듄》, 필립 K. 딕과 같이 깨달음을 주는 존재였습니다. 인류의 역사를 더 좋은 방향으로 다시 써보겠다는 목표로 〈문명〉 게임에 몰두했죠. 게임을 하면서 각종 전략도 시도해 보고, 마치 왕이나 도시계획가가 된 것처럼 이런저런 질문을 스스로에게 던졌습니다. 〈문명〉에 영향을 받아 훗날 구상한 소설이 《신》입니다."

베르나르의 소설 이야기를 해보자. 《개미》에 소개된 백과사전이 너무 좋았다고 베르나르에게 이야기한 독자들이 많았다. 그렇다면 이 백과사전을 책으로 따로 만든다면 어떨까? 이렇게 해서 나온 책이 《상대적이며 절대적인 지식의 백과사전 Le Livre Secret des Fourmis : Encyclopédie du Savoir Relatif et Absolu》이었다. 일러스트레이터 기욤 아르토의 삽화가 들어간 이 책은 알뱅 미셸 만화부분 출판사에서 나왔다. 이 출판사는 에르베 데생주가 대표로 있으며《레코 데 사반》의 계열사였다.

한편, 베르나르는 소설가로서 더 높은 도약을 하고 싶었다. 개미 전문 작가로만 남을까 두려웠던 베르나르는 여러 분야를 탐험하고자 했다.

"현재 중요하게 다뤄지는 과학 이슈를 대중화시키는 작업을 해보고 싶었습니다." 베르베르가 말했다.

편하게 돌아가시지 못한 할아버지에 대한 생각이 오랫동안 베르나르의 머릿속에 남아있었다. 베르나르는 본격적으로 사후의 삶이라는 테마를 깊이 다뤄보고 싶었다. 예전부터 계속 생각해 오던 주제였다. 1986년에 베르나르는《르 누벨 옵세르바퇴르》에 사후의 삶을 다루는 특집기사를 내보자고 제안한 적이 있었다. 베르나르는 다양한 철학자들은 물론《검은색 근원-죽음의 문에서 느낀 깨달음》을 쓴 파트리스 반 에르젤과도 인터뷰를 했다. 병원을 찾아가 죽음을 앞둬본 적이 있는 환자들의 이야기를 듣기도 했다. 그런데 이렇게 열심히 쓴 베르나르의 특집기사가 막상 잡지에서는 지면이 줄어들었다. 편집장이 의상 디자이너의 부탁으로 여성복 가격세일 광고에 지면을 내준 듯했다. 베르나르를 쫓아내고 싶었던 편집장이 의상 디자이너의 홍보기사가 되는 패션 특집기사를 더 많이 편성한 것이다. 사후의 삶을 다룬 베르나르의 특집기사는 점점 줄어 10페이지에서 결국에는 2페이지가 되어버렸다. 사후의 삶이 매우 흥미롭다고 생각한 베르나르는 당혹감을 감추지 못했다. 더구나 그동안 특집기사를 쓰기 위해 조사를 무척 많이 했는데 말이다.

이때 조사한 자료들을 바탕으로 하여 베르나르는 《타나토노트 <small>Les Thanatonautes</small>》를 구상했다. '타나토노트'는 그리스어로 '죽음의 신'을 뜻하는 'thanatos'와 '탐험가'를 뜻하는 'nautis'가 합쳐진 말에서 유래했다. 《타나토노트》는 1990년에 센세이션을 불러일으켰던 영화 〈유혹의 선〉(미국의 SF 공포영화로, 의대생들을 주인공으로 임사체험을 다룬 영화—옮긴이)을 생각나게 하는 소설이다. 소설의 주인공 미카엘 팽송은 어릴 때부터 죽음에 관심을 갖는다. 미카엘은 어느 장례식에서 라울이라는 남자를 만나는데, 라울도 죽음에 관심이 있다. 마침 프랑스 대통령이 죽었다가 깨어난 임사체험을 한다. 미카엘은 대통령의 지원을 받아 임사체험에 대해 조사하는 과학팀을 지휘한다. 죽음의 문턱까지 갔다가 깨어난 사람들에게 무엇을 보았는지 이야기를 들어보는 것이 목적이었다. 소설은 죽음의 세상에 무엇이 있는지 질문을 한다. 그것은 천국일까?

"국경을 넘어 여기저기 탐험한 이야기를 들려주는 쥘 베른 작가에게서 영감을 얻었습니다. 요즘도 바다 아래, 달 등 미지의 영역을 탐험해야 합니다. 국경은 생각에서 만들어집니다. 생각, 죽음에 대해서도 밝힐 것이 있죠."

《타나토노트》는 베르나르에게 실험적인 작품이었다. 정작 베르나르 자신에게도 사후의 삶이라는 테마는 과학의 영역을 벗어나는 주제라 참고할 자료가 별로 없었다. 이집트와 티베트의 죽음에 관한 경전들을 연구해 이를 바탕으로 꿈과 결합하는 내용으로 써 나가기로 했다.

"생생하게 기억나는 꿈이 있으면 잠에서 완전히 깨지 않은 몽롱한 상태에서 곧바로 글로 옮겼습니다. 홀린 듯이 글을 썼죠."

베르나르는 소설을 쓰기 위해 영화 〈필사의 도전〉을 보기도 했다. 주인공들이 각자 한계를 뛰어넘는 내용의 영화였다.

"마치 대성당을 짓는 기분으로 《타나토노트》를 써나갔습니다. 글을 쓸 때는 마이크 올드필드의 음악 〈인켄테이션Incantation〉을 들었죠. 이성적으로 설명할 수 없는 상대를 테마로 글을 쓰려면 저도 몽롱한 상태가 되어야 하니까요."

《타나토노트》는 1994년 2월에 출간되었다. 그러나 소설이 출간되자마자 행운의 여신이 떠나버린 기분이었다. 알뱅 미셸 출판사는 베르나르가 좋다고 한 적이 없는 표지를 선택했다. 표지에 적힌 글자는 읽기가 힘들었다. 출발부터 좋지 않았다.

그다음은 언론의 반응이 실망스러웠다. 《타나토노트》는 잡지의 서평기사 란에 소개되지 않았다. TV 방송들도 마찬가지로 이 소설을 유령 취급했다.

"기사도, 라디오 방송도, TV 방송도 이 소설을 언급하지 않았습니다. 〈파리 붐붐Paris Boum Boum〉에서도 다뤄지지 않았고요. 《타나토노트》는 그야말로 존재감이 전혀 없었습니다." 베르베르가 당시의 상황을 안타깝게 떠올렸다.

평소 베르나르와 친한 사람들, 전에 그를 지지해 주던 사람들도 《타나토노트》에 대해서는 실망한 듯했다. 베르나르 랍에게도 한소리를 들었다.

"《개미》는 정말 재미있게 읽었습니다. 그래서 다소 실망스러운 《타나토노트》는 언급하지 않는 것이 작가님에 대한 배려 같습니다."

《주르날 뒤 디망슈Journal du Dimanche》의 기자도 같은 반응이었다.

독자들의 반응도 냉담하기는 마찬가지였다. 초기의 독자평은 하나같이 부정적이었다. '타나토노트'라는 단어도 쓸데없이 복잡해 마음에 들지 않는다는 과학소설 팬들도 있었다. 《타나토노트》가 이상한 소설 같다고 말하는 독자도 있었고, 이 소설은 왜 나왔는지 모르겠다고 한 독자도 있었다. 친구들도 소설이 이해가 안 간다고 이야기하기는 마찬가지였다. 단 한 사람, 렌 실베르만이 예외였다. 렌 실베르는 《타나토노트》가 베르나르의 최고 작품이 될 것이라고 말해주었다. 그러나 그렇게 생각하는 사람은 렌 실베르뿐이었다. 베르나르는 기운이 빠졌다.

"내 능력은 여기까지구나, 더 좋을 수는 없구나 생각했습니다."

3주 후, 《타나토노트》의 판매는 여전히 저조했다. 알뱅 미셸 출판사는 《타나토노트》를 5만 부 인쇄했으나 1만 부 정도밖에 팔지 못했다.
베르나르는 지옥에 떨어진 기분이었다.

"지은 집이 이유 없이 무너져 내린 기분이었습니다. 확실히 《타나토노트》를 낸 것이 실수 같았지만, 부당하다는 생각도 들었죠."

《타나토노트》의 판매부수가 올라간 후에야 베르나르의 허리 통증도 멈췄다. 무엇보다 첫아들 조나탕이 태어난 행복의 순간이 찾아왔다.

《개미》와 관련해 이상한 일이 일어났다. 1994년 3월, 베르나르는 《개미》 일본어판 홍보차 일본을 방문했다. 그런데 일본에서 《개미》가 출간되기까지 무척 험난한 여정을 거쳤음을 알게 되었다.
《개미》 일본어판을 낸 출판업자 지아니는 이탈리아인이었다. 지아니가 일본으로 건너간 이유는 붉은여단 소속이었기 때문이었다. 지아니는 1990년대 초반, 살만 루시디의 소설 《악마의 시》 일본어 번역판을 출간해 많은 돈을 벌었다. 그러나 이 소설이 성공한 이유는 번역가가 이란의 정보요원들에게 살해됐기 때문이었다. 일본인들은 크게 분노했다.

지아니는 《악마의 시》 일본어판으로 벌어들인 돈으로 《개미》의 판권을 샀다. 이 소설이 한국에서 히트를 쳤다는 소식을 들은 것이다.

베르나르는 일본에 와서야 현지 출판사의 일처리 방식이 아마추어라는 사실을 알게 되었다. 특히 출판사가 번역가로 선택한 도가타는 일본에서 프랑스 문학 전문가로 알려져 있긴 했지만 어쩐지 수상한 인물이었다.

그와 만나면서 의문이 풀렸다. 베르나르는 도가타에게 프랑스어로 말을 건넸다. 그런데 《개미》의 번역가라던 그는 베르나르의 말을 전혀 알아듣지 못했다. 황당한 진실이 드러났다. 도가타는 프랑스어를 한마디도 하지 못했던 것이다! 그래서 대화는 영어로 이어졌다.

베르나르는 도가타에게 어떤 이유로 프랑스 문학 전문가로 알려지게 되었는지 물어보았다.

"장 폴 사르트르의 친구여서요." 그가 대답했다.

"사르트르와는 어느 나라 말로 대화를 나눴습니까? 사르트르는 일본어를 모르는데요."

"사르트르가 책 홍보차 도쿄에 왔습니다. 도서축제에 갔다가

길을 잃은 그는 호텔로 돌아가기 위해 택시를 타려고 했죠. 저는 독특한 눈빛을 보고 한눈에 사르트르를 알아봤습니다. 사르트르가 택시 잡는 것을 도와주고 함께 탔습니다. 정말로 감동적인 순간이었습니다. 우리는 미소를 주고받았죠. 서로 마음이 통한 느낌이었습니다. 그때부터 프랑스 문학에 큰 관심을 두고 사르트르의 작품을 일본어로 전부 읽었습니다. 그 후 TV에 초대받아 프랑스 문학 이야기를 하고 있습니다."

"그리고요?"

"그게 다입니다!"

이어진 대화의 내용은 더 황당했다. 도가타는 베르나르에게 프랑스 시인 아르튀르 랭보를 좋아하냐고 물었다. 베르나르가 얼버무리며 '예'라고 하자 그는 잘되었다고 대답하면서 묘한 표정을 지었다.

도가타는 베르나르를 저녁식사에 초대했다. 어떤 음식을 먹고 싶으냐고 물어 베르나르는 기쁘게 대답했다.

"일본 음식을 좋아합니다. 파리에서 거의 매일 초밥을 먹거든요."

"예?"

"초밥!" 베르나르는 혹시 발음이 틀렸나 해서 다시 말했다.

"초…… 밥이요?"

"안 좋아하세요?"

"그런 것은 아니지만 그렇게 자주 먹지는 않습니다. 결혼식이나 생일처럼 특별한 날에 먹죠."

"그럼 저녁식사로 어떤 요리를 생각하셨습니까?"

"감자튀김을 곁들인 스테이크요. 프랑스 사람들이 아주 좋아하는 요리라고 들었습니다."

"저는 예외가 되겠군요. 채식주의자인데, 생선이나 치즈까지는 먹습니다."

"그렇다면 어쩔 수 없죠. 초밥 먹으러 갑시다."

그는 실망한 듯 보였다.

다음 날 출판사와의 술자리에서 지아니는 베르나르에게 《개미》가 일본에서 번역 출간되기까지 얼마나 많은 우여곡절을 겪었는지 얘기해 주었다.

"도가타 씨는 체면을 깎이는 것이 싫어서 스위스 주재 일본 대사인 아들에게 번역을 부탁했습니다. 아들인 고바야시는 프랑스어와 일본어에 능통하니까요."

"그래서 고바야시가 번역을 맡았습니까?"

"아뇨, 고바야시는 작가가 아니라서 아내에게 번역을 부탁했습니다. 중국계 아내 링미가 문어체 일본어를 완벽하게 쓸 줄 알거든요."

"그래서 링미가 번역을 한 것이군요."

"아뇨, 링미는 프랑스어를 못합니다."

"그래서 어떻게 한 겁니까?"

"고바야시와 링미, 두 사람이 같이 번역했죠. 고바야시가 프랑스어로 《개미》를 읽고 일본어로 바로 번역해 알려주면 링미가 곧바로 일본어 문장으로 바꾸었습니다."

"그래서요?"

"아직 끝나지 않았습니다. 일본어 번역본 원고가 도착하자 도가타는 이렇게 생각한 것 같습니다. '나는 크게 한 것이 없는데 책에 번역가로 내 이름이 들어가서 번역비는 내가 받게 되겠군.' 그는 양심을 소중히 생각했습니다. 그래서 '나도 무엇인가를 해야겠다. 베르나르 베르베르 작가, 그리고 동시에 랭보의 시를 독자들에게 알려야겠다.'라고 생각한 것입니다."

"그가 무엇을 어떻게 한 거죠?"

"일본어 번역판에 랭보의 시구절을 군데군데 넣었습니다. 편집장 모리가 일본어 번역판은 무슨 소리인지 하나도 모르겠다고 알려 왔습니다. 그래서 저희 출판사는 《개미》의 일본 출간을 포기했습니다."

"하지만 일본어 번역판이 나왔잖아요……."

"편집장 모리의 집안일을 봐주는 분이 한국인입니다. 그녀는 《개미》를 읽은 적이 있었습니다. 그녀는 모리가 그 책에 대해 하는 이야기를 듣고 깜짝 놀라면서 '그 소설을 읽었어요. 소설 내용이 쉬워서 술술 읽히던데요.'라고 말했습니다!"

"그래서요?"

"모리 편집장이 어떻게 된 일인가 알아보다가 일본어 번역판 《개미》에는 원본에 없는 랭보의 시들이 뒤섞여 있다는 것을 알게

됐습니다. 일본어 문장으로 옮겨 쓴 사람도 링미라는 사실을 알아
냈죠. 다행히 링미가 연필로 쓴 번역원고가 원본 그대로 쓰레기통
에 있었어요. 모리가 그 번역본을 읽어보니 훌륭해서 《개미》가 일
본에 출간된 겁니다!"

지아니에게 자초지종을 다 들은 후 베르나르는 도가타를 다시
만났다. 그는 일본어 번역본 《개미》에 마음대로 랭보의 시를 삽입
해 원작을 훼손한 일에 대해 전혀 개의치 않는 것 같았다.

"출판사에서 랭보의 시 이야기를 들으셨죠? 출판사가 랭보의
시를 전부 삭제했더군요! 몰상식한 사람들! 아름다운 것이 무엇
인지 모르는 사람들입니다."

도가타는 대화를 마무리하며 베르나르에게 마지막 한 방을 날
렸다.

"안심하세요. 번역본이 인쇄에 들어가기 전에 책 중간 중간에
다가 랭보의 시 6~7개를 몰래 집어넣었으니까요!"

결국 《개미》는 일본에서 성공하지 못했다. 아무래도 도가타가
방해한 것 같다는 생각이 베르나르의 머릿속에 맴돌았다.

베르나르의 다음 작품은 무엇일까? 베르나르는 현실을 확실히
알게 되었다. 대중에게 그는 '개미 전문 작가'였다. 독자들은 베르
나르를 그렇게 기억했다. 베르나르의 심경은 어땠을까?

"독자들은 제가 개미에 대해 쓴 책만 좋아했습니다. 그래서 다

른 것은 할 수 없을 것 같았습니다. 그래서 독자들의 기대에 부응해 《개미혁명La Révolution des Fourmis》을 썼습니다."

개미 시리즈 3권에 해당하는 《개미혁명》에서 베르나르는 인간 사회와 개미 사회가 서로 영향을 주고받는 관계에 있을지도 모른다는 생각에서 출발해 탐구를 이어간다. 인간이 개미들에게 사랑, 유머, 예술, 이 세 가지를 줄 수 있을지도 모른다는 생각이었다.

《개미혁명》은 예상 외로 반응이 좋았다. 《개미혁명》은 전작 《개미》와 《개미의 날》보다 더 많이 팔렸다! 《개미혁명》이 성공하자 전작 시리즈들도 다시 판매가 올라가는 효과도 있었다. 베르나르는 다시 한번 용기를 얻었다. 그 증거로 등 통증이 몰라보게 좋아졌다.

"작가라는 직업을 오래 할 수 있겠구나 하는 생각이 들면 마음이 안정되면서 등 통증도 나아졌습니다." 베르베르가 말했다. "작가로 살지 못하면 다시 기자가 되어, 능력도 없는데 명령만 내리는 상사들이 가득한 조직으로 들어가야 하는데, 그렇게 될까 봐 두려웠거든요."

1994년 11월 15일, 베르나르는 베르나르 피보가 진행하는 방송 〈부이용 드 퀼튀르Bouillon de Culture〉에 출연했다. 베르나르의 소설들은 이미 24개국에 번역 출간되었다. 피보는 베르나르 베르베르를 가리켜 '한국의 스타'라고 소개했다.

이제 베르나르는 방송 무대가 익숙했다. 대응하는 속도도 빨라졌고 돌발적인 짓궂은 유머도 잘 받아넘겼다. 방송에 같이 출연한 게스트들은 개성 넘치고 박학다식한 베르나르에게 감탄하는 듯했다. 베르나르는 개미 문명에서 특히 기억에 남는 것은 지도자가 따로 없다는 점, 그리고 개인보다는 공동체의 운명이 중시된다는 점이라고 꼽았다.

"개미야말로 지구를 가장 대표하는 생물입니다. 만일 외계인이 지구에 온다면 인간의 도시보다는 개미집과 마주칠 확률이 더 큽니다." 베르나르가 설명했다.

피보는 베르나르에게 최고의 찬사를 던지고자 자크 페랭의 다큐멘터리 영화 〈마이크로코스모스Microcosmos〉를 우회적으로 비판했다. 자크 페랭은 베르나르가 '그야말로 소설가'라는 것을 증명하기 위해 이 영화를 만들었던 것이다.

"베르나르 베르베르 작가는 진지하고 상상력과 어휘가 풍부합니다." 피보가 덧붙였다.

《개미》가 미국에서 겪은 여정은 일본에서의 여정보다 더 혼란스러웠다.

《개미》가 출간되자마자 파리의 애니메이션 스튜디오 미디어랩의 알랭 기요는 《개미》의 애니메이션 작업에 관심이 생겼다. 당시 최초의 그래픽 애니메이션 영화 작품들을 기획하고 있던 그는 뫼비우스의 《스타와처Starwatcher》와 베르베르의 《개미》 판권을 샀다. 개미가 주변 환경에 따라 진화한다는 내용의 영화를 구상 중이었다. 그런데 이런, 1992년 10월의 어느 저녁, 친구를 집에 바래다주던 그가 교통사고로 사망하고 말았다.

미디어랩은 카날플뤼스에 인수되어 3D 애니메이션 스튜디오가 되었다. 카날플뤼스의 다비드 길다와 알랭 르 디베르데는 미디어랩이 해오던 프로젝트를 넘겨받았지만 경영이 체계적으로 이루어지지 않았는지 제대로 확인하지는 않았다.

베르나르는 당시 디즈니에 있던 제프리 카첸버그에게 프로젝트를 제안할 겸 미국으로 건너갔다. 베르나르는 미디어랩이 《개미》의 각색 판권을 갖고 있다는 것을 알고 있었다.

제프리 카첸버그는 프로젝트를 흥미롭게 검토하고, "상당히 좋군요. 진행해 보죠."라고 말했다.

"판권은 어떻게 하죠?"

"판권을 살 마음은 없는데요. 마음에 안 드시면 고소하시든가요." 제프리 카첸버그가 말했다.

1994년 제프리 카첸버그는 디즈니를 떠나 스필버그와 드림웍스를 차렸다. 그런데 개미가 등장하는 애니메이션 프로젝트가 여전히 디즈니에서 진행되고 있었다. 디즈니는 애니메이션 〈벅스 라이프〉를 내놓았다. 드림웍스의 제프리 카첸버그는 〈개미〉라는 애니메이션을 만들었다.

드림웍스나 디즈니나 베르나르가 개미 이야기의 원작자라는 것을 인정하지 않았다. 그러면서 드림웍스는 〈개미〉의 예술총괄 작업을 위해 기욤 아르토를 캘리포니아에 초청했다. 기욤 아르토는 《상대적이며 절대적인 지식의 백과사전》 삽화를 그린 일러스트레이터 작가였다.

"드림웍스에서 편지를 받았습니다. 스필버그가 쓴 편지 같았죠. 편지에서 드림웍스 측은 《개미》가 한국에서 대성공을 거두었다는 사실에 놀랐다고 했습니다." 베르베르가 말했다. "소설 《개미》와 애니메이션 〈개미〉 사이에 미심쩍은 관계가 있을 것 같다는 의심이 생겼지만 드림웍스 측은 두 작품은 완전히 별개라고 못 박았습니다."

질 싸움이 뻔했다. 알뱅 미셸 출판사는 절대로 고소할 생각이 없었다. 비용이 많이 드는 데다 미국의 두 거대 회사를 상대로 하는 소송은 프랑스에서 관리하기도 힘들다는 이유였다.
베르나르는 변호사와 상담했지만, 변호사는 소송을 말렸다.
"아주 긴 싸움이 될 겁니다. 몇 년 동안 이어질 수도 있어요. 상대가 미국 회사라면 승산이 없습니다. 미국 로펌은 이런 소송에서 막강한 힘을 발휘합니다. 승산이 없습니다." 변호사의 의견이었다.
베르나르는 마침내 스필버그에게 편지를 보냈다. 스필버그를 존경하며 소송은 하지 않겠다는 내용이었다.

"놀랍게도 드림웍스와 디즈니는 애니메이션 〈개미〉와 〈벅스 라이프〉를 두고 서로 표절이라며 법정 싸움을 하고 있었습니다!" 베르베르가 들려준 이야기다.

《개미》의 미국판 번역 과정도 순탄치 않았다. 반탐 출판사가 《개미》의 판권을 샀지만 번역본 출간을 계속 미루고 있었다. 베르나르는 왜 이렇게 출간이 더딘지 의문이 들었다.

중간에 번역본을 받아 본 베르나르는 미국인 번역가가 소설 《개미》를 전혀 이해하지 못하고 있다는 인상을 받았다. 번역가 마음대로 의역을 한 것이다. 프랑스어 원본에서는 20페이지까지 전개되는 장도 있고 3페이지밖에 안 되는 장도 있다. 베르나르는 장면 길이가 같지 않은 영화 구성처럼 만들려고 의도적으로 각 장의 길이를 달리했다. 그러나 미국 출판사는 이를 무시하고 각 챕터를 비슷하게 맞추기 위해 내용을 의역하기도 했다.

싸우기도 지친 베르나르가 미국 출판사에 편지를 썼다.

'《개미》를 번역 출간할 때 작가인 제 이름은 넣지 마시기 바랍니다. 더 이상 제 책이 아니니까요!'

미국의 번역본 《개미의 제국》은 한참 뒤인 1998년 2월에야 출간되었다.

프랑스 앵테르 방송의 리포터 마리 피에르 플랑송은 오전 5시에서 7시까지 하는 아침방송을 맡게 되었다. 마리 피에르는 독특한 콘셉트로 가기 위해 아이디어를 구상했다. 작가와 인터뷰를 하여 특별히 좋아하는 책 이야기를 들어보자는 콘셉트였다. 마리 피에르는 방송국 직원으로부터 베르나르 베르베르의 이야기를 들었다.

"정말로 재미있는 작가예요. 꼭 인터뷰하세요."

1996년 여름, 알뱅 미셸 출판사에서 인터뷰가 이루어졌다. 베르나르는 좋아하는 책 대니얼 키스의 《앨저넌에게 꽃을》에 대해 이야기했다. 방송이 끝나고도 베르나르와 마리 피에르는 계속 이야기를 나눴다. 인터뷰가 끝난 후 두 시간이 넘게 다양한 주제에 관해 이야기했다. 마리 피에르는 베르나르의 박학다식함과 지적인 면에 깊은 인상을 받았다. 베르나르도 마리 피에르를 매력적이라고 생각했다.

"처음으로 천재를 만난 기분이었습니다. 그렇게 아는 것이 많은 사람을 만나기는 쉽지 않죠."

한편, 1996년 10월에 카트린은 베르나르에게 이혼하고 싶다는 뜻을 밝혔다. 카트린이 이혼을 결심한 이유가 있었다.

"아무리 베르나르가 소박하다고 해도 예술과 결혼한 예술가처럼 작가도 작품이 우선입니다. 저는 베르나르와 아들 조나탕과 함께 오순도순 살아가는 가정적인 삶을 원했어요. 그리고 저는 하고 싶은 일을 하며 살지 않았지만 베르나르는 도서박람회에 가느라

집을 비우거나 글쓰기에 몰두할 때가 많았습니다."

이혼 결정이 내려지자 카트린은 집을 나갔다. 베르나르는 가족이 없는 텅 빈 아파트에 홀로 남았다. 그러나 점차 이런 일상이 익숙해졌다. 베르나르는 운명이 가혹하게 느껴졌다.

우울한 기분을 극복하려면 어떻게 해야 할까? 그때까지 베르나르에게는 글쓰기가 치료약이었다. 당시 그는 신작 《여행의 책Le Livre du Voyage》을 구상하고 있었다. 빅뱅까지 거슬러 올라가는 여정을 만날 수 있는 작품이었다.

"카트린은 '나는 정신상담을 받았는데 당신은 아니잖아. 그래서 이혼하는 거야.'라고 하며 이혼하고 싶은 이유가 다 있는 것이라고 말했습니다."

그러나 카트린의 이야기는 달랐다.

"모녀의 틀어진 관계를 풀기 위해 의사에게 심리치료를 받았어요. 하지만 이 치료와 이혼과는 아무 상관이 없습니다. 그건 저의 개인 일이죠. 누구나 나름의 이유로 무엇인가를 하거나 하지 않기로 선택하니까요."

그래도 베르나르는 카트린이 이혼하고 싶은 이유가 그 일과 관

계가 있다고 생각했다. 베르나르는 정신상담을 받고 싶다는 생각
은 없었다.

"프로이트의 책도 읽었고 《르 누벨 옵세르바퇴르》에 있을 때
정신분석학자들도 인터뷰한 적이 있습니다. 정신분석이 어떻게
이루어지는지 잘 알겠더군요. 하지만 내게는 도움이 되지 않는다
는 생각이 들었습니다. 정신과 의사가 하는 이야기는 이미 제가
다 알고 있는 내용 같았습니다."

베르나르는 우울한 기분을 달래는 치료법으로 책을 생각했다.
책이 정신분석을 해주는 장면을 상상하면 다시 긍정적인 마음을
찾을 수 있었다. 여기서 베르나르가 활용한 것은 최면술에 대한 실
험, 그리고 알레한드로 조도로프스키 감독에게 배운 교훈이었다.

"친구처럼 제게 친근하게 말을 걸어오고 기분을 달래주는 훌륭
한 조언을 해줄 책이 곁에 있다는 상상에서 아이디어가 떠올랐습
니다. 자신을 돌아보며 마음을 깨끗이 하는 작업이 되었습니다."

《여행의 책》은 놀랍게도 평소 베르나르의 작업방식에서 벗어난
책이었다. 보통 베르나르는 책 한 권을 쓸 때 원고를 열두 번 이상
고쳤다. 그런데 《여행의 책》은 단 하루 만에 완성되었다.

"필립 K. 딕이 4일 만에 완성한 소설들이 있다는 이야기를 듣고 저도 책 한 권을 한번 빨리 써보고 싶었습니다. '내가 빨리 쓸수 있을까?' 궁금하기도 했죠. 그 순간 단번에 떠오르는 영감이 있었습니다. 공기, 불, 흙, 물, 이렇게 4원소를 활용하자는 생각이었습니다. 아이디어가 떠오르자 오전 8시부터 저녁 8시까지 하루만에 책을 쓸 수 있었습니다."

사실, 《여행의 책》은 베르나르가 출간용으로 쓴 것이 아니라 우울한 기분에서 벗어날 방도를 찾기 위해 쓴 책이었다. 그래도 혹시나 해서 베르나르는 이 새로운 작품을 총서 총괄팀장에게 보여주었다. 팀장은 이 원고를 편집자에게 건넸다. 편집자는 딸에게 원고를 읽어보라고 했다. 편집자의 딸이 의견을 전했다.
"이거 대단한데요! 꼭 출간해야 해요!"
《여행의 책》 출간 일정은 1997년 10월로 잡혔다. 알뱅 미셸 출판사가 베르나르에게 의견도 묻지 않고 일방적으로 정한 출간 시기였다.

"《여행의 책》은 마치 아기처럼 세상에 나오고 싶었던 것 같습니다. 그렇게 생각하기로 했습니다."

1997년 2월, 베르나르는 프랑스 칸에서 열리는 밀리아MILIA에 참석했다. 여기서 베르나르는 앨범 〈이브〉로 최우수 멀티미디어

작품상을 타게 된 피터 가브리엘에게 시상을 했다. 무대에서 베르나르는 전 제네시스 보컬이었던 피터 가브리엘에게 자신이 팬이었음을 고백했다.

"제네시스는 가장 좋아하는 그룹입니다."

"작가님도 제가 가장 좋아하는 작가입니다!" 피터 가브리엘이 화답했다.

"그렇게 말씀해 주시니 기쁩니다. 하지만 예의상 하시는 말씀이라고 생각합니다. 《개미》가 영국에서는 잘 안 팔렸거든요."

"오해 마십시오, 영국에서는 저를 포함한 소규모 예술가들이 《개미》를 입소문 내고 있죠!"

그날 저녁, 피터 가브리엘과 베르나르는 저녁식사를 함께했다. 피터 가브리엘도 이혼 준비 중이라며 베르나르에게 조언을 해주었다.

"조언을 드리자면, 이혼 절차는 가능한 한 빨리 끝내십시오. 그래야 작가님의 창의력이 타격을 받지 않거든요. 싸움을 하느라 정신이 지쳐서 글을 못 쓰게 되어서는 안 됩니다. 어쨌든 해결책은 두 가지입니다. 아내에게 돈을 주든가 변호사에게 비용을 들이든가 둘 중 하나죠. 첫 번째 방법은 빨리 끝나고, 두 번째 방법은 오래 걸립니다. 아내에게 돈을 주면 그 돈은 간접적으로 아이들에게 가지만, 변호사에게 돈을 주면 그냥 날리는 셈이죠."

피터 가브리엘의 의견에 마음이 움직인 베르나르는 카트린에게 전화를 걸었다.

"당신이 원하는 것이 정확히 뭐야?"

카트린이 원하는 것을 말했다.

"좋아, 그렇게 할게." 베르나르가 대답했다.

"다른 조건을 원하지 않아?" 카트린이 놀라서 물었다.

"응, 원하지 않아. 당신이 바라는 것이 그것이라면 그렇게 할게."

베르나르는 아내가 원하는 것을 다 들어주고 아무것도 없는 상태에서 다시 시작하기로 했다. 아파트는 베르나르가 그대로 살면서 할부금을 계속 갚아가기로 하고 나머지 가진 돈은 모두 카트린에게 주었다.

"조나탕과 집을 나왔습니다. 그리고 이혼 법정에서 판사가 제안한 위자료만 받았어요." 카트린이 자신의 입장을 밝혔다. "조나탕은 당시 너무 어려서 베르나르와 함께 번갈아 돌보기로 했습니다."

베르나르와 카트린은 여전히 좋은 사이를 유지하고 있었다. 대신, 이혼은 빨리 이루어졌다.

"이혼 과정에서 유일하게 실망스러운 것은 변호사들이었습니다. 이익을 보기 위해 싸움을 오래 끌고 가려고 했죠." 베르베르가 냉소적으로 웃으며 말했다.

베르나르와 처음 만나고 1년이 지나 마리 피에르 플랑숑은 프랑스 앵테르 아침방송에 베르나르를 다시 게스트로 초대했다. 또 다른 게스트는 최근에 외계인에 관한 책을 쓴, 전직 에어프랑스 기장이었다. 그는 은퇴하면서 그동안 관찰했던 것을 들려주고자 책을 썼다고 했다.

마리 피에르는 외계인 관련 책을 쓰는 전직 기장인 그가 베르나르와 잘 맞을 거라고 생각했다. 그녀의 예상은 적중했다. 베르나르와 전직 기장은 서로 통하는 점이 아주 많았다.

방송이 끝나고 세 사람은 한잔하며 즐거운 시간을 보냈다. 마리 피에르와 베르나르 사이에는 친구 같은 우정의 분위기가 흘렀다. 그 후부터 마리 피에르와 베르나르는 자주 만나기 시작했다. 베르나르의 집을 드나들기도 하면서 마리 피에르는 베르나르가 매우 따뜻하면서도 개성이 넘치는 사람이라는 사실을 알아갔다. 한번은 베르나르가 마리 피에르에게 저녁식사나 같이하자고 집에 초대했다. 아차, 그녀가 오고 나서야 베르나르는 주방의 찬장이 완전히 비어있다는 것을 알았다. 마리 피에르에게 대접할 만한 것이 전혀 없었다. 어쩔 수 없이 두 사람은 초밥을 배달해 먹었다.

"베르나르는 정말로 외계인 같았어요. 지구인이 아닌 것 같았죠. 그 정도로 베르나르는 다른 행성에서 온 것처럼 여기 지구의 인간관계 코드와는 다른 코드를 가졌습니다." 마리 피에르가 보는 베르베르의 모습이다.

이혼 절차를 밟고 있던 베르나르는 마음이 편치 않았으나 마리 피에르를 편하게 해주려고 노력하고 있었다. 두 사람은 자주 만났지만 아직은 친구 사이를 유지하고 있었다.

마리 피에르 플랑송은 한 영매를 알게 되었다. 그 영매의 이름은 모니크 파랑 바캉. 모니크는 사람들을 위로해 주는 특출한 능력이 있었다.

당시 베르나르는 정신이 바닥을 치고 있을 정도로 우울했고, 긴 시간을 혼자 집에서 책을 읽거나 영화를 보면서 지냈다.

"당시에는 계속 위축되어 있었습니다. 점점 기분이 가라앉았습니다. 기운도 없었고요. 이 시기에 그림 그리기를 시작하기도 했습니다."

1997년 9월 18일, 서른여섯 번째 생일을 맞은 베르나르는 친한 친구 몇 명을 저녁에 초대했다. 친구들 중에는 숫자점 전문가 막스, 그리고 마리 피에르 플랑송이 있었다. 생일파티에서 마리 피에르가 베르나르에게 말했다.

"생일선물로 준비한 것이 있지. 대단한 사람과 만날 수 있는 세미나야. 며칠 동안 파리에 머문다고 하더라고. 그 사람 이름은 모니크 파랑 바캉이야."

11

사
차
원

이날 저녁 파리 외곽의 한 아파트에서 스무 명 정도의 여성이 함께하는 자리에 유일한 남성이었던 베르나르는 왠지 뻘쭘했다. 마리 피에르 플랑송을 따라온 베르나르가 가볍게 농담을 던졌다.

"꼭 타파웨어(미국의 플라스틱 주방용품 브랜드—옮긴이) 모임에 온 것 같네."

금발머리를 하나로 묶은 여자가 모습을 드러냈다. 다소 강해 보이는 인상에 얼굴이 통통한 그녀가 바로 모니크 파랑 바캉이었다. 그녀는 비서에게 천사와 접속했다고 알렸다. 참가자들이 모니크에게 질문을 하면 모니크가 수호천사에게 그 질문을 전달하는 시스템이었다. 여자 손님 한 명이 먼저 질문했다.

"왜 이 땅에 폭력이 있을까요?"

이와 비슷한 질문들이 이어졌다. 베르나르는 지금 자신이 여기서 무엇을 하고 있는 건가 하는 생각이 들었다. 손님들과 영매 사이에 오가는 대화는 그의 관심 밖이었다. 베르나르는 졸기 시작했다.

세미나가 끝나고 마리 피에르가 베르나르를 흔들어 깨우더니 느낌이 어땠냐고 물었다.

"깜빡 졸았네. 믿기 힘든 이야기가 오가서 나도 모르게……."

"지루할 수도 있었겠네. 하지만 내일 아침에 모니크와 단독으로 만날 수 있는 세미나를 예약해 두었어."

"솔직히 믿음이 잘 안 가. 신비술은 나의 관심사가 아냐!"

"하지만 세미나 비용을 이미 냈는데……."

베르나르는 마리 피에르를 생각해 예약해 둔 세미나에 참석했다. 세미나 장소는 7구역에 있는 마리 피에르 플랑숑의 아파트였다. 영매가 먼저 베르나르에게 말을 걸었다.

"마리 피에르에게 들으니 작가시라고요. 저는 시골에서 자라 만화책 이외에는 읽은 책이 없습니다. 작가님을 몰라봐서 죄송합니다."

모니크가 베르나르에게 베르나르의 수호신 바르나베와 접속되었다며 수호천사에게 할 말이 있는지 물었다.

"처음 뵙겠습니다, 바르나베." 베르나르가 진지하게 임하려고 노력하며 말했다.

"수호천사에게 질문할 것은요?"

"수호천사는 일을 시작하기 전에 어떤 워밍업을 하나요?"

"수호천사는 절대 쉬지 않는다네요!" 영매가 수호천사의 대답을 전달했다.

베르나르는 영매의 대답을 듣고 충격을 받았다. 베르나르는 잠시 생각에 잠겼다. 베르나르는 지금까지 살아오면서 겪은 일, 신기하게도 극복할 수 있었던 일들을 떠올렸다. 살면서 근심도 많았지만 그렇다고 그 근심 때문에 심한 타격을 받지도 않았다. 베르나르는 모니크 파랑 바캉의 이야기를 들으면서 최근에 겪은 일들을 다른 시각으로 바라볼 수 있게 되었다. 가만 생각해 보면 최근에 겪은 일은 그리 좋지는 않았다. 경제적 문제, 커리어, 카트린과의 문제……. 우울한 일의 연속이었다. 《타나토노트》는 잘 팔리지 않았다. 베르나르는 이혼한 지 얼마 안 되었고 현금도 부족했다. 그러나 동시에 베르나르는 목표를 꽤 많이 이루었다. 최근에 그가 겪은 일이 아무리 우울해도 최악의 상황은 아니었다. 더 이상 《르 누벨 옵세르바퇴르》에 매여 있는 기고가도 아니었다. 아이도 생겼고, 전업작가로 살아갈 수 있게 되었고, 베스트셀러도 여러 권 냈다. 한국에서는 영광스러울 정도로 스타 대접을 받았다.

"저의 수호천사에게 얼마나 배은망덕하게 굴었는지 깨달았습니다. 그래서 제가 가진 모든 것을 생각하며 저의 수호천사에게 감사하다고 했습니다. 그리고 배은망덕하게 행동해서 미안하다고 했죠." 베르베르가 말했다. 베르베르는 장난스러운 말투로 말했지만, 어느 정도는 진지했다.

"바르나베 천사가 작가님의 말씀을 듣고 기쁘다고 대답하네요."

그리고 모니크 파랑 바캉은 베르나르에게 물었다.

"작가님의 전생 이야기를 들려드릴까요?"

"저기, 두 가지 이유로 전생을 믿지 않습니다. 전생 이야기를 하는 사람들은 늘 본인이 클레오파트라, 시저, 예수 그리스도였다고 합니다. 그러나 전생에 그런 유명 인물이었을 가능성은 희박합니다! 99%가 보통 사람들이라면 남자는 병사거나 농부, 여자는 주부가 많았다고 생각합니다. 돈에 찌들고 특별할 것 없는 단조로운 삶을 살았겠죠."

"작가님은 전생에 112번 태어나 살았습니다. 그 112개의 삶 중에서 대부분은 평범하게 살았고 11개의 삶은 흥미로운 인생이었습니다. 우선, 전생에 인연이 있었던 사람들과 현재 어떤 관계인지 알고 싶으신가요?"

"저희 어머니는요?"

"작가님의 어머님은 전생에 작가님의 딸이셨습니다."

그때 베르나르에게 한 가지 재미있었던 일이 떠올랐다. 전날 저녁, 부모님이 베르나르를 보러 파리에 왔다. 베르나르는 곧바로 어머니에게 이렇게 말했다. "어머니, 방 좀 치워줘요!"

영매에 따르면 전생에 베르나르의 아버지는 베르나르가 알던 사람, 처음에는 적이었다가 친구가 되었다고 한다.

영매의 이야기를 들으며 베르나르는 노트북을 꺼내 메모를 했다. 영매의 이야기가 매우 흥미로운 내용이라고 생각되어서였다. 이제 베르나르는 영매에게 자꾸 질문을 던지게 되었다. 영매는 베르나르가 전생에 사무라이였는데, 전투술에만 열중해 가족이 없었으나 말년에 개인 스스로 결정을 해본 적이 없었던 삶을 후회했다고 말했다. 또한 베르나르는 전생에 아틀란티스 제국의 전사이기도 했고 영국의 병사이기도 했으며 하렘의 여성이기도 했다고 전해주었다. 어쨌든 영매가 들려준 이야기에 따르면, 베르나르는 지구를 정복한 일원에 속했다는 것이었다.

"원래 살던 행성을 떠나 지구에 착륙하기 위해 우주선을 만들어 진두지휘했군요." 모니크 파랑 바캉이 말했다.

그리고 모니크 파랑 바캉은 베르나르가 지구에 출현한 인류의 선구자적인 조상에 속하기도 했다고 덧붙였다.

베르나르는 도대체 어느 장단에 춤을 춰야 할지 몰랐지만 자신의 전생 이야기는 꽤 재미있다고 생각했다. 듣고 보니 그가 툴루즈에 태어났을 때부터 지금까지 겪은 몇 가지 사건은 전생과 어느 정도 관계있을 것 같았다. 베르나르는 자리에서 일어나기 전에 영매에게 감사의 마음을 전했다.

"전부 맞는 이야기인지, 아닌지는 모르겠습니다. 이야기를 엮어가시는 데 특별한 재능이 있는 분 같기도 합니다. 그러나 어쨌든 들려주신 이야기, 멋진 광경 덕분에 깨달음을 얻었습니다. 여기에 왔을 때는 조금 우울하고 의심에 휩싸여 있었는데 이제는 기운을 되찾고 미소를 지으며 나갈 수 있습니다. 도움 많이 되었습니다."

호기심이 발동한 베르나르는 이후에도 가끔 영매를 찾아갔다. 매번 영매는 베르나르의 전생 이야기를 상세히 들려주었다.

영매에 따르면 베르나르는 1870년에 상트페테르부르크의 의사였다. 그는 이그나즈 제멜바이스가 주장한 의사들의 손 씻기가 아직 널리 퍼지지 않았을 당시에 손을 씻는 몇 안 되는 의사 중 하나였다. 훗날 베르나르는 자신의 생각이 출산하는 여성의 목숨을 구할 수도 있다는 사실을 알게 되었다. 또한 영매는 베르나르가 병원장이라는 타이틀로 자신감이 넘치다 못해 권위적인 가장이었다고 말했다.

"요즘 기준으로는 이해가 안 되겠지만 당시에는 의사 대부분이 전생의 베르나르 베르베르 씨처럼 그랬습니다."

또한 영매는 전생에 베르나르가 프렌치 캉캉 댄서였는데 실연의 상처 때문에 자살했다고 했다.

베르나르는 자신도 모르게 전생 이야기에서 깨닫는 바가 있었고, 전생에 대해 깊이 탐구해 볼 필요가 있다는 생각이 들었다.

"당시 베르나르는 공허함 때문에 우울해했는데 모니크 파랑 바캉과 만나면서 다시 기운을 차렸습니다." 마리 피에르 플랑숑의 말이다.

"모니크 파랑 바캉은 친절한 사람이었습니다. 가식도 없었고, 마녀도 아니었습니다." 베르베르가 말했다. "그녀는 자신이 가진 힘을 다른 사람들을 위해 쓰려고 노력했습니다. 상담은 편안하고 화기애애했죠."

모니크 파랑 바캉은 미래도 점쳤다. 그녀는 베르나르에게 해야 할 일이 생길 거라고 말했다. 그 일은 지식과 정신을 전파하는 일이라고 했다.

《여행의 책》은 1997년 9월에 출간되었다. 짧지만 실험적인 작품으로 독자들을 상상의 세계로 이끄는 책이었다. 《갈매기의 꿈》이나 《연금술사》 같은 소설이나 선불교의 철학을 다듬은 현대 이야기를 즐겨 읽는 포스트 히피 성향의 독자층이 존재했다. 음악에서는 가수 엔야가 조용한 피아노곡을 배경으로 감미로운 목소리로 경쾌한 노래를 들려주며 수백만 명의 팬을 확보했다. 이른바뉴에이지 트렌드였다.

그리고 긍정적이고 마음 편안한 떨림을 전하는 작품을 추구하는 사람들도 꽤 있었다. 《여행의 책》은 이 같은 성향의 사람들을 대상 독자층으로 삼았다.

'책을 종이로 된 친구라고 상상해 보세요. 여러분의 정신을 살펴보고 여러분을 가장 아름답고 심플하며 놀라운 여행으로 이끌어주는 책. 여러분의 인생과 꿈을 탐험하는 여행. 시간을 초월하는 여행. 이 책을 여러분 손안에 쥐어보세요.'

평온한 구름으로 가득한 하늘이 눈 속에 비치는 책 표지도 인상적이었다.

예상대로《여행의 책》은 뉴에이지에 끌리는 독자층의 관심을 받았다. 이들은《개미》나《타나토노트》의 독자층과는 달랐다.

베르나르는 독자들에게 책에서 나오는 사물과 장소를 머릿속으로 상상해 시각화해 보라는 말을 여러 번 했다. 특히 릴에서 도서 홍보행사를 할 때 베르나르는 독자들에게 시각화 체험을 해보라고 권했다.

"책에 대해 설명을 드리기보다 함께 해봤으면 하는 것이 있습니다. 자, 눈을 감으세요. 그리고 새처럼 하늘을 날고 있다고 상상해 보십시오."

이렇게 해서 독자들은 집단 시각화 체험에 들어갔다.

시각화 체험을 즐거워하는 독자들이 있다는 것을 알게 된 베르나르는 독자들과 이 같은 체험 시간을 계속 가졌다. 어느 날 버진 마르세유 매장에서 있었던 일이다. 여기서도 베르나르는 독자들에게 시각화 체험을 제안하기로 했다. 그런데 매장에는 회의실이 따로 없었다. 결국 베르나르는 책이 있는 서점으로 자리를 이동하기로 했다. 갑자기 손님 한 명이 들어왔다. 그는 심벌즈 상자를 들고 있었다. 한 무리의 사람들이 다 같이 눈을 감은 채 얼굴에 미소를 띠고 있었고, 베르나르는 이들에게 구름 한가운데를 여행하고 있다는 상상을 해보라고 말하고 있었다. 손님은 깜짝 놀랐다.

그는 베르나르가 집단 최면술 같은 이상한 짓을 한다고 생각하고 가지고 있던 심벌즈를 꺼내 크게 울렸다. 마이크를 잡고 이야기를 하고 있던 베르나르는 조용히 해달라는 신호를 보냈다. 참가자들도 갑작스러운 큰 소리에 눈을 떴다. 심벌즈를 갖고 있던 손님이 도대체 무엇을 하는 것이냐고 물었다. 왜 사람들이 베르나르의 지시에 따라 이상한 행동을 하고 있는지 손님은 신경이 쓰였던 것이다. 베르나르는 잠시 명상 시간을 갖는 것이라고 설명하고 독자들에게 이제 다 끝나간다고 말했다.

"4, 3, 2, 1, 눈을 뜨세요."

그 순간, 손님은 심벌즈를 크게 쳤다. 시각화 체험이 끝남과 동시에 심벌즈 소리가 났기 때문에 마치 미리 계획이라도 한 것처럼 느껴졌다.

베르나르는 갑작스러운 방해에 당황했지만 제대로 끝낼 수 있어서 안심했다.

"다음에는 꼭 밀폐된 공간에서 진행해야겠다는 생각이 들었습니다. 시각화 체험을 하는 동안 제삼자가 불쑥 들어오지 않도록 입구에는 경비를 세우고요. 하지만 시각화 체험은 곧 그만두었습니다. 괜히 사이비 종교 지도자나 마술 사기꾼으로 오해받기 싫어서였죠."

어쨌든《여행의 책》은 성공적이었다. 판매 실적도 순조로웠다. 베르나르와 출판사 모두 안심했다. 하지만《여행의 책》과《상대적 이며 절대적인 지식의 백과사전》은 소설가로서 베르나르의 재능 을 인정받은 작품은 아니었다.

"《개미》와는 다른 작품을 내고 싶은데 독자들이 허락을 안 해주 었습니다. 독자들의 허락이 떨어질 때까지 기다렸죠. 서스펜스가 있고 등장인물들이 많이 나오는 대작 소설을 내고 싶었습니다."

밀레니엄의 변화가 다가오고 있었다. 스스로 충분히 성숙했다 고 느낀 베르나르는 다른 형태의 예술도 시도해 보고 싶었다.
소설《개미》를 게임으로 만드는 것은 베르나르의 오랜 꿈이었 다.《개미》를 처음 썼을 때 베르나르는 이 소설이〈슈퍼마리오〉, 〈테트리스〉와 같은 게임으로 만들어지는 상상을 했다.

"제가 쓰는 소설은 다른 플랫폼으로도 만들어질 수 있다고 확 신했습니다."

베르나르는 1991년 3월에 첫 소설《개미》가 출간되자마자 여러 게임회사에《개미》를 게임화해 보면 어떻겠느냐는 제안을 했다.

게임회사 세 군데에서 관심을 보이는가 싶더니 무산되고 말았다.

"출판계에서는 '예'라고 하면 '예'라는 뜻입니다. 하지만 게임 분야에서는 '예'가 '한번 살펴보자'는 뜻이더군요. 이 차이를 이해 하기까지 시간이 걸렸습니다." 베르베르가 말했다.

1997년 말, 게임회사 마이크로이즈의 엘리오 그라시아노 대표 가 알뱅 미셸 출판사에 연락을 해 왔다. 엘리오 그라시아노는 최 근《개미》를 읽으면서 '이것은 꼭 게임으로 만들어야 해.'라는 생 각이 끊이지 않았다고 했다.

그가 즉각 생각한 것은 새로운 고객층을 확보할 수 있는 전략게 임이었다. 전략게임은 〈워크래프트〉 같은 게임으로, 대중적으로 인기를 얻은 게임 장르다. 엘리오 그라시아노의 눈에 비친 베르나 르는 무한한 상상력을 펼칠 수 있고 게임이란 게임은 모두 좋아하 는 사람이었다.

마치 서로 신호를 주고받는 두 마리 개미처럼, 두 사람도 서로 할 말이 많았다. 엘리오 그라시아노는 AI를 게임에 접목하는 다양 한 아이디어를 생각했다. 뿐만 아니라 베르나르와 마찬가지로 엘 리오 그라시아노도 게임 중에 〈문명〉을 가장 좋아했다.

"그 게임을 하느라 얼마나 밤을 많이 새웠는지 모릅니다."

그래서 두 사람은 개미들이 등장하는 〈문명〉 같은 게임을 만들어보자고 의기투합했다.

두 사람이 생각한 전략게임은 유저에게 두 가지 옵션을 주어 관리도 하게 하는 게임이었다.

- 개미집을 기르는 옵션
- 개미들에게 미션을 주는 옵션

게임이 추구하는 전반적인 목표는 '집에서 개미집을 기른다 생각하고 즐겨보자.'가 될 것이고, 세 개로 구성될 게임 시리즈 중 그것이 첫 번째 판이었다. 1998년 초에 계약이 맺어졌다. 베르나르는 게임 속에 나오는 개미들이 진짜처럼 보이고 행동도 자연스러워야 한다고 말했다.

한편, 문학 분야에서 베르나르는 계속하여 지평을 넓혀갔다. 이번에는 현세의 기원에 관심을 기울였다.

그의 여섯 번째 소설은 《아버지들의 아버지 Le Père de nos Pères》였다. 베르나르가 자신의 수호천사 바르나베에게 바치는 이 소설은 〈인디아나 존스〉와 같은 작품이다. 주인공 두 명이 인류의 기원을 조사하는 이야기이기 때문이다. 그리고 베르나르는 이 소설이 TV 드라마로 만들어지길 바라는 마음에 아주 공을 들여 두 주인공 이지도르와 뤼크레스를 만들어냈다.

"이지도르 카첸버그는 평화를 사랑하는 비폭력주의자로 진지하게 생각하는 것을 좋아합니다. 동료인 인턴 기자 뤼크레스 넴로드는 여성들도 활발히 활동하는 시대를 상징합니다. 뤼크레스는 파보면 자초지종을 알게 된다는 태도를 보여줍니다. 이지도르와 뤼크레스는 반대 성향이기 때문에 서로 부족한 점을 채워줄 수 있습니다. 이지도르는 박식하고 겁이 있는 철학자이고, 뤼크레스는 에너지 넘치는 행동파거든요." 베르베르가 묘사한 주인공들의 특징이다.

그런데 왜 남자 주인공 이지도르의 성을 카첸버그라고 지었을까? 베르나르는 제프리 카첸버그를 생각한 것이다. 제프리 카첸버그, 양심 없이 《개미》의 아이디어를 표절한 디즈니의 거물. 여자 주인공 뤼크레스의 성 넴로드는 바빌론 제국을 건설한 인물에서 영감을 받아 지은 것이다.

뤼크레스와 이지도르는 어느 과학자의 범죄를 수사한다. 과학자는 원숭이와 인간 사이에 있는 부족한 연결고리를 찾으려 했다. 두 사람은 조사를 하는 과정에서 파리에서 탄자니아까지 넘나들며 미스터리한 인류의 기원과 마주한다. 왜 인간이 지구에 나타났을까? 베르나르는 자신만의 시각을 제시하려고 마음먹었다. 베르나르는 서구권이 인류의 기원에 대해 한 가지 이론만 내놓는 것이 안타까웠다. 그가 알아본 바에 따르면 인류의 기원에 대한 이론만 해도 백 가지가 넘었다.

베르나르가 내놓은 시각은 무엇이었을까?

"《아버지들의 아버지》는 본능적으로 쓴 작품입니다. 전에 장기 이식에 관한 기사를 쓴 적이 있습니다. 인간의 유전자는 침팬지와 비슷한데, 이상하게도 침팬지의 장기를 이식하기보다는 돼지의 장기(판막, 심장, 기타 장기)를 이식하는 것이 보편적이더군요. 동시에 돼지의 분홍빛 피부는 인간의 피부색과 비슷합니다. 인육을 먹어본 사람들은 인육이 돼지고기 맛과 비슷하다고 주장합니다. 더구나 성경의 원본에서는 돼지를 먹지 말라고 했지만, 이유는 설명하지 않았습니다. 이 점이 미스터리했죠. 그래서 우리가 그토록 무시하는 돼지와 우리 인간 사이에는 어떤 관계가 있었을까 호기심이 생겼습니다."

베르나르는 돼지가 인류의 조상일지도 모른다는 가정, 돼지와 영장류 사이에서 인간이 태어났을지도 모른다는 가정을 출발점으로 삼았다. 그리고 이 가정을 과학적으로 풀어나가기 위해 애썼다. 베르나르는 조사를 하면서 돼지가 똑똑한 동물이며(원숭이보다 지적이다) 마음씨 따뜻하고 감성적인 동물인데 인간들로부터 그동안 무시를 당했다는 사실을 알아갔다.

《아버지들의 아버지》에서는 각 장마다 인간의 진화 과정에서 부족한 연결고리에 관해 이야기한다.

1998년 9월, 베르나르는 친구를 통해서 록 가수 베르나르 라빌리에와 함께 활동했던 전직 드러머 필립 르루를 만나게 되었다. 필립 르루는 일본에서 탄생한 치유요법 '레이키'를 하고 있었다. 필립 르루는 베르나르에게 한 시간 동안 과거로 거슬러 올라가는 요법을 체험해 보자고 제안했다. 베르나르는 어안이 벙벙했다. 그는 가장 열렬하게 사랑했던 때로 거슬러 올라가 보기로 했다.

"어디서부터 시작해야 할지 몰랐습니다. 아틀란티스 제국에서 살았던 저의 모습으로 거슬러 간다는 이야기에 아주 좋았습니다. 직접 고고학을 하는 기분이었으니까요." 베르베르가 말했다.

1만 2,000년 전 해변에서의 장면으로 거슬러 올라갔다. 그 시절에 살았던 전생의 베르나르는 스커트 차림에 안수按手로 사람들을 치료하고 있었다. 아틀란티스 제국 남성의 차림이 희한하게 느껴졌다. 전생의 베르나르는 무희를 만났다. 그녀도 안수 치료법을 배우고 싶어 했다.

"제가 주인공으로 등장하는 위대한 사랑 이야기라서 계속 전생의 삶 속에 있고 싶었습니다. 하지만 필립 르루가 '이제 됐습니다. 시간 되었어요!'라고 말하더군요." 베르베르가 당시의 일을 떠올렸다.

레이키에 대해 베르나르는 무슨 생각을 했을까? 베르나르는 레이키 요법으로 본 전생의 삶이 진짜인지 확신할 수 없었고, 부활도 진짜 있는 것인지 알 수 없었다. 다만 레이키 요법을 경험하면서 인생을 생각해 볼 수 있고, '데자뷔' 현상 같은 미스터리를 풀 수 있겠다는 생각이 들었다.

그로부터 몇 달 후, 베르나르는 레이키 요법처럼 전생의 삶과 만나는 기회를 적극적으로 갖게 되었다.

"무엇보다도 그런 경험을 하면 이야기의 영감이 떠오릅니다. 상세한 이야기가 머릿속에 떠오르죠. 오히려 떠오르는 이야기 종류가 너무 많아 문제죠. 예를 들어서, 하렘의 여인. 자신의 의지대로 살지 못하는 삶이라 지루합니다. 무엇인가를 직접 적극적으로 해야지 다른 여자들이 사는 궁에 끌려가는 삶으로 끝나면 재미없습니다. 반대로 사무라이의 삶은 지루하지는 않지만, 역시 다이묘[5]에게 복종하는 삶이라는 한계가 있습니다. 무사도는 복종의 길을 의미합니다. 사무라이로 산다면 다이묘의 명령이라서 사람들을 죽일 뿐, 개인적으로 내린 결정이 아닙니다. 이런저런 생각을 하면 저의 성향을 알게 됩니다. 우선, 저는 어떤 형태든 권위에 알레르기가 있습니다. 툴루즈에 살던 열여덟 살 때, 왜 스포츠는 못하면서 프랑스 검술을 할 때는 분노와 에너지 같은 것이 솟구쳤는지 이해하

---

5   다이묘는 일본에서 14세기에서 19세기까지 쇼군의 명령에 따라 각 지방의 영토를 다스리고 권력을 행사했던 유력자를 가리킨다.

게 됩니다. 어쨌든 그런 성향이 문학적인 창조력의 원천인 것 같습니다. 그리고 그 어떤 것도 진짜라고 확신하지 못하는 성향이라 제가 쓴 책들은 에세이가 아니라 소설이 됩니다. 어떤 분야든 그럴듯은 하지만 확실하지 않은 가정을 바탕으로 글을 쓰니까요."

《아버지들의 아버지》는 1998년 10월에 출간되었다. 그리고 처음으로 베르나르는 《개미》의 그림자에서 벗어났다. 양장본 《아버지들의 아버지》가 15만 부나 팔린 것이다. 이 책은 10대 베스트셀러에 들어갔다. 베르나르는 작가로서 입지를 다졌다.
이제 그 누구도 베르나르가 단 한 권의 책으로 운이 좋아 성공한 작가라고 비아냥댈 수 없게 되었다.

12

돌고래와 함께

춤을

문학은 가장 공감을 많이 이끌어내는 예술이다. 문학만큼 관객의
참여를 유도하는 예술은 없다. 독자는 문학을 읽으며 이야기 속
배경을 상상하고 자신의 경험을 일부 끌어오며 등장인물들의 얼
굴과 움직임을 머릿속으로 그린다. 그리고 그렇게 상상한 등장인
물과 감정적으로 공감하며 함께 기대감을 갖고 걱정하고 의문을
품는다. 독자가 연출의 많은 부분을 담당하기에 작가에게는 유리
하다.

반면, 직접적인 이미지가 들어간 시각예술에서는 관객이 참여할

여지가 별로 없다. 어두컴컴한 극장에서 관객들은 수동적으로 이야기를 보기만 할 뿐이다. 따라서 시각예술 분야의 창작자에게는 다른 차원의 도전이 필요하다. 문학작가가 자신이 상상한 이야기를 독자 내면의 스크린에 상영한다면, 시각예술의 창작자는 누구나 볼 수 있는 매체를 사용해 이야기를 영상으로 보여주어야 한다.

시각예술은 많은 사람들을 끌어모은다. 반대로 독서는 혼자 하는 행위다. 베르나르는 작가이지만 이미 몇 년 전부터 게임이나 만화, 영화와 같은 시각예술에 도전해 보고 싶었다.

마이크로이즈가 1,000만 프랑이 넘는 돈을 게임 〈개미〉 제작에 투자하기로 했다. 1998년 당시로서는 어마어마한 금액이었다. 게임 디자이너 6명, 3D 컴퓨터그래픽 디자이너 60여 명, 프로그래머 20여 명이 투입되었다.

베르나르는 게임 디자인을 의논하기 위해 벨리지에 있는 마이크로이즈에 자주 방문했다. 총괄 프로그래머 쥘리앵 마르티는 진정한 게이머 그 자체였던 베르나르에게 감탄했다. 두 사람은 생각과 관심사가 같았다. 베르나르는 좋아하는 주제만 나오면 몇 시간이고 이야기할 수 있는 사람이었다. 몇 년 전인 1991년, 가상도시 시뮬레이션 게임 〈심시티 SimCity〉를 만든 윌 라이트가 〈심앤트 SimAnt〉(개미의 생활을 시뮬레이션한 게임)를 내놓아 좋은 반응을 얻고 대중으로부터 큰 인기를 얻었다. 당시 〈심앤트〉는 교육적인 게임이라는 평가를 받았다.

그로부터 7년 후, 기술은 놀랍도록 발전하여 1991년의 PC가

구시대 유물처럼 보일 정도로 당시의 PC 컴퓨터는 뛰어난 계산 능력과 디스플레이를 갖추게 되었다. 하지만 이 같은 기술의 발전에도 한계가 있었다. 광활한 배경을 이미지로 살릴 수 있는 프로그래밍 도구를 찾는 일부터가 만만치 않았다. 뿐만 아니라 적절한 인재를 구하는 데 3개월의 시간이 필요했다. 마이크로이즈는 게임의 한계를 어느 정도 극복해 그럴듯한 제품을 내놓을 방도를 찾아야 했다. 게임 속 캐릭터들의 동작도 서커스 곡예사처럼 유연해야 했다. PC의 메모리 양은 늘어났지만 개미 캐릭터들에게 집단 지능을 심으려면 어떻게 해야 할까? 이를 스크린에서 어느 정도 표현할 수 있을까? 현재의 PC 메모리 양을 봤을 때 인공지능은 어느 정도 활용할 수 있을까? 그리 쉬운 문제가 아니었다. 그로부터 1년 후에야 결론이 났다.

"마음만 앞섰나 봅니다. 우리에게는 감당이 안 되는 프로젝트였죠." 마이크로이즈의 엘리오 그라시아노 대표가 당시의 모험이 무모했음을 인정했다.

마이크로이즈는 미션 열 개 정도를 중심으로 하는 더 간단한 버전을 선택했다. 개미집 안에서 하는 미션과 개미집 밖에서 이루어지는 미션 중 선택할 수 있도록 했다. 작업을 하면서 베르나르는 게임에서는 사실성보다는 재미가 우선이라는 점을 인정했다. 개미집 내부의 미션을 선택한 게이머는 개미알을 잘 부화시키고 개미 도시를 관리하며 일개미와 병정개미들을 길러야 한다. 겨울 같은 혹독한 기후조건에서 개미들을 살리는 일이 중요하다. 개미집 바깥의 미션을 선택한 게이머는 먹이를 찾고 제비와 거미줄 같은 장애물을 극복해 개미들을 살려야 한다. 병정개미들 대부분은 얼른 밖으로 나가 다른 종류의 개미들 혹은 사마귀처럼 다른 종류의 곤충들과 싸우고 싶어 몸이 근질거린다. 인간의 눈으로 보면 개미들의 이야기와 사건은 자잘하다. 따라서 미션을 수행하면서 전체를 봐야 하는 것은 게이머의 몫이다.

베르나르는 게임 〈개미〉가 진화하는 모습에 흥분했다.

"베르나르 베르베르 작가는 정말로 긍정적인 성격이었습니다." 엘리오 그라시아노 마이크로이즈 대표의 설명이다. "작가는 저희가 소개하는 것에 대해서는 모두 좋게 봤습니다. 개인적으로 저는 별로인 것도 작가는 긍정적으로 보더군요."

하지만 베르나르가 마냥 다 좋다고 한 것은 아니었다. 게임 재킷에 대해 베르나르는 별로라고 생각했는데, 이유는 하나였다. 개미들의 아래턱 모양이 사실적이지 않다는 이유였다. 원화로 돌아가야 했다!

베르나르는 만화 시나리오도 구상하고 있었다. 그런데 그 시나리오가 어느 사이트 멤버들이 서로 자살을 돕는 내용이라 주변 사람들은 당황했다. 베르나르는 소설을 만화 버전으로도 만들고 싶었다. 총괄은 알뱅 미셸 만화부분 출판사의 에르베 데생주 대표가 맡았다.

반항적인 기자 아망딘 웰즈는 우울한 일을 겪은 후 EXIT 사이트에 가입한다. EXIT는 미스터리한 클럽 인터넷 사이트로 이러한 슬로건을 내걸고 있다. '인생은 실패했지만 죽음은 성공적으로 맞이하세요.' 클럽은 히치콕 감독의 영화 〈열차 안의 낯선 자들〉에 나오는 원칙과 비슷하게 움직인다. 즉 자살하고자 하는 이들을 연결해서 서로 죽이는 시스템이다.

"누구나 삶이 지긋지긋할 때 끝낼 수 있으면 좋겠다는 아이디어에서 나왔습니다." 베르베르가 나름의 이유를 설명했다. "스스로 목숨을 끝내는 것은 모든 생명체가 가진 첫 번째 권리에 속하니까요. 당시 인터넷은 나온 지 얼마 되지 않아 어설픈 점들이 있었습니다. 하지만 인터넷이 자살을 생각하는 사람들에게 익명으로 자살할 수 있게 도울 수 있다면 좋겠다고 생각했죠."

하지만 아망딘이 다시 삶의 의욕을 찾으면서 자살 시도는 물 건너갔다. 그리고 그 순간 아망딘은 감당하기 힘든 함정에 빠졌음을 알게 된다.

처음에 에르베 데생주 대표는 아르헨티나 출신인 어느 만화가와의 작업을 고집했다. 그러나 그가 내놓은 원화를 본 에르베 데생주 대표는 기겁했다. 인물묘사, 의상, 산타나의 머리모양이 하나같이 70년대 스타일이 아닌가! 현실과 동떨어져도 너무 동떨어진 그림이었다!

이후 에르베 데생주 대표는 알랭 무니에라는 작가의 원화를 받았다. 1978년부터 활동한 알랭은 당대 트렌드에 맞는 그림을 보여주었다. 작품을 올리고 48시간 후, 알랭은 파리로 초대받았다. 알랭은 에르베, 베르나르와 식사를 하고 계약을 하기로 했다. 웃음꽃이 피는 가운데 대화 주제는 금세 지구의 자극 이동으로 나타나는 결과와 같이 특이한 화제로 넘어갔다.

베르나르의 시나리오가 완성되었다. 이제 그림만 제대로 들어가면 작품이 완성될 것 같았다. 알랭은 약 10개월을 작업에 매달렸다. 여주인공은 섹시하게 표현되었고, 등장인물들은 또렷한 이목구비에 섬세하고 활력 넘치는 매력을 드러냈다. 그런데 정작 이상한 곳에서 삐걱거렸다. 알랭은 에르베 데생주 대표가 예산을 무리하게 아낀 것이 아닌가 생각이 들 정도로 조악하게 제작된 만화의 질에 놀라고 말았다.

알랭 무니에는 집에 도착한 만화 앨범을 받고 자신의 눈을 믿을 수가 없었다. 컬러는 유치했다. 알랭은 우아한 표지 그림을 그리기 위해 파리로 간 것인데, 막상 제작되어 나온 결과물은 자신이 채택한 시안이 전혀 아니었다. 출판사가 선택한 표지 시안은 책상 구석에나 그리는 낙서 같은 그림이었다. 대충 그린 스케치 같은 그림. 화가 난 알랭은 사무실에서 앨범을 내던져 버렸다.

"알뱅 미셸의 일처리 솜씨는 형편없었습니다." 알랭이 말했다. "저의 원화를 바탕으로 한 앨범 중 최악에 속했어요. 그렇게 조악한 만화는 처음 봤습니다. 스캔 작업도 날림이었고요. 채색 담당자의 형편없는 실력이 그대로 드러났습니다. 아망딘이라는 캐릭터는 만화 처음부터 끝까지 바비처럼 핑크색이었는데 너무 유치했죠."

알랭은 서점으로 갔다가 독자들이 표지를 살피는 모습, 베르나르 베르베르가 만화를 읽는 모습을 보았는데 다들 하나같이 실망한 듯 책을 덮었다고 했다.
《EXIT-마지막 숨결까지》1부는 9만 부를 찍었지만 3만 부밖에 팔리지 않았다. 그래도 만화 부문에서는 그런대로 괜찮은 매출이었다.

"출판사 측은 표지에 베르나르 베르베르 작가의 이름만 있으면 무조건 잘 팔릴 것이라 생각했나 봅니다." 알랭 무니에가 안타까워했다.

그런데 황당하게도 조악한 결과물에 대한 피해는 알랭이 고스란히 입게 되었다. 출판사들 사이에서 그의 평판이 안 좋아진 것이다.

"만화의 질이 별로면 무조건 원화 작가 탓으로 몰고 가죠. 제가 그렇게 그리지 않았는데요. 출판 만화 일을 많이 해봤지만 그때처럼 황당한 경험은 처음이었습니다." 알랭 무니에가 털어놓았다.

이후에 나온 만화 《EXIT》의 후속편에는 에릭 퓌슈라는 다른 만화가가 투입되기도 했다.

왜 베르나르는 《EXIT》에 크게 신경을 쓰지 않았을까? 그의 신경이 온통 다른 곳에 쏠려있었기 때문이다. 2년 전부터 그는 단편영화를 한번 만들어보고 싶다는 꿈이 있었다. 베르나르는 여러 채널에 〈나전 여왕La Reine de Nacre〉 시나리오를 보냈는데, 마침 카날플뤼스가 긍정적인 반응을 보였다.

베르나르의 취미였던 체스가 무대배경이었다. 〈나전 여왕〉에서는 체스판에서 체스말 하나가 움직일 때마다 실제로도 사건이 하나 일어난다. 예를 들어 체스판 위의 기사 말이 이동하면 목이 잘린 살인사건이 발생하는 식이다.

이 사건을 해결하기 위해 조사관 두 명이 나선다. 《아버지들의 아버지》에 등장했던 이지도르 카첸버그와 뤼크레스 넴로드가 다시 등장한다. 이 미스터리한 살인사건의 배후 조종자는 누구일까? 두 주인공은 그 비밀을 알아내고자 게임 속으로 들어가기로 한다.

카날플뤼스가 베르나르의 프로젝트에 관심을 보였다. 그러나 베르나르는 영화 분야에서는 초짜였다. 프로듀서 프랑시스 도레는 특수효과의 귀재 세바스티앵 드루앵과 공동제작을 하기로 했다. 세바스티앵은 세계적으로 유명한 파리의 스튜디오 버프$_{BUF}$에서 작업하고 있었고 〈배트맨과 로빈〉 같은 영화에서 특수효과를 담당하기도 했다. 동시에 그는 자신의 이름을 내걸고 단편영화 〈죽음의 광장〉을 만들고 있었다.

세바스티앵은 베르나르에게 영화의 스승 같은 역할을 했다. 영화 작업 1단계는 스토리보드를 만드는 일이었다.

"영화를 찍기 전에도 만화 작업에 참여한 적은 있습니다. 하지만 만화 작업보다는 영화 작업에 끌리더군요. 영화로 만들기 위해 제 소설들을 스토리보드로 만들어보기로 했습니다." 베르베르가 말했다.

특이하게도 주인공은 희극배우 장 크리스토프 바르로 정해졌다. 베르나르와 장 크리스토프는 나탈리 몽쟁이라는 같은 에이전트를 두고 있었다. 나탈리는 베르나르에게 극장에 있는 장 크리스토프를 찾아가 보라고 말해주었다. 베르나르가 극장에 다녀온 소감을 이야기했다.

"극장에서 졸지 않은 것은 그때가 처음이었어요."

나탈리는 장 크리스토프에게 이지도르 카첸버그 역할을 위해 오디션을 보자고 제안했다.

"베르나르 베르베르 작가의 책을 전혀 모릅니다. 그의 책을 읽어본 적이 없거든요." 장 크리스토프가 말했다.

"베르나르 베르베르 작가의 신간을 사서 읽어보세요." 나탈리가 조언했다.

장 크리스토프는 《아버지들의 아버지》를 사서 읽었는데 단숨에 빨려들어갔고 주인공 이지도르 카첸버그의 매력에 푹 빠졌다. 마치 돌고래들에 둘러싸인 바다의 성에 사는 기분이었다. 장 크리스토프는 이지도르 역을 맡고 싶다는 생각에 최선을 다해 오디션을 보기로 했다. 이지도르는 뚱뚱하고, 얼룩덜룩한 옷을 즐겨 입고, 늘 타가다 딸기맛 젤리를 씹어 먹으며 워크맨으로 하드록 음악을 듣는 인물로 나온다. 장 크리스토프는 이지도르라는 인물을 분석하여 이해했다. 그는 오디션에 가기 전에 파티용품 가게에서 가짜 배를 사고, 귀에 워크맨을 꽂은 채 이국적인 옷을 입었다. 옷의 주머니를 타가다 딸기 젤리로 채우는 것도 잊지 않았다.

프로듀서 프랑시스 도레가 문을 열고 장 크리스토프의 모습을 보더니 움찔했다. 프랑스시가 외쳤다.

"베르나르! 이리 와서 좀 봐요!"

이렇게 해서 장 크리스토프는 이지도르 역을 맡게 되었다. 뤼크레스 역은 쥘리아 마지니가 맡았다. 쥘리아는 〈납치자들〉이라는 단 한 편의 영화에서 작은 역을 맡은 것이 전부였다. 조연 역할은 베르나르의 지인들이 맡았다. 동료 작가 한 명이 여성 체스선수 역을 했다.

세바스티앵은 〈나전 여왕〉에 특수효과 기술을 최대로 시험해보고 싶었다. 그는 베르나르에게 특수효과를 과감히 활용해 보자고 여러 번 설득했다. 세바스티앵은 실제 장면에 3D 영상을 합성하는 일에 전문가였다. 세바스티앵은 베르나르에게 특수효과에 맞춰 몇 장면을 고쳐달라고 제안했다. 이렇게 하여 마지막에 열리는 체스경기는 3D로 촬영되었다.

"베르나르에게 체스의 세계를 특수효과로 표현하면 굉장할 것이라고 했죠. 특수효과는 제 전문이었습니다. 영화 속에 특수효과를 세련된 방식으로 넣었습니다. 문제는 예산이 빡빡하다는점이었죠. 그러나 정해진 예산을 갖고 특수효과를 최대로 활용하는 방법은 이미 파악하고 있었습니다. 베르나르는 즉각 의욕을 보이며 몇 장면의 시나리오를 다시 써주었습니다." 세바스티앵의 설명이다.

몇 주 동안 베르나르와 세바스티앵의 상상력은 기상천외한 방향으로 발전했다. 시나리오 수정본에 따라 특수효과가 더 많이 필요해졌다. 체스경기는 높이 20미터의 탑에서 이루어지는 것으로시나리오가 수정되었다. 탑 꼭대기에는 이지도르와 뤼크레스가서있는 것으로 했다. 베르나르는 프랑스판 〈브라질〉을 꿈꾸고 있었다.

"세바스티앵 드루앵은 평범한 장면에 현란한 특수효과를 넣고 싶어 했습니다. 세바스티앵은 관객들이 진짜 장면인지 합성 장면인지 구분하기 힘든 정교한 특수효과를 원했습니다."

1999년 9월에 시작된 〈나전 여왕〉의 촬영은 9일간 계속되었다. 예산은 1만 유로로 빡빡했으나 장면의 디테일에 세심하게 신경 썼다. 예를 들어 두 주인공이 타는 오토바이는 우크라이나에서 들여온 고급 오토바이가 사용되었다.

사블레 바닷가 모래사장에서 찍은 장면이나 숲에서 촬영된 장면도 있었다. 베르나르는 촬영하는 곳의 분위기에 맞게 옷을 입고 나타나 주변 사람들을 놀라게 했다. 숲에서 촬영이 이루어지면 베르나르는 캠핑을 하는 사람처럼 카키색 옷을 입었다. 모래사장에서 촬영할 때는 영화 〈아라비아의 로렌스〉처럼 입고 왔다.

"베르나르 베르베르 작가는 장면에 맞춰 옷을 입었습니다." 프로젝트 총괄감독 라모트의 말이다.

체스 결선경기 장면은 세느강에서 멀지 않은 마레 지구의 화려한 17세기 스타일의 건물에서 촬영되었다. 경기실로 사용되는 방에는 대리석으로 만들어진 거대한 서재가 있었다. 촬영팀은 한 번에 세 사람밖에 타지 못하는 엘리베이터를 타고 건물 안으로 들어갔다. 엘리베이터가 너무 좁아 카메라 이동대와 촬영장비를 갖고 타기가 힘들 정도였다. 엘리베이터는 이렇게 많은 사람과 장비들을 감당하기 힘들어 보였다. 혹여 과열로 엘리베이터에 불이 날까 걱정될 지경이었다.

어쩔 수 없이 많은 장면들이 녹색 모니터가 있는 스튜디오에서 촬영되었다. 이지도르와 뤼크레스가 체스 경기실로 이동하는 장면도 마찬가지였다. 베르나르는 흥분했고 촬영 분위기를 진심으로 즐겼다.

"베르나르 베르베르 작가는 아이처럼 즐거워했습니다." 라모트가 말했다.

라모트는 베르나르가 빨리 배우는 사람이라고 덧붙였다. 그러나 동시에 베르나르는 정신없는 촬영장을 보고 넋이 빠지기도 했다. 라모트는 배우들이 알아서 연기를 할 때가 많았다고 고백했다.

"감독으로서 지도해 주는 능력이 베르나르에게는 부족했죠. 배우들을 불러 와인도 마시면서 이런저런 연기 지시를 해야 하는데 베르나르에게는 그런 부분이 아쉬웠습니다. 메이크업, 의상, 배우들, 카메라 이동 등 촬영은 매우 복잡합니다. 베르나르는 처음 알았는지 깜짝 놀라 하더군요. 순간 베르나르는 현장의 관객이 되어 버렸습니다." 라모트가 말했다.

베르나르는 감독이 되기 위해서는 훨씬 더 많은 지식이 필요하다는 사실을 깨달았다. 이 기회에 겸손을 배운 셈이다.

감독 역을 맡은 베르나르와 세바스티앵은 앞으로 이루어질 촬영에 늘 신이 나있었지만 막상 배우들에게 설명하는 일에는 소홀했다.

"영화만 봐서는 이해가 되지 않는 장면들이 있었습니다." 장 크리스토프 바르의 설명이다. "베르나르 베르베르 작가와 세바스티앵 드루앵 총괄은 '거기 있으세요, 아래를 보세요.' 같은 말만 했지 준비는 부족했습니다. 탑에서 촬영하는 날에도 날씨가 춥고 바람이 불 거라는 얘기는 제대로 안 해주더군요."

"두 명이 공동제작한다는 생각은 그리 좋아 보이지 않았습니다." 장 크리스토프 바르가 말을 이었다. "베르베르와 드루앵은 연출자라기보다는 기술자에 가까웠습니다. 뿐만 아니라 두 사람은 생각이 달랐어요. 그렇다 보니 배우들을 이끌어주는 실제 중심이 없었죠. 베르나르는 이렇게 하라고 하는데 세바스티앵은 저렇게 하라고 하니 어느 장단에 맞춰야 할지 몰랐습니다! 이런 식으로 촬영을 하다 보니 너무 복잡했습니다! 그런데도 연기를 할 수 있었던 이유는 베르나르가 쓴 원작소설을 미리 읽어서 이지도르 카첸버그라는 인물을 이해했고 그 인물에 애정을 느꼈기 때문입니다."

촬영이 끝난 것을 축하하기 위해 베르나르는 촬영팀을 자신의 아파트로 초대했다. 70년대 스타일의, 베이지 톤의 소박한 아파트였다. 촬영팀은 집 안으로 들어가자마자 양탄자가 더러워지면 안 되니 신발을 벗으라는 말을 듣고 깜짝 놀랐다. 준비된 음식도 과일 주스가 전부였다. 베르나르는 술을 준비하는 것을 깜빡했다. 손님들은 책상다리를 하고 바닥에 앉았다. 베르나르가 그런 손님들을 즐겁게 해주겠다며 기타를 연주했다.

"마치 캠핑장에 와 있는 기분이었습니다. 흔히 촬영이 끝나고 하는 파티들과는 분위기가 많이 달랐죠. 베르나르가 얼마나 특이한 사람인지 알았습니다." 당시 초대받았던 사람이 들려준 재미있는 추억담이다.

1999년 당시 디지털 특수효과를 사용한 영화 촬영은 아직 걸음마 단계였다. 6년 전에 나온 〈쥬라기 공원〉이 디지털 특수효과가 사용된 첫 영화였다. 〈매트릭스〉도 나온 지 얼마 되지 않은 때였다. 당시 영화는 필름으로 제작되었고 디지털 효과는 컴퓨터로 작업했다. 영화 장면에 CG 이미지를 입히려면 장면마다 실리콘그래픽스사의 고급 사양 컴퓨터로 촬영해야 했다. 그리고 이렇게 촬영된 장면을 다시 전부 필름으로 옮겨야 했다. 컬러와 음향이 잘 맞으려면 상당한 솜씨가 필요했다.

〈나전 여왕〉은 불과 16분짜리 단편이었으나 장면 210장과 특수효과 70건 이상이 들어갔다. 잡지 《프르미에Première》는 〈나전 여왕〉을 '이상한 나라의 앨리스'에 비유하기도 했다.

"그런데 완성된 영화를 보니 무슨 메시지를 전하려는 것인지 몰라 당혹스럽더군요." 장 크리스토프 바르가 말했다.

그래도 장 크리스토프는 촬영에 대해 좋은 기억을 간직하고 있었다.

관객들도 〈나전 여왕〉을 제대로 이해하지 못하기는 마찬가지였다. 스토리는 이해하기 어려웠고, 상상력을 동원해야 할 때도 많았다. 베르나르와 세바스티앵은 각자의 생각을 자유롭게 펼치며 당시의 기술을 최대로 활용해 영화를 완성한 듯했다. 기술은 좋았지만 스토리 전달력은 부족했다.

결국 〈나전 여왕〉은 관객 동원에 실패하고 카날플뤼스 채널과 몇몇 영화제에 소개된 것이 전부였다. 베르나르는 이렇게 단편영화 감독에 도전했지만, 이 작품이 장편영화로 이어지지는 못했다.

무대를 바꿔보자. 1999년 11월. 《검은색 근원》의 작가 파트리스 반 에르젤이 베르나르에게 급히 전화를 했다.

"촬영팀과 함께 아조레스 제도로 가서 돌고래를 만날 계획을 세웠는데 사정이 생겨서 가기 힘들 것 같아. 나 대신 가겠어?"

베르나르는 뜻밖의 기회에 즐거워졌다. 열 명으로 구성된 팀과 함께 베르나르는 아조레스 제도로 출발했다. 그곳에서 돌고래를 만날 수 있다는 보장은 없었지만 운에 맡겨보기로 했다.

하지만 막상 포르투갈 연안에 위치한 아조레스 제도에 도착한 베르나르 일행은 실망하고 말았다. 바하마와는 완전히 다른 분위기에 돌고래가 있을 것 같지 않아서였다. 암석이 가득한 주변을 보니 마치 브르타뉴에 있는 기분이었다. 게다가 날씨도 추운 데다 현지 주민들도 적대적인 태도를 보였다. 현지 주민들 중에는 전직 돌고래 사냥꾼들이 많았다. 그들은 조상들이 돌고래와 싸우며 영웅 대접을 받던 시절을 그리워하고 있었다. 이런 주민들의 눈에 돌고래와 친해지고 싶어 하는 뉴에이지 스타일의 관광객들이 곱게 보일 리 없었다.

그래도 행운은 찾아왔다. 조디악호가 흰색의 벨루가 돌고래 두 마리가 있는 곳을 찾아낸 것이다. 잠수를 할 수 있는 인원이 둘밖에 되지 않아 제비뽑기를 하기로 했다. 베르나르와 어느 여성이 잠수하는 행운을 누리게 되었다. 두 사람은 조디악호에 몸을 묶었다. 베르나르는 숨을 참고 바닷속 3미터로 들어갔다. 베르나르는 혹시라도 돌고래들이 인간을 보고 도망칠까 봐 걱정되었다. 그런데 베르나르와 동료 여성이 계속 헤엄쳐 와도 돌고래들은 바닷속 4미터 깊이에 그대로 있었다. 그 모습을 본 베르나르는 생각했다.

'폐에 산소가 충분했으면 좋겠다. 숨을 쉬려고 물 위로 올라가면 돌고래들이 달아날 수도 있으니까.'

돌고래 한 마리가 베르나르에게 다가와도 좋다고 허락하는 것 같이 보였다. 베르나르는 그 돌고래가 있는 곳까지 내려갔다. 돌고래는 여전히 움직이지 않았다. 시간이 잠시 멈춘 듯 베르나르와 돌고래가 서로 마주했다. 베르나르는 뭔지 모를 감동을 느꼈다.

"잠시 동안이었지만 그 순간이 잊히지 않습니다. 돌고래는 무엇인가를 말하고 싶은 표정이었어요. 제게 다가와도 좋다는 말을 하고 싶어 하는 것 같았죠."

베르나르와 여자 동료가 잠수를 마치고 조디악호로 올라왔다. 두 사람은 갑자기 물 위로 올라오자 정신을 차릴 수 없었다. 그래서 질문 공세를 받아도 대답이 잘 나오지 않았다. 조디악호가 좀 더 멀리 이동했다. 갑자기 회색의 다른 돌고래가 나타났다는 말이 들려왔다. 베르나르와 여자 동료는 이미 잠수를 마치고 돌아온 상태라 이번에는 조디악호에서 돌고래들을 바라볼 수밖에 없었다.

잠시 후 두 사람은 잠수하러 간 동료들이 하는 말을 들었다.

"돌고래들이 우리에게 다가와요!"

"돌고래들을 만질 수 있어요!"

"정말 순하네요!"

이해가 안 되었다. 아까 베르나르와 여자 동료가 잠수하면서 만난 돌고래 두 마리는 손으로 만지자 놀라는 것 같았는데 말이다! 무슨 일인가 알아보기 위해 두 사람이 다시 잠수를 해보기로 했다. 그제야 베르나르는 상황을 이해했다. 바닷속에 들어가자마자 주변에 정어리 떼가 모여들어 튜브 모양을 만들었다. 여자 동료도 같은 경험을 했다. 사실은 돌고래들이 정어리를 잡아먹느라 정신이 없었던 것이다! 그런데 인간들에게 정어리 파티 시간을 방해받자 돌고래들은 짜증이 났던 것이다.

"잠수를 한 다른 동료들은 마치 돌고래들이 쓰다듬어 달라고 하는 듯 다가왔다고 했습니다. 그런데 오해였어요. 돌고래는 인간과 접촉하려고 다가온 것이 아니라 방해하지 말라고 항의하러 온 것이었죠. 돌고래들은 주둥이를 내밀며 마치 '저리 가세요!'라는 말을 하고 싶었던 것 같습니다. 나름 인간들에게 폭력을 휘두르지 않고 조용히 경고한 셈입니다. 이유야 어쨌든 돌고래와 잠시 마주 본 짧은 순간은 행운이었습니다."

〈나전 여왕〉 이후 베르나르는 다시 글을 쓰며 마음을 안정시켰다. 영화 촬영 때는 이런저런 장면에서 각자 의견을 내는 배우들이나 기술자들 사이에서 합의를 해야 했다. 감독은 총괄자다. 베르나르는 총괄자의 역할이 여전히 부담스러웠다.

2년간의 원고 작업 끝에 나온 《천사들의 제국L'Empire des Anges》은 천사들의 일상을 다룬다. 베르나르가 뜻밖에도 《타나토노트》의 후속작을 쓰기로 결심한 것은 영매 모니크 파랑 바캉과의 만남 덕분이었다.

"시간이 흐를수록 《타나토노트》의 실패가 괴롭게 다가오기 시작했습니다. 《타나토노트》가 제대로 평가받지 못한 기분이 들어 억울했죠. 그래서 후속작을 쓰고 싶었습니다. 《개미》보다 후속작 《개미의 날》이 더 잘 팔리기도 했으니까요. 책을 쓰면서 세운 원칙이 하나 있습니다. 관점을 바꾸자는 원칙이죠. 《개미》 3부작이 성공한 이유를 생각해 봤습니다. 평소 하찮게 생각하며 아무렇게나 밟아 죽이던 개미들이 주인공이 된 이 소설 시리즈에서 독자들은 개미의 입장이 되어보는 귀한 경험을 할 수 있었습니다. 이번에는 우리 인간보다 위에 있고 우리를 내려다본다고 생각하는 존재, 즉 천사의 관점을 다뤄보면 좋을 것 같다는 생각에 《천사들의 제국》을 구상하게 되었습니다."

인간은 수호천사의 존재를 의식하지 못한다. 그렇다면 수호천사들은 어떤 활동을 통해 우리가 자신들의 존재를 깨달을 수 있도록 돕고 있을까? 베르나르는 이런 주제를 소설에서 다뤄보고 싶었다. 베르나르가 생각하는 수호천사들의 활동은 이러했다.

- 우리의 꿈에 영향을 미친다.
- 영매를 통한다.
- 신호, 본능을 통한다.
- 고양이를 통하기도 한다.

베르나르는 한 천사가 담당하는 인간의 수는 세 명이고, 담당하는 인간들을 얼마나 잘 보호하느냐에 따라 능력을 평가받는다는 상상을 했다.

"모든 것을 다 이해한 천사들, 그리고 천사들이 직접 영향력을 행사할 수 없는 대상인 인간들 사이에는 괴리가 있죠. 그 괴리를 보면 재미있을 것 같다는 생각이 들었습니다."

영매 모니크 파랑 바캉도 아이디어를 하나 제시했다. 베르나르의 마음에 드는 아이디어였다.

"인간이 태어나면 기본적으로 유전자 25%, 업보 25%, 자유의지 50%에 따라 살아간다고 합니다. 그 어디에서도 만나지 못한 생각이라 강렬했습니다. 정말로 인간은 유전자, 업보, 자유의지에 이끌리는 것일까요?"

그리고 베르나르는 플로랑스 포레스티를 닮은 베로니크 라부류라는 여성과 오랫동안 대화를 나눴다. 그녀는 지역 출판사를 통해 《뉴에이지》와 같은 소설을 낸 작가였다. 그녀가 베르나르에게 들려준 이야기는 흥미로운 영적인 세계였다.

《천사들의 제국》에서 베르나르는 숫자의 상징체계를 만들었다.

"흔히 아라비아 숫자라고 불리는 숫자는 사실 인도 숫자입니다. 숫자의 모양은 정신의 발달을 종합적으로 나타냅니다. 가로줄은 집착, 곡선은 사랑, 교차점은 선택의 기로입니다."

베르나르는 다음과 같은 분석을 했다.

- 0은 빅뱅
- 1은 광물, 땅도 하늘도 사랑하지 않는다.
- 2는 식물, 땅에 뿌리를 박고 하늘을 사랑한다.
- 3은 동물, 하늘도 사랑하고 땅도 사랑한다.
- 4는 시험, 인간 : 인간은 3의 동물 단계를 벗어나 2를 거꾸로 한 5로 갈 수 있을까? 하늘에 시선을 고정하고 땅을 사랑한다. "영적이고 교육을 받았으며 자립적으로 진화되었으며 인류애가 있는 인간"이라고 베르나르는 말했다.
- 6은 육신에서 해방된 인간, 순수한 사랑, 즉 천사.
- 7은 영원한 8에 이르는 시험, 천사가 무한한 존재가 될 수 있는 가능성.
- 9는 6을 거꾸로 한 사랑의 고리. "《신》 3부작에서 찾게 될 신입니다. 9는 10을 잉태하고 있습니다. 10은 고차원으로 가는 길이죠." 베르나르의 결론.

베르나르는 이러한 숫자 상징체계를 인도 출신의 프리메이슨 회

원인 막스에게 배웠다. 나중에 베르나르가 막스에게 털어놓았다.

"덕분에 숫자 상징체계를 만들었어."

"그래? 그런데 나는 숫자의 상징체계에 대해서는 들어본 적이 없다가 네 책을 읽으면서 알게 되었는데."

"나의 정신 속에 있는 시공간에 구멍이 뚫린 기분이야." 베르나르가 말했다.

나중에 베르나르는 피타고라스 역시 자신과 같은 이론을 내세웠다는 사실을 알게 되었다. 피타고라스도 삶의 흐름은 숫자의 모양대로 이루어진다고 주장한 것이다.

"《타나토노트》에서 1, 2, 3, 4, 5에 대해 이야기했고 《천사들의 제국》에서는 6에 대해 이야기합니다. 6은 의무에서 해방되어 근원으로 돌아가는 인간의 정신 수준을 나타냅니다. 업보에서 벗어나는 상태라며 불교에서도 언급된 이론입니다."

20세기는 희망적으로 막을 내렸다. 이제 베르나르는 작가로서 안정적인 위치에 올라있었다. 그의 신간은 나오기만 하면 거의 베스트셀러가 되었다. 게임 〈개미〉는 트렌디한 쇼핑몰의 매대에 오를 준비를 하고 있었다. 그리고 베르나르의 생각은 여전히 제7의 예술(영화)로 향해있었다.

13

밀
레
니
엄

Bernard Werber

2000년 1월 1일 토요일 자정 12시 1분. 밀레니엄을 장식하는 첫 아기가 뉴질랜드에서 태어났다. 동시에 파리와 뉴욕의 거리에서는 서로 포옹하는 사람들이 눈에 띄었다. 형형색색의 색종이와 풍선들이 밀레니엄을 축하했다. 세상의 종말을 기대했던 사람들은 김이 빠지는 기분이었다. 이들은 종말론을 비웃는 사람들을 향해 아직 끝나지 않았다는 것을 알리고 싶었다. 반대로 종말론을 비웃는 사람들은 불길한 생각을 하는 그들에게 소리치고 싶어 했다.

20세기가 막을 내리자 20세기에 대한 평가가 이루어졌다. 알

베르트 아인슈타인, 간디, 험프리 보가트, 엘비스 프레슬리, 마릴린 먼로, 비틀스, 브리지트 바르도……. 20세기는 과학계와 예술계에 위대한 인물들이 많이 배출된 세기였다. 하지만 20세기에는 과학과 예술의 길에 고통을 준 사람들도 있었다. 이런 이들은 언급 없이 조용히 묻혀도 되는 것일까?

베르나르에게 밀레니엄은 기대로 가득한 시대였다.

2000년 4월부터 출발이 좋았다. 소설 《천사들의 제국》이 베스트셀러 1위에 올랐다. 베스트셀러가 되었다는 것은 기념할 만한 성공이었다.

"최고 베스트셀러 작가가 되면서 목표를 거의 이룬 기분이었습니다."

게임 〈개미〉는 그로부터 한 달 뒤에 출시되었다. 긍정적인 평가부터 나오기 시작했다. 'Jeuxvideo.com'으로부터 평점 20점 만점에 17점을 받았고, '01Net'으로부터는 '아주 좋은 게임'이라는 평을 들었다. 'Transfert.net'과 같은 다른 게임 전문매체들은 〈개미〉가 처음에는 쉽지 않으나 차분히 하다 보면 익숙해질 것이라고 평가했다.

베르나르는 게임 〈개미〉가 난해하다는 의견에 상처를 받았다. 게임 총괄감독 쥘리앵 마르티는 자신이 좋아하는 게임을 구상하는 편이다 보니 게임의 수준이 하드코어 게이머들에게 맞춰져 있었다. 베르나르를 좋아하는 대중들은 일상을 소재로 한 게임 〈심즈The Sims〉처럼 〈개미〉도 가족용 게임일 것이라 기대했다. 동시에 출시된 〈심즈〉는 기록적인 판매 성과를 올렸다.

어쨌든 〈개미〉는 프랑스를 넘어 한국, 독일, 이탈리아 등에서도 판매 성적이 좋았다.

"게임 〈개미〉의 성공에 뿌듯했습니다." 베르베르가 말했다.

베르나르는 20세기와 마찬가지로 21세기에도 다양한 영역을 구축해 나갔다. 그러는 과정에서 가끔 예상치 못한 만남을 갖기도 했다. 단편영화 〈나전 여왕〉은 큰 반향을 일으키지는 못했지만 가수 모란이 이 영화에 관심을 가졌다. 사십대를 앞둔 벨기에 출신 가수 모란은 한때 뮤지컬 〈스타마니아StarMania〉에 발탁되었던 가수다. 그녀는 새로운 작품활동을 구상하다가 〈나전 여왕〉을 보고 깊은 인상을 받았다. 모란은 베르나르에게 자신의 노래 〈인간을 위해, 영혼을 위해〉의 뮤직비디오 제작을 맡기고 싶다고 생각했다. 이 노래에는 갈대와 같은 운명의 속성에 대해 젊은 세대에게 충고하는 메시지가 담겨 있다.

뮤직비디오 촬영은 9월로 정해졌다. 9월에 예정된 촬영을 얼마 앞두고 모란과 베르나르는 서로의 세계관에 대해 이야기를 나눴다. 따뜻한 성격의 모란은 꼭 안아주고 싶은 사람 같은 분위기였다. 베르나르는 모란을 보며 '우수에 차있지만 유쾌한 여성'이라고 생각했다. 이미 친구가 많은 베르나르였지만 모란은 그의 새로운 친구가 되었다. 베르나르에게 문득 영감이 떠올랐다. 정자의 여정을 스크린으로 따라가 본다면 어떨까?

하루 동안 이루어진 촬영에서 모란은 놀라울 정도로 프로페셔널한 모습을 보여주었다. 그녀는 필요하다면 시간이 얼마가 걸리든 같은 장면을 찍고 또 찍었다. 일하기 편한 상대였던 그녀는 아이디어가 넘치는 예술가이기도 했다. 뮤직비디오에서는 정자들의 마라톤이 모란이 노래하는 장면과 깔끔하게 교차되었다. 모란은 생명의 신비를 상징하는 그 모습에 깊은 인상을 받은 듯했다.

2001년은 베르나르에게 《뇌 L'Ultime Secret》 집필에 완전히 몰두한 해였다. 이번에도 이지도르와 뤼크레스가 사건을 담당하는 주인공으로 등장한다. 두 사람의 대조적인 성향(이지도르는 소심한 철학가, 뤼크레스는 과감한 반항아)이 이야기에 맛깔스러움을 더해주었다.

소설 《뇌》는 체스 챔피언 사뮈엘 핀처와 컴퓨터 딥 블루 IV의 경기로 시작된다. 딥 블루 IV는 1997년 5월에 체스 챔피언 카스파로프를 이긴 IBM 컴퓨터를 모델로 한 것이다. 도입부에서부터 인간과 컴퓨터의 경기가 일주일째 계속된다. 사뮈엘은 결국 승리하지만 박진감 있는 서스펜스답게 절망적인 운명을 맞는다. 그날 저녁 사뮈엘은 어느 풍만한 여성의 품에 안겨 죽음을 맞이한 것이다. 그러나 사뮈엘은 '최후 비밀'이라고 하는 메시지를 남겼다. 이지도르 카첸버그는 사뮈엘의 죽음이 살인사건이라는 생각을 하며 뤼크레스 넴로드에게 도움을 청한다. 뤼크레스는 마지못해 부탁에 응한다.

소설《뇌》는 베르나르가 과학기자로 있을 때 알게 된 정보를 기반으로 하고 있다. 올즈라는 이름의 학자가 뇌의 앞쪽 부분에서 쾌락을 담당하는 '정중전뇌관속 正中前腦管束'(MFB)이라는 영역을 발견했다. 올즈의 이론에 따르면 우리 인간은 이 영역을 자극하기 위해 행동한다고 한다.

올즈의 이론은 새로운 것은 아니다. 그보다 먼저 비슷한 이론을 내놓은 학자들도 있었다. 우리 인간의 행동을 이끄는 근본적인 동기는 쾌락추구라는 것이다. MFB를 자극할 수 있는 것은 마약처럼 중독을 일으킨다. 올즈는 쥐를 상대로 한 실험을 통해 이 같은 이론을 세웠다. 쥐들은 짝짓기나 먹이보다도 MFB에 받는 전기자극을 더 좋아했다. 쥐들은 이 자극에 중독되면 피폐해진 상태에서 죽을 수도 있었다. 베르나르는 이 같은 이론을《뇌》에서 다루고 있다. "스스로 MFB에 자극을 주는 기술을 연마한 사람은 일종의 천국을 경험하지만, 정상적인 삶은 포기하게 된다. 다른 동기를 모두 상실하기 때문이다."

《뇌》에서는 사뮈엘 사망 사건을 풀어가는 이지도르와 뤼크레스의 이야기, 그리고 사뮈엘의 과거 이야기가 동시에 번갈아가며 펼쳐진다.

"그리고 두 번째로 생각한 아이디어가 있었습니다. 광기와 정신병이 유용하게 활용할 수 있는 남다른 개성이라면? 광기는 열등감과 비슷합니다. 그렇다면 광기를 장점으로 활용할 수는 없을까요? 예를 들어 편집증 환자는 나름의 동기가 있으면 질 좋은 무기들을 개발할 수 있습니다. 이런 개성을 살리면 어떨까요? 실제로 많은 천재들이 정신적인 문제를 장점으로 승화시킨 사람들입니다."

그래서 베르나르는 성 마르그리트 정신병원을 상상했다. 그곳에서 범상치 않은 의사 핀처는 정신병을 제거하지 않고 그것을 다른 창조적인 능력으로 전환되게 만들려는 시도를 한다.

"저는 소설에서 답을 제시하는 것이 아니라 질문을 던지고 싶었습니다. '우리가 정신병자들에게 감각을 제거하는 약을 주는 것이 아니라 오히려 능력을 발휘할 기회를 준다면?' 이런 생각이 들었던 거죠."

《뇌》는 베르나르의 평소 관심사를 대중적으로 풀어낸 소설이다. 2001년에 출간된 《뇌》는 독자들로부터 긍정적인 평가를 받았으나 안타깝게도 언론에서는 많이 언급되지 않았다. 그래도 베르나르는 다시 한번 최고의 베스트셀러 작가가 되었다! 베르나르는 인터뷰를 하면서 자신이 평론가보다 대중에게 사랑받는 작가라는 사실을 인정했다.

그로부터 1년 뒤, 베르나르는 또 한 번 작가로서 커다란 도약을 한다. 2002년 10월 11일에 《나무L'arbre des possibles》가 출간되자마자 그 주부터 바로 반응이 왔던 것이다. 더구나 이것은 단편소설이 그다지 인기가 없는 프랑스에서 거둔 값진 성과였다. 《나무》는 베르나르가 20년 넘게 쓴 글을 모은 작품집이다.

"단편소설을 유행시켜 보고 싶었습니다. 단편소설은 프랑스에서는 안 팔리고 영미권에서만 좋아하는 장르라는 말을 들었거든요." 베르베르가 말했다.

베르나르는 상상한 내용을 다듬어 글로 썼다. 베르나르는 매일 저녁 6시에서 7시 사이에 단편소설을 썼다. 규칙은 하나였다. 이야기는 어떻게든 끝을 맺어야 한다는 것. 이렇게 베르나르는 글 쓰는 것을 습관으로 만들었다.

"누구나 무엇인가를 규칙적으로 하면 점차 잘하게 됩니다. 습관이 되면 쉬워지죠."

가끔 베르나르도 매일 글을 쓰지 못할 때가 있고 일주일에 한두 편만 쓸 때도 있다. 그러나 그동안 쓴 단편을 모으니 약 700페이지라는 엄청난 양이 나왔다. 단편 하나마다 약 10페이지의 길이였다. 이렇게 쓴 단편들이 모여 에세이가 되기도 하고, 장편소설이 되기도 했다. 베르나르는 우상으로 삼는 작가의 방식에서 영감을 받아 글쓰기를 습관으로 만들었다.

"필립 K. 딕은 같은 이야기도 단편과 장편으로 쓸 때가 많았습니다. 저도 그렇게 하고 있습니다. 일단 생각나는 대로 단편을 씁니다. 그러면 그 글이 스스로 성장하고 싶어 할 때가 있죠."

베르나르는 가장 괜찮은 단편을 골라 《나무》에 실었다. 나머지 단편들은 따로 골라 두 번째 단편집 《파라다이스Paradis sur Mesure》 (2008년)로 펴냈다.

"상당수의 단편들은 다듬을 곳이 많이 있었지만, 질적으로 떨어지는 글은 아니었습니다."

《나무》의 성공은 알뱅 미셸 출판사 내부에서 단편집은 안될 것이라고 회의적으로 생각했던 사람들을 놀라게 했다.
자, 이렇게 밀레니엄은 시작부터 좋아 보였다. 하지만 영화를 향한 베르나르의 모험 앞에 펼쳐진 미래는 그리 밝지 않았다.

14

우리 친구들의

친구들

Bernard
Werber

1994년 낭시대학에서 한 실험이 이루어지고 있었다. 더불어 살며 사회를 이루는 쥐들을 관찰하는 실험이었다. 쥐 여섯 마리를 단위로 해서 관찰한 결과, 지배자 쥐 두 마리, 지배받는 쥐 두 마리, 자율적인 쥐 한 마리, 고통받는 쥐 한 마리가 나왔다.

실험 담당자는 인간에게도 같은 법칙이 적용된다는 결론을 내리고 싶어 했다. 베르나르도 이 실험에 동참했다. 흔히 사람들은 인간을 쥐와 비교하는 말도 안 되는 일을 하면서(에펠탑을 건설한 쥐가 있는가?) 다른 수만 가지 종류의 동물들(돌고래, 기린, 갈매기……)은 왜 관찰하지 않는지 의문이 들 때가 많았다.

베르나르는 실험실의 동물을 바라보는 인간의 좁아터진 시각에 대해 5년간 관심을 기울였다. 그 결과 놀라운 작품들이 탄생했다.

1995년 6월부터 베르나르는 외계인의 시각에서 바라본 인간이라는 이상한 종족에 관한 이야기를 그리는 에세이를 구상했다. 인간은 평소 햄스터를 하찮게 대한다. 이제 베르나르는 인간을 햄스터에 비유하는 짓궂은 장난을 펼칠 생각이었다. 글을 살펴보자.

'우리가 어렸을 때 아파트의 인간들이 있었다. 우리는 그 인간들을 우리에 넣고 굴림바퀴를 주어 놀게 했다. 겉모습에 치중하는 인간들도 있고, 길들여지지 않는 인간들도 있다. 우리의 존재를 모를 정도로 무식한 인간들이 사는 행성이 있다! 우리 정부는 '인간을 이해하기 전까지는 죽이지 않는다'는 프로그램에 따라 인간들의 눈에 보이는 탐험 요원들을 보내기로 했다. 그렇게 우리는 인간들을 연구할 수 있었다.'

장면이 바뀌어 지구. 인간은 다양한 종류로 진화해 있다. 꼬리가 없고 어둠을 두려워하는 인간종도 있고 발에 검은 물갈퀴가 있는 인간종도 있다. 인간은 대부분 자신들이 우주에서 유일하게 사는 생명체라고 확신한다. 사랑을 나눌 시기가 되면 여자 인간들은 알록달록한 천을 걸치고 석탄가루처럼 검은 것을 눈썹에 바르며 남자 인간들을 유혹한다. 남자 인간들은 돼지기름으로 만든 것을 머리카락에 발라 멋을 부린다. 남자와 여자 인간들은 '클럽'이라고 하는 시끄러운 장소를 만든다. 남자와 여자 인간이 짝짓기하는

우리 친구들의
친구들

방식은 신기하다. 남자 인간이 여자 인간과 몸을 밀착시켜 뒤엉키는 방식이다.

에세이는 문체에서 아직 손볼 곳이 많았지만 베르나르가 관심을 가진 문제 중 하나를 분명하게 다루고 있었다. 베르나르는 인간이 일부 동물들을 어떻게 다루는지를 알고 충격을 받은 적이 있었다.

그 후 인간이 동물을 다루는 방법에 늘 관심을 가지고 있던 베르나르는 이를 희곡 작품으로 승화시켰다. 희곡《인간Nos Amis les Humains》의 줄거리는 다음과 같다.

'인간은 지적일까? 위험할까? 인간은 먹고 소화시킬 수 있는 존재일까? 인간은 길들일 수 있을까? 인간을 동등한 상대로 하여 토론을 할 수 있을까? 외계인들이 인간을 보고 할 수 있는 질문들이다. 외계인들은 질문에 대한 답을 찾기 위해 지구인 두 명, 즉 남자 인간 라울과 여자 인간 사만타를 납치해 인간 사육장에 가두고 관찰한다. 그리고 두 인간이 갇힌 상태에서 번식하는 모습을 보고 싶어 한다.'

2003년 6월. 베르나르는 친구 사이인 연출자 스테판 크라우츠에게 전화를 걸어 프로젝트 계획을 알렸다.

"단편 아이디어가 떠올랐는데 그냥 기다릴 수가 없어서. 내가 쓴 단편소설과 같은 기법을 이용하고 싶어. 최종시한만 알려줘. 어떻게 하든 영화는 일주일 내로 완성할 테니까."

"예산은?"

"따로 투자받는 것은 없어. 사비로 진행할 거야. 어쨌든 친구들하고만 작업할 생각이야. 디지털로 신속하게 진행할 거고. 허락이니 절차니 그런 소리는 하지 마."

"안될 거 있어? 나도 참여할게!"

베르나르가 말한 프로젝트의 정체는 무엇일까? 바로 외계인의 시각으로 인간의 행동을 관찰하는 단편 다큐영화였다. 개미를 관찰하는 연출자의 시각이 활용될 것이다.

왜 베르나르는 '일단 해보기'를 선택했을까? 영화를 상영하는 데 필요한 기간이 너무 길어 번거로웠기 때문이다. 〈나전 여왕〉은 투자 요청과 승인이다 뭐다 해서 만들어지기까지 2년의 시간이 걸렸다. 그런데 그렇게 노력을 했는데도 카날플뤼스는 8만 프랑의 수익밖에 거두어들이지 못했다.

그 후로 베르나르는 〈내일 여자들은Demain les femmes〉 시리즈를 기획했고 '프랑스2' 채널이 관심을 보였다. 그런데 경영진이 교체되고, 새로 부임한 대표이사가 못 박듯이 말했다.

"전임자가 한 프로젝트는 전부 중단합니다."

결국 베르나르는 이런 생각에 도달했다.

"영화에서는 창의력보다는 투자를 끌어모으는 능력이 더 중요한 것 같습니다. 하지만 예술을 보는 안목과 투자를 모으는 재능이 꼭 일치하지는 않습니다."

그러나 영화 제작을 하고 싶어 몸이 근질거렸던 베르나르는 포기하지 않고 감행하기로 했다.

"한계가 있으면 창의력이 더욱 샘솟죠."

도전하기로 결심이 섰으니 준비에 나서야 했다. 베르나르는 완성한 지 얼마 안 된 희곡을 바탕으로 월요일에 시나리오를 썼다. 화요일에는 스테판 크라우츠와 함께 조사 작업에 나섰다. 수요일에는 캐스팅을 했다. 주인공 역은 두 명의 신인이 맡기로 했다. 가엘 고베르와 사진작가 스벤드 안데르센이었다. 준비가 웬만큼 이루어지자 촬영이 시작되었다. 토요일에는 편집이 이루어졌고, 일요일에는 음악이 추가되었다. 세바스티앵 드루앵은 특수효과로 은하계 장면을 만들었다. 영화는 월요일에 모두 완성되었다.

단편영화 〈인간〉은 인간이라는 종족을 해학적이고 새로운 시각으로 바라본다. 학대받는 동물들의 상황을 메시지로 전하면서 경쾌한 톤으로 이루어지는 영화 〈인간〉은 성공적이었다. 엔딩 크레딧에는 '촬영이 이루어지는 동안 학대받은 인간은 없었습니다.'라는 메시지가 올라갔다. 다큐멘터리 영화 〈인간〉이 지닌 새로운 시각을 기발하게 강조한 콘셉트라고 할 수 있었다.

베르나르는 기뻤다. 제작비는 팀원 전체의 식사비 정도밖에 안 될 정도로 적게 들었고, 장비는 스테판 크라우츠가 제공했다. 투자에 비해 결과는 성공적이었다.

"기습공격 같은 제작방식을 통해 다시 자신감이 생겼습니다. 그런 영화를 만들고 싶었거든요." 베르베르가 흥분하며 말했다.

과감한 시도는 또 다른 기회로 이어졌다. 그로부터 몇 주 후, 마리 소피 L이 전남편 클로드 를루슈 감독에게 단편영화 〈인간〉을 보라고 추천했다. 상영회에 참가한 베르나르는 클로드 를루슈 감독이 영화에서 웃긴 장면이 나올 때마다 깔깔거리고 웃는 것을 목격했다. 〈인간〉을 장편영화로 만들자고 먼저 제안한 것은 클로드였다.
"중요한 메시지가 담긴 작품입니다. 모두가 봐야 해요. 같은 소재를 장편영화로 만듭시다!"
장편영화의 제목은 '우리의 지구인 친구들Nos Amis les Terriens'로 정해졌다.

한편, 단편영화 〈인간〉의 바탕이 된 동명의 희곡이 알뱅 미셸 출판사에서 출간되었다. 우리에 갇힌 남녀 한 쌍이 우주 어디론가 실려 간다. 이들은 인간을 관찰하려는 외계인들에게 납치되어 수족관 같은 곳에 갇힌다. 납치된 남녀는 외계인들에게 감시당하고 있고, 지구는 멸망했다는 사실을 조금씩 알게 된다. 유일하게 살아남은 인간인 두 사람은 이런 질문이 떠오른다. '우리가 자손을 낳아 인류를 번식시켜야 할까, 그렇지 않을까? 그럴 가치가 있을까?' 두 사람은 인류에 대해 설전을 벌인다.

사만타 살아있으니 희망도 있습니다. 멸종된 인류를 우리가 함께 살릴 수 있어요.

라울 그럴 마음이 생겨야죠.

사만타 그럴 마음이 생기지 않아도 인류를 되살리는 것은 의무예요.

라울 의무? 무슨 의무? 우주의 불행을 이어갈 의무?

사만타 인류의 '작은 불씨'를 유지할 의무.

라울 미안하지만 나와는 상관없는 일입니다.

사만타 인류의 맥을 이대로 끊어놓을 건가요?

라울 당연 그래야죠.

사만타 댁은 범죄자예요!

라울 누가 날 판단합니까?

사만타 (도전적인 말투로) 내가요!

베르나르는 이 작품을 프랑스에서 연극으로 올리고 싶었다.

"처음으로 올리는 연극이었습니다. 프랑스에서는 연극 역시 단편소설과 마찬가지로 인기 장르가 아닙니다. 그러니 진짜 도전인 셈이었죠." 베르베르가 당시를 회상했다.

연극은 스타 배우들이 참여해야 그나마 관심을 받을 수 있었다. 베르나르는 디디에 부르동에게 연락했다. 극단 '낯선자들Les

Inconnus'을 이끄는 세 명의 멤버가 퐁텐극장에 연극을 상영하기로 했다. 그러나 몇 개월이 지나도 진전이 없었다. 또 다른 유명 배우가 관심을 보였지만 구체적인 진행으로 이어지지는 않았다.

"영화에서와 마찬가지로 연극에서도 배우들은 관심 있다는 이야기는 했지만, 막상 아무것도 진행되지는 않았습니다." 베르베르가 당시의 안타까웠던 상황을 떠올렸다.

베르나르는 희곡 《인간》을 연극으로 올리는 일에 몰두하면서 신작 소설 《신Nous les Dieux》을 집필했다. 소설 《신》은 베르나르가 게임 〈문명 IV〉에 중독되었던 경험으로부터 탄생했다. 문명을 건설해 경영하는 게임인 〈문명 IV〉는 베르나르가 매일 4~5시간씩 할 수 있는 마성의 게임이었다.

"세상을 다스리는 신이 된 기분이 드니 도전의식이 생겼습니다. 팔을 걷어붙이고 기존보다 나은 문명을 건설해 보자는 도전이었죠. 거의 새로운 경험이었습니다. 이 세상이 마음에 안 들면 더 나은 세상을 만들 수 있다는 도전의식을 심어주었죠!"

베르나르는 역사 속 위대한 지도자들이 마주했을 다양한 딜레마를 게임에서 접하게 되었다. 베르나르는 더 나은 전략을 짜기 위해 그리스 로마 신화에서 배운 것을 활용했다. 시저는 어떻게 권력을 차지해 제국을 탄생시켰을까? 베르나르는 역사에서 배운 것을 게임에 적용해 보았다.

"갑자기 문명의 원칙이 어떻게 다른 문명들을 집어삼키고 멸망시키는지를 알게 되니 흥분되었습니다."

그리고 베르나르는 《신》을 통해 독자들이 신의 존재에 대해 생각해 보았으면 했다.

"《신》에서 제기하는 질문은 '신에게 기도하고 있지만 신이 그런 여러분을 어떻게 생각할까? 여러분은 어떻게 신을 도울 수 있는가?'입니다."

《신》의 주인공은 《타나토노트》와 《천사들의 제국》에 나왔던 미카엘 팽송이다. 천사들을 쫓아 그는 아에덴(DNA를 뜻하는 프랑스어 ADN에서 영감받은 이름—옮긴이) 섬으로 온다. 주민들의 말에 따르면 산꼭대기에 위대한 신이 살고 있다고 한다. 산 아래에는 학교가 있다. 이 학교가 가르치는 내용은 베르나르가 전하고 싶은 메시지였다. 그 메시지는 베르나르가 〈문명〉 게임을 하면서 발견한 몇 가지 원칙이었다. 예를 들어 강 한가운데에 도시를 건설하는 것이 좋다는 원칙 같은 것이다.

"강 한가운데 섬이 떠있는 지형을 보여주는 곳은 바로 파리, 런던, 몬트리올, 베를린 등입니다. 도시는 섬이라는 지형의 보호를 받습니다. 그리고 강이 있어서 무역도 할 수 있고, 공격을 받으면 도망칠 수도 있죠."

에이전트 나탈리 몽쟁이 〈나전 여왕〉 때와 마찬가지로 배우 장 크리스토프 바르에게 희곡 《인간》을 읽어보라고 했다. 장 크리스토프는 이번에도 작품과 사랑에 빠졌다. 그러면서 동시에 작품이 지닌 약점을 간파했다. 베르나르의 시도가 왜 진전이 없는지 이해한 것이다.

"배우 입장에서는 난해한 희곡이었습니다." 장 크리스토프 바르가 말했다. "베르나르 베르베르 작가는 복잡한 디테일을 많이 묘사했는데, 이러면 무대에 올리기 힘들죠. 배우 입장에서는 수족관에 갇혀 있다는 생각이 듭니다. 정확히 어떤 연극으로 만들어야 할지 감을 잡기 힘든 희곡이었죠."

2004년 가을, 연극의 계획이 난항에 빠지자 장 크리스토프가 베르나르에게 정면 돌파를 하라고 제안했다.

"스타 배우들만 믿다가는 세월아 네월아 기다리게 됩니다. 스타들을 기용한다고 성공한다는 보장도 없죠. 스타 배우는 잊으세요. 내가 한 달 만에 무대에 올리죠. 날 믿고 연극 각색을 맡겨보십시오."

그때부터 장 크리스토프는 희곡을 무대에 맞게 이리저리 각색해 대중에게 부담 없는 버전으로 만들었다.

대사도 현실감 있게 고쳤다. 과학자 캐릭터를 연기하기 위해 장 크리스토프는 유머로 재미있게 수업을 이끌었던 라틴어 선생님을 모델로 삼았다.

"원래의 희곡은 관객에게 교훈을 주는 부분이 마음에 들지 않았습니다. 문체도 무언가를 가르치려 드는 느낌이었죠. 관객에게 웃음을 선사해야 하는데 그런 부분이 부족했습니다."

약속대로 장 크리스토프는 한 달 만에 희곡을 무대에 올렸다. 셰익스피어의 연극으로 호평을 받은 오드리 다나가 여주인공 역할을 맡았다.

"장 크리스토프 바르의 힘이 컸습니다. 그 덕분에 감동적인 연극이 되었죠. 그가 없었다면 제 희곡이 무대에 오르지 못했을 겁니다." 베르베르가 말했다.

2004년 10월에 출간된 소설 《신》은 베르나르에게 기념비적인 작품이다.

"《신》은 제가 쓴 책 중 가장 성공한 작품입니다. 2004년 10월에 출간되었는데 최대 19만 부 판매를 목표로 했습니다. 그런데 33만 부나 팔렸어요." 베르베르가 말했다.

베르나르는 《신》을 쓰기 시작하면서 처음으로 3부작을 생각했다. 전작인 《개미》와 《아버지들의 아버지》도 시리즈로 썼지만 처음부터 시리즈를 염두에 둔 것은 아니었다. 하지만 《신》은 베르나르가 풍부한 세계관을 충분히 갖춘 주제였다. 1권으로만 풀어내기에는 짧다는 생각이 들었다.

2권의 제목은 《신들의 숨결》로 정해졌다. 생물학자 니심 암잘라그로부터 들은 이야기에서 영감을 얻은 제목이었다. 니심에 따르면 유대인의 종교는 기원전 6000년 시나이 산에서 탄생했다. 유대 종교를 탄생시킨 것은 금속의 비밀을 발견한 초기 유대민족이었다.

이들 초기 유대민족은 아브라함보다 먼저 존재했으며 기원전 2000년 정도에 있었던 것으로 측정된다. 이들은 금속을 만들려면 1,000℃의 열을 내기에는 역부족임을 알았다. 해결 방법은 숯불 위를 훅훅 부는 것이었다.

이를 발견하면서부터 초기 유대민족은 자연의 광물을 고온의 오븐 안에 넣어 구리나 청동 같은 물질을 만들어냈다. 그리고 송풍장치를 개발해 신이 입김 형태라는 결론을 내렸다. 따라서 이들은 입김을 부는 신이라는 뜻으로 야훼라고 불렀다. 송풍기가 내는 소리에서 나온 이름이었다. 이들은 인간이란 신의 숨결에 힘입어 불을 밝게 태우는 숯불 같은 존재가 될 것이라는 생각을 담아 종교를 만들었다.

"니심에 따르면 신은 우리를 위에서 내려다보는 위압적인 존재가 아닙니다." 베르베르가 설명했다. "신은 공기 중에 있다는 것이죠. 전파, 에너지처럼 우리가 느낄 수도 있고 느끼지 못할 수도 있는 존재입니다. 초기 유대민족은 고대 이집트인들처럼 커다란 유적지나 신의 형상을 만들어 숭배하지 않았습니다. 이들 민족이 믿는 신은 눈에 보이지 않으며 제우스나 아누비스와 달리 인간처럼 단점도 지녔습니다. 초기 유대민족이 믿는 신은 그저 자기 내면에 충실하라는 요구만 합니다. 진정한 내면을 인식하기만 하면 된다는 것이죠. 그래서 소설에 등장시킬 신은 생명의 에너지와 같은 존재로 그리기로 했습니다."

소설 《신》은 그리스 신화의 원형을 바탕으로 하기도 했다.

"아에덴의 교수들은 올림푸스에 사는 그리스 신들의 특징을 언급합니다. 정욕이 강한 사랑의 신 아프로디테, 폭력적인 전쟁의 신 마르스, 과학의 신이지만 도둑이자 짓궂은 장난꾸러기이기도 한 헤르메스……."

〈인간〉은 2004년 10월부터 코메디 바스티유 극장에서 상영되었다. 극장의 좌석 수는 200석이었다. 관중은 대사에 웃음을 터뜨리며 연극을 즐겼다. 연극 〈인간〉은 입소문을 타고 널리 알려졌다. 그리하여 〈인간〉은 2005년 6월 말까지 매일 공연되는 쾌거를 올렸다.

　극장 관계자들이 베르나르에게 놀라운 소식을 들려주었다.

　"〈인간〉의 관객들은 평소 저희 극장을 찾는 분들이 아닙니다."

　극장 관계자들의 이야기에 따르면 평소 관객층은 오십대 이상인데 〈인간〉을 찾는 관객들은 젊은 층과 극장에 처음 온 사람들이라는 것이었다.

　장 크리스토프 바르는 베르나르의 팬인 관객층의 성향에 당황할 때가 있었다.

　"연극 공연이 끝난 후 베르나르의 초대로 연극 〈인간〉의 팬들과 술자리를 가졌습니다. 팬들은 블로그에서 베르나르와 이야기를 나누던 이들이었는데 다른 세계에 사는 사람들 같았습니다. 어느 날 저녁에는 '젠23', '샤를 XXL 왕자' 등 게임 캐릭터 같은 이름을 대면서 자기소개를 하는 사람들도 있었습니다."

　클로드 를루슈는 베르나르와 함께 코메디 바스티유 극장에서 연극 〈인간〉을 보다가 오드리 다나라는 여배우가 매우 재능이 넘친다는 생각을 했다. 클로드는 오드리를 영화 〈우리의 지구인 친구들〉에 출연시키면 어떨까 하고 생각했다. 오드리의 연기에 매료된 그는 신작 장편영화 〈역의 로망〉에 그녀를 주연 배우로 캐스팅하기도 했다.

장편영화에 장 크리스토프 바르도 출연시킬 생각이었지만, 장면 리허설에서 장 크리스토프는 어리둥절했다. 시나리오의 대사는 현실감이나 영화 대사에 맞는 운율이 부족해 보였다. 더구나 장 크리스토프는 클로드의 딸 살로메와 스캔들을 일으켜 장편영화 프로젝트에서 빠지게 되었다.

베르나르가 《신들의 숨결》을 쓰는 동안 클로드 를루슈는 영화 〈우리의 지구인 친구들〉의 투자를 받기 위해 고군분투했다. 클로드는 베르나르가 잡은 콘셉트를 관계자들에게 소개했다. '외계인이 지구에 와서 우리 인간에 대해 동물 다큐멘터리 같은 영상을 촬영해 인간이라는 종족이 무엇인지 외계인 동료들에게 설명해 주려 한다.' 하지만 이 영화 프로젝트에 관심을 보이는 영화 배급사와 TV 방송사가 하나도 없었다. 스타 배우가 없으니 더욱 투자를 꺼렸다. 결국 클로드는 자비로 영화를 제작해야겠다고 결심했다.

"베르나르의 아이디어가 매우 독특하기 때문에 모두 우리 영화를 보러 올 거라는 생각이 들었습니다." 클로드 를루슈가 말했다. "그 아이디어에 대한 믿음을 가지고 외로운 길을 가기로 했죠."

스테판 크라우츠가 메가폰을 잡고 2005년 10월에 시작된 촬영은 3개월이나 이어졌다. 스테판과 베르나르는 3단계로 촬영을 진행했다.

첫 달에는 마치 정글에서 동물들을 촬영하는 것처럼 인간들을 촬영했다.

"야생적인 인간들을 가까이에서 관찰할 수 없다는 느낌을 주기 위한 효과죠." 베르베르가 말했다.

카메라 여섯 대가 동원되고 200명의 인간이 거리를 지나가는 장면들도 있었다.

"스타 배우를 기용하는 데 돈을 쓰지 않은 대신, 특수효과와 촬영기법에 투자했습니다."

두 번째로는, 밀고 당기기를 하는 인간 커플을 카메라로 따라간다. 단편영화 〈인간〉과 비슷한 콘셉트였다. 베르나르는 인간들이 사랑을 나눌 때 심리적인 부분을 개입시키기 때문에 겪는 어려운 점을 표현했다.

세 번째 파트, 가장 중요한 장면이 파리 동쪽에 있는 스튜디오 '브리'에서 촬영되었다. 외계인이 숲에서 납치한 인간 두 명을 가두어놓은 상자 속에서 일어나는 장면이다. 인간 두 명이 햄스터와 같은 처지가 된다. 두 인간은 처음에 나체 상태로 외계인들의 관찰 대상이 된다. 그리고 외계인은 그들에게 살아있는 닭을 던져주며 두 인간이 어떻게 잡아먹으려 하는지 관찰한다.

"우리 인간이 자연과 멀어졌다는 현실을 보여주고 싶었습니다. 사람들은 가금류를 먹지만 정작 닭을 직접 잡아먹고 싶어 하지는 않죠. 이미 죽어있는 닭을 사서 먹는 것은 게으름이나 마찬가지입니다."

점점 더 많은 사람들이 납치되어 두 주인공이 갇힌 공간에 들어오게 된다. 하루하루 지날수록 서열과 경쟁 문제가 나타난다.

영화 장면을 위해 암탉 한 마리가 선정되었다. 처음에는 배우가 직접 닭을 죽여 잡아먹는 장면으로 가기로 했다. 그런데 암탉이 등장하는 장면을 찍으면서 클로드 를루슈가 외쳤다.

"연기력이 대단하군요. 데려가서 다음 영화에 출연시킬 겁니다."

"여배우 말인가요?" 베르나르가 물었다.

"아뇨, 암탉!"

암탉이 우아하게 뛰어들어 묘하게 고개를 움직이자 팀 전원이 웃음을 터뜨렸다. 베르나르가 클로드의 의견을 받아들였다.

"좋습니다. 장면을 바꾸죠. 암탉은 죽이지 않는 것으로 하겠습니다."

"마음이 약해져서 그런 거라면 제가 직접 죽일 수 있습니다."
기술 스태프가 말했다.

"아뇨, 연기력 때문입니다. 암탉이 연기를 너무 잘해서 살려두는 것이죠." 베르나르가 말했다.

클로드는 연출 신참인 베르나르에게 영화를 맡겨두었다.

"클로드는 조언을 해줄 뿐 지시를 하지는 않았습니다. 제가 실수를 하면 실수를 하는 대로 놔두어야 저만의 스타일이 생긴다고 생각한 것이죠. 클로드는 '제가 일일이 지시하면 베르나르 베르베르의 영화가 아니라 클로드 를루슈의 영화가 됩니다.'라고 했죠." 베르베르가 말했다.

베르나르는 클로드의 배려에 고무되어 연출을 하면서 이미 정해진 구성을 촬영에 따라 바꾸기도 했다. 배우들은 당황스러워했다.

"기본 시나리오로 갔고, 전날에 촬영된 장면을 바탕으로 촬영이 이루어졌습니다. 연기를 잘한 배우들은 그다음 날 대본의 양이 더 많아졌습니다. 연기를 잘했으니 출연 분량이 늘어난 것이죠. 아침 7시에 배우들은 새로운 대본을 받았습니다."

배우 오드리 다나는 실감 나는 연기를 펼쳤다. 팔 힘을 이용해 기둥을 올라가는 장면에서는 놀라운 신체능력을 보여주었다.

"오드리 다나는 준비성도 좋았고 마음이 따뜻해서 불안해하는 다른 여배우들의 마음을 편안하게 해주었습니다. 그 모습을 본 클로드 를루슈가 '오드리 다나가 나오는 장면을 더 넣읍시다.'라고 하더군요." 베르베르가 말했다.

인간들의 행동을 묘사하는 외계인의 내레이션은 배우 피에르 아르디티가 맡았다. 하지만 그리 좋은 선택이 아니었다. 피에르는 평소 배우로서는 빛이 났지만 내레이터로서는 자기도취에 빠진 오만한 목소리로 교훈을 주려고 하는 말투라서 거북하게 들렸다. 대본을 잘 읽고 분석해야 하는데 빈정대는 말투다 보니 인간을 무시하는 듯한 내레이션이 되었다.

우주여행이 나오는 도입부 장면은 지구에 접근하는 외계인들이 등장하기 때문에 영화에서 아주 중요한 장면에 속했다. 이 장면은 세바스티앵 드루앵이 수고를 해주었다.

"나름 긴 장면이었죠. 그런데 이 장면에만 비용이 많이 들어가 영화 전체 예산에서 큰 비중을 차지했습니다."

세바스티앵은 두 주연배우가 알몸으로 정사하는 인상적인 장면에서도 수고해 주었다. 처음에는 실제 사람의 몸을 스캔하듯이 훑는 방식으로 가려고 했지만 쓸 만한 장면이 나오지 않아 결국 버프에서 컴퓨터로 장면을 다시 만들었다. 세바스티앵은 마법 같은 기법이라고 했다.

촬영 일정이 끝나고 집에 오면 베르나르는 스트레스를 풀고 싶다는 생각이 들었다. 그는 마음의 안정을 찾기 위해 새로운 소설 《파피용Le Papillon des Etoiles》 집필에 몰두했다.

"글을 쓰면 와인 한잔을 하는 것처럼 마음이 편해집니다."

촬영은 무척 피곤하게 느껴졌다.

"작가로 일을 할 때는 친절하고, 미소를 짓고, 협조적일 수 있습니다. 담당 편집자와 독자들, 인터뷰를 요청하는 사람들과 잘 지내죠. 하지만 영화촬영 현장에서는 무조건 친절하게만 하면 되는 것이 아니라는 걸 느꼈습니다. 배우들은 부모의 지시를 바라는 어린아이 같을 때가 많았습니다." 베르베르의 설명이다.

〈우리의 지구인 친구들〉 촬영에서도 친절함은 오히려 곤란한 상황을 가져왔다.

"어쩔 수 없이 권위 같은 것을 내세워야 했습니다. 한 명씩 일일이 장면에 대해 논의할 시간이 없었어요. 때로는, '여기에 카메라를 놓으세요.'라고 말할 때 누군가 이의를 제기하며 '여기에 하는 것이 낫지 않아요?'라고 하면 저는 '아뇨, 거기서 할 겁니다.' 라고 대답해야 했습니다. 부드럽게라도 지시를 해야 했죠. 모두에 게 의견을 물어봐도 결국 결정은 제가 했고, 영화에 대한 책임도 저에게 있었습니다."

다만 촬영팀은 베르나르의 돌발적인 요구에 당황할 때가 있었 다. 베르나르는 상향 촬영, 트래블링, 손 부분 확대 촬영 등을 주 문했다. 그러나 촬영팀은 위험부담이 크다는 이유로 거절했다. 특 히 트래블링은 시간이 많이 걸리는 기법이었다.

"기술 담당 스태프들은 고전적인 방식으로 촬영하고 싶어 했기 때문에 저를 보고 경험도 없으면서 특이한 것을 시도하고 싶어 하 는 풋내기라고 생각했습니다. 그러다 보니 촬영장에 긴장감이 흐 르기도 했죠. 결국 저는 '자, 일단 제가 원하는 방향으로 해봅시 다. 영화가 안되면 책임은 제가 지겠습니다.'라고 말했습니다."

베르나르는 영매 모니크 파랑 바캉에게 들은 이야기에서《파피 용》의 영감을 얻었다. 모니크 파랑 바캉은 베르나르가 첫 번째 전 생의 삶에서 지구에 생명의 꽃을 피우러 우주선을 몰고 온 사람이 라고 했다.

"진짜든 아니든 그런 상상은 해볼 수 있죠."

소설 《파피용》에서는 우주선에 14만 4,000명이 타고 있다. 우주선은 자전하며 새롭게 중력을 만들어낸다. 그 덕에 우주선에 타고 있는 사람들은 풀이 피어난 땅에서 걸을 수 있다. 우주선에 설치된 햇살돛에서 에너지를 얻는다.

"햇살돛은 《레벤느망 뒤 죄디》의 기자로 있으면서 취재할 때 알게 되었습니다. 1,000년 이상 여행을 하려면 탄화수소를 충분히 저장할 수 없기 때문에 이에 대한 해결책이 광자 에너지죠."

《파피용》은 어느 시대를 배경으로 하는지 나오지는 않는다. 다만 소설 속에 묘사된 사회는 우리들의 사회와 비슷하다. 독자들은 엔딩 부분에서야 우주선이 향하는 목적지를 알게 된다.

"《파피용》은 속사포처럼 쓴 소설입니다. 이미 문체, 구조, 등장인물들을 정해놓고 썼기 때문에 여러 번 고쳐 쓰지 않은 몇 안 되는 작품입니다."

2005년 말, 베르나르는 《신》 3부(《신들의 신비 Le Mystère des Dieux》) 보다 《파피용》 집필에 집중했다. 《신》 3부가 마음에 들지 않았기 때문이었다. 베르나르가 상상한 결말은 신과 나누는 기나긴 대화였다. 나이 든 여자가 우주의 정수가 무엇인지 설명하는 장면 말이다. 하지만 결말이 여전히 무엇인가 부족하다고 느껴졌다.

"독자들이 기대한 대로 신의 존재가 여성이라는 결말이죠."

베르나르는 더 인상적인 결말을 원하며 영감을 얻고 싶었다. 그 래서 일단 《파피용》 집필로 넘어갔다.

"마침내 그렇게 원하던 결말을 찾았습니다. 《신들의 신비》는 2007년 4월에 탈고했습니다."

《신들의 신비》에는 인상적인 부분이 있는데, 바로 소설에 등장 하는 게임 기획자 이름이 엘리오라는 것이다!

《파피용》은 2006년에 출간되었다. 한편, 클로드 를루슈는 영화 〈우리의 지구인 친구들〉의 배급자를 찾는 데 열심이었다. 스타 배 우가 출연하지 않아서 배급사를 찾기가 쉽지 않았다. 결국 클로드 는 자신이 직접 이 영화의 배급을 맡기로 했다.

"클로드 를루슈는 매우 용감했습니다. 모든 면에서 모범이 되 고 고귀한 정신을 지닌 사람이죠. 클로드는 포커 게이머처럼 위험 을 직접 감수합니다. 다른 사람들에게 흔들리지 않고 꿋꿋이 자신 의 길을 가죠. 위대한 프랑스인에 속합니다. 또한 보기 드물게 정 직한 심성을 지닌 존경할 만한 인물입니다." 베르베르가 말했다.

2007년 4월 18일, 마침내 영화 〈우리의 지구인 친구들〉이 개봉
되었다. 세골렌 루아얄과 니콜라 사르코지가 겨루는 대선을 며칠
앞둔 시점이었다. 2차 투표가 일요일에 있었다. 베르나르는 언론
의 관심이 이 2차 투표에만 있다는 것을 알고 있었다. 베르나르와
클로드가 만든 SF영화에 관심을 두는 이들은 별로 없었다. 결국
영화는 파리에서 개봉관 두 곳밖에 찾지 못했다. 그나마 두 곳 중
한 곳은 이 영화를 개인적으로 좋아하는 마르탱 카르미츠의 아들
이 주선해 준 곳이었다.

영화 〈우리의 지구인 친구들〉에 대한 평가는 제각각이었다. '유
럽1' 채널에서 자크 프라델은 이 영화를 '철학 이야기'라고 말하
며 호평했다. 장 피에르 라부아냐는 《스튜디오》에서 '주옥같은
작품인지는 모르겠지만 확실히 호기심을 자극한다.'라고 썼다. 그
러나 2007년 4월 17일자 《르 몽드Le Monde》에서 어느 기자는 이 영
화가 황당한 내용이라고 혹평하기도 했다.

〈우리의 지구인 친구들〉은 처음에 관객들의 호기심을 끌었지만
차츰 비판이 늘어났다. 스탈린의 명령을 받은 파블로프가 개들에
게 전기자극을 주어 게걸스럽게 침을 흘리도록 유도한 실험처럼
차갑고 냉소적인 분위기가 느껴졌기 때문이다. 물론 이 영화에서
호평을 받은 부분도 있었다. 영화를 통해 보는 우주와 지구는 상
상력을 자극했다. 밝게 빛나며 컬러풀한 배경 속에서 주인공 커플
이 성적 황홀경을 경험하는 장면도 짧지만 매력적이었다. 배우 오
드리 다나는 뛰어난 연기력과 암사자 같은 외모, 아마존 여전사

같은 분위기로 강렬한 인상을 남겼다. 영화의 많은 장면에서 느껴지는 불안감은 의도를 알 수 없는 외부 요인에 따라 운명이 좌우되는 인간들이 느끼는 불안감을 생각나게 했다.

다만 〈우리의 지구인 친구들〉에서 부족한 것이 있다면 평소 베르나르가 작품마다 보여주는 서스펜스와 등장인물들에 대한 애정이다. 베르나르의 이러한 특징 때문에 등장인물이 범죄를 저지르고 죗값을 치르지 않아도 반감이 생기지 않고, 개미들이 겪는 비극도 담담하게 그려졌다. 결국 영화는 용두사미처럼 끝이 난다. 지옥 끝으로 향하는 여행에서 살아남은 사람들이 죽 서있는 것으로 엔딩을 맞는다. 영화 〈남과 여〉를 통해 영광을 누린 감독이자 베르나르의 멘토인 클로드 를루슈가 이 영화에 서정성을 불어넣어 주지 못한 것이 놀라울 정도다.

〈우리의 지구인 친구들〉은 일주일 동안 상영되다가 완전히 막을 내렸다.

"《개미》 때는 입소문이 퍼져서 반응이 좋았지만 이 영화는 그 입소문의 힘도 일주일 이상을 버티지 못했습니다." 베르베르가 말했다.

영화 속에 나온 쥐들이 이 영화의 운명을 말해준 셈이었다. 실제로 프랑스 사람들은 2차 투표를 앞둔 두 대선 후보의 토론에 우선적으로 관심이 있었다. 그나마 다행히 〈우리의 지구인 친구들〉

은 VOD 부문에서 판매순위 2위를 기록했다. 그래도 출판 이외의
분야에 도전한 베르나르의 실망은 컸다.

"소설이라면 잘되지 않아도 그러려니 하겠지만 영화는 팀과 함
께하는 것이라 결과가 좋지 않으니 아주 당혹스러웠습니다. 처음
부터 절 믿고 함께한 팀이라서요. 제가 팀원들에게 우리 영화는
독특해서 반응이 좋을 것이고 차별성이 있을 것이라고 했지만, 팀
원들은 제 시나리오가 영화 방식과는 좀 달라 낯설다고 했거든요.
결국 제 말이 빗나가고 팀원들에게 좋은 결과를 안겨주지 못해 실
망스러웠습니다."

영화의 모험은 이렇게 막을 내렸다.

15

반
전

2008년 9월, 베르나르는 《천사들의 제국》 러시아어 번역판 출간
을 맞아 모스크바에 초대를 받았다. 베르나르는 옷가지를 챙겨 비
행기를 타고 톨스토이의 나라 러시아로 향했다. 큰 기대는 하지
않고 러시아의 이국적인 분위기를 즐기고 오겠다는 편안한 기분
으로 나섰지만 옛 영광을 간직한 웅장한 건물들 앞에서는 감탄하
지 않을 수 없었다. 담당 출판사로부터 공식적으로 듣기로는 러시
아의 독자가 수천 명 정도 될 것이라고 했다. 그래서 베르나르는
많아야 100여 명의 독자들과 만나게 될 것이라고 생각했다. 그 정

도로도 만족스러웠다. 러시아에서 아름다운 여행을 즐길 수 있는 것만으로도 충분했다.

아침부터 서점에서 사인회가 열렸다. 서점에는 베르나르의 사인을 받기 위해 모스크바의 독자 200명이 기다리고 있었다. 생각보다 많은 사람들이 와서 놀라기는 했으나 그때까지 특별한 일은 없었다. 그런데 베르나르가 이야기를 나눠보니 젊은 독자들은 대부분 학력이 높고 여러 언어를 구사하는 인재들이었다. 해외여행 경험이 많은 이들도 있었다. 이들 젊은 독자들은 시스템 밖으로 벗어나 스스로 운명을 개척하고 싶다고 말했다. 이어서 두 번째 사인회가 열렸다. 다시 200명의 팬이 《천사들의 제국》 책을 들고 사인회를 찾았다. 베르나르는 와인공장을 개조한 강연실에서 독자들과의 만남을 갖기로 했다.

그런데 강연실에 도착해 보니, 이럴 수가……. 무엇인가 어수선했다. 생각지도 못한 광경이었다. 마치 찢어진 베개에서 깃털들이 뿜어져 나오듯 엄청난 인파가 눈앞에 드러났다. 베르나르는 이렇게 많은 사람들이 구름 떼처럼 모여든 경험을 해본 적이 없었다. 정확히 몇 명 정도였을까? 이렇게 많은 사람은 처음이었다. 베르나르는 제복을 입은 경호원들에게 둘러싸여 강연장까지 이동했다. 경호원들은 열성적인 러시아 팬들의 접근을 제한했다. 심하게 흥분한 팬들도 보였다. 강단에 올라가니 경호원들이 맨 앞줄의 흥분한 팬들을 제지하고 있었다. 주변에는 카메라와 마이크가 설치되어 현장을 중계하고 있었다. 강연장에는 젊은 러시아인 독자들이 가득했다. 마치 콜드플레이 공연장에 와 있는 기분이었다.

그 누구에게도 이렇게 행사 규모가 클 것이라는 이야기를 듣지 못했기에 베르나르는 준비를 많이 하지 않았다. 옷은 셔츠 차림에, 땀을 흘리고 있었고, 면도도 안 한 상태였다. 베르나르는 속으로는 당황스러웠다.

그뿐만이 아니었다. 주최측 사람 한 명이 베르나르에게 물었다.

"밖에 있는 사람들도 들여보낼까요?"

"밖에 몇 명이 있는데요?"

"3,000명이요."

"농담이시죠? 안에는 몇 명이 있습니까?"

"1,000명 정도 있습니다."

"강의실은 몇 명이나 수용할 수 있는데요?"

"정확히 모르겠습니다."

"그렇다면 들여보내 주세요."

이렇게 해서 베르나르는 어림잡아 3,500명? 혹은 5,000명쯤 되는 수많은 독자들 앞에 섰다. 작가 강연을 하면서 이렇게 많은 독자들과 만난 적은 처음이었다.

베르나르는 특별히 준비해 온 것이 없어 즉석 연설을 하기로 했다. 주제는 러시아에서 일어나는 문화 변화.

"이렇게 많이 찾아와 주신 이유가 미래에 대한 질문을 하시고 싶어서인 것 같습니다. 과학이 해답을 찾아가는 여정이 될 수 있습니다."

베르나르는 한 시간 동안 독자들에게 미래, 인류, 생태계, 다양한 유토피아에 대해 이야기했다. 강연을 들은 팬들은 무엇인가를 깨달은 것처럼 보였다.

"새로운 것을 추구하는 러시아의 젊은이들에게 맞는 철학적이고 깨달음을 주는 강연이었습니다. 열기가 대단했죠. 정말 대단했습니다. 러시아의 젊은 세대는 모두 해답을 찾고 있었고《천사들의 제국》이 그 여정에 답을 주는 것 같았습니다. 러시아의 젊은이들은 공산주의나 자본주의가 아닌 새로운 것을 찾고 있었습니다. 과거에 짓눌려 살았기 때문에 자유가 무엇보다 소중했죠. 그래서 러시아의 젊은이들은 자유를 위해 투쟁했습니다."

베르나르는 이렇게 많이 찾아와 준 독자들에게 전한 자신의 즉석 연설이 큰 반향을 일으키자 안심했다.

"마치 세례 같았습니다. 살다 보면 시험이 찾아올 때가 있죠. 러시아에서의 강연은 인상적이었습니다. 저의 이야기가 보편적인 메시지를 전하고 국경을 넘을 수도 있다는 생각을 했으니까요. 여기저기 세상을 바꾸고 싶은 젊은이들이 있고 변화가 일어나는 곳이라면 말이죠."

실제로 베르나르는 러시아 대중에게 사랑받는 작가다. 러시아에서 베르나르의 책은 100만 부 이상 팔렸다. 강연이 끝나고 베르나르는 인상적인 이야기를 들었다. 러시아의 블로그에서 베르나르의 강연이 화제가 되었는데 그 어느 때보다 블로그의 열기가 대단했다는 이야기였다.

그다음 해인 2009년 9월. 한국으로 간 베르나르는 스타 작가 반열에 올라있었다. 한국에서 그는 베스트셀러 작가였다!

베르나르는 이미 서울에 와본 적이 있었지만 이번에도 넘치는 활력에 깊은 인상을 받았다. 한국은 높은 경제성장률을 기록했고 세계에서 문맹률도 낮은 나라였다. 한국의 젊은이들은 교육 수준이 높고 개인과 국가의 성공을 열망하고 있었다.

"한국의 젊은 독자들은 미래에 호기심이 많았습니다." 베르베르가 당시의 상황을 떠올렸다. "한국은 젊은 나라였죠. 과거가 고통스러웠기 때문에 미래는 더 나아지기를 바라고 있었습니다."

서울 교보문고에 방문한 베르나르는 어마어마한 수의 사람들과 마주했다. 처음에 서점에 도착했을 때는 시위가 있는 줄 알았다. 경찰들이 사람들에게 바리케이드 뒤로 물러나라고 지시하는 것처럼 보였기 때문이다.

"무슨 일이 있습니까?" 베르나르가 물었다.

"아뇨, 작가님 때문에……."

"바리케이드 뒤에서 기다리는 젊은 사람들이 절 보러 온 것이라고요?"

"그렇습니다."

보통 서울에서 베르나르를 만나러 오는 독자들은 수백 명 정도
였는데 이번에는 족히 1,000명은 넘어 보였다. 사인회가 열리는
교보문고의 아래층에서부터 서점 바깥까지 수백 미터 거리가 독
자들의 긴 줄로 가득했다. 사인회는 오후 4시로 예정되어 있었는
데 아침 8시부터 와서 기다린 팬들도 있었다. 그래도 한국의 독자
들은 질서정연했다. 특히 베르나르는 스스럼없고 유쾌한 한국 독
자들을 만나 감동을 받았다. 베르나르에게 사인을 받은 것을 자랑
스러워하며 기쁨을 표현하는 독자들도 있었다. 베르나르는 즐거
웠다. 프랑스에서도 받아보지 못한 환대였다. 베르나르는 시간이
걸리더라도 독자 한 명 한 명에게 관심을 보이며 사인을 했다. 가
끔 베르나르는 책이나 혹은 티셔츠에 개미 그림을 그려주기도 했
다. 늦은 오후, 베르나르는 손목이 아파왔다.

그다음 날에는 고려대학교에서 사인회가 열렸다. 강의실에는
열정으로 가득한 학생들이 자리를 메우고 있었다. 베르나르는 학
생들에게 인사하며 조용히 앞으로 나갔다. 베르나르는 강연을 하
며 학생들에게 한번 상상을 해보자고 제안했다. 내가 나무의 껍
질 안으로 들어와 있다는 상상을 한다. 땅속에 박혀 있는 뿌리, 하
늘을 향해 있는 잎사귀들이 느껴진다고 상상해 본다. 그렇게 점
점 나무가 되어보는 상상이었다. 학생들은 잠시 나무가 되어 잎사
귀를 통해 받는 햇빛과 뿌리를 통해 느껴지는 축축함을 상상했다.

베르나르는 학생들에게 동물들이 하는 것처럼 그 어떤 목표도 세우지 말고 무엇인가를 하며 순수한 기쁨을 느껴보자는 제안도 했다. 무엇인가를 할 때 판단하지 않고 해보는 것이 중요하다는 조언도 아끼지 않았다.

"꿀벌은 꿀을 만들 때 과연 좋은 꿀을 만들고 있는지 생각하지 않습니다. 그저 꿀을 만들어낼 뿐이죠. 여러분도 음악이든 그림이든 문학이든 무엇인가를 할 때 괜찮은 것인지 생각하지 말고 일단 해보세요!"

이어지는 질의응답 시간에 베르나르는 수준 높은 질문에 감탄했다.

"한국의 저력을 느낄 수 있었습니다. 인상적인 질문이 많았습니다. 수준 높은 질문들에 자극을 받았죠. 독자들과의 대화는 정말 즐거웠습니다."

한국에 이어 베르나르가 향한 곳은 중국이었다. 강연은 여러 프랑스 기관에서 이루어졌다.

"저의 책들이 중국어로 번역되긴 했는데 저작권 없이 이루어진 번역이었습니다. 재미있었죠!" 베르베르가 말했다. "그러니까 독자들은 있는데 제게 오는 수익은 하나도 없었습니다. 결국 무료 봉사처럼 사인을 해주었죠."

중국에서 베르나르와 그를 따라온 스테판 크라우츠 감독은 자칫 죽을 뻔한 아찔한 경험도 했다.

두 사람이 마카오에 머물렀을 때 태풍이 시작되었다. 호텔 창문으로 보니 쓰레기들이 공중에 붕 떠서 날아다녔다. 나무, 자동차 같은 무거운 것들도 날아다니고 있었다.

엄청난 태풍이었다. 그야말로 위험한 상황. 스테판이 베르나르의 방문을 두드렸다. "나가보자고, 촬영을 해야겠어!" 그러나 촬영을 할 수 있는 상황이 아니었다.

다음 날 아침, 두 사람은 홍콩으로 가기 위해 물 위로 떠서 움직이는 호버크라프트를 타려고 기다리고 있었다. 탑승을 알리는 불이 들어왔다.

"중국에서는 안전해 보이지 않는 배를 탔다가 무슨 일이 생겨도 손해배상을 청구할 수 없습니다. 위험을 감안하고 타야 합니다."

잠시 후 두 사람은 위험한 선택이었음을 깨달았다. 마카오에서 홍콩까지의 뱃길은 태풍이 몰아치고 있었다. 호버크라프트 전체가 주체할 수 없을 정도로 흔들렸다.

"호버크라프트가 과연 바람을 어떻게 견딜지 불안했습니다. 세탁기 안에 있는 작은 모형배를 생각하면 됩니다. 스테판은 다른 승객들과 마찬가지로 바닥에 엎드려 뱃멀미를 했습니다. 살다 보면 별것 아닌 것 같은 일에 휘청일 수 있다는 사실을 깨달았죠."

베르나르는 어머니에게 들었던 조언이 떠올랐다.

"뭔가 타고 갈 때 문제가 있으면 가능한 한 먼 곳을 바라봐라."

그러나 어머니의 조언도 지금 이 순간에는 통하지 않았다. 호버크라프트가 사방으로 흔들려 바깥을 볼 여유가 없었기 때문이다.

고생 끝에 겨우 홍콩에 도착했다. 걱정하고 있던 팀에게 자초지종을 설명하자 강연 주최 담당자가 안심했다.

"강연이 취소될 줄 알았습니다."

베르나르는 다롄의 프랑스 문화원에서 약 30명의 사람들 앞에서 강연을 했다. 생각보다 사람 수가 너무 적었다. 문화원 책임자가 베르나르가 얼마나 대단한 작가인지 강조해서 말했다.

"오늘 오신 분은 프랑스의 유명 작가이십니다. 프랑스, 러시아, 한국 등 많은 나라에서 최고 베스트셀러 작가시죠."

중국에서는 독자들이 많이 오지 않았지만 베르나르는 놀라운 사실을 전해 들었다. 서구에서 생각하는 것보다 중국의 인구는 더 많을 거라는 것이었다.

"관계자 말로는 공식적으로 중국의 인구는 13억 명이지만 비공식적으로는 16억 명이라고 하더군요."

한 자녀 정책을 시행하는 나라에서 어떻게 이런 차이가 날 수 있을까? 한 자녀 정책은 도시에서만 엄격하게 지켜지는 것 같았다. 시골만 가도 구름 떼 같은 아이들을 볼 수 있었다. 여기에는 이유가 있었다. 중국에서는 은퇴를 하면 노후보장이 되지 않았다. 중국의 농부들은 말년을 구걸하면서 보내지 않기 위해 자신을 부양해 줄 아이들을 많이 낳았다. 중국에서는 유교 전통에 따라 자식이 부모를 부양할 의무가 있었다.

다롄의 포트 아르투스 캠퍼스 강연에서는 참석한 독자들의 수가 더 적어서 분위기가 썰렁했다. 베르나르는 독자들에게 꿈을 꾸며 살아야 하고 다른 사람들의 기대에 맞춰서만 살아서는 안 된다고 말했다.

"독자들에게 변화를 일으키고 삶을 바꾸고 싶다는 마음을 불러일으켜야 좋은 책이죠."

독자들과의 만남은 우크라이나에서도 이어졌다. 키예프의 부브카 서점에는 베르나르를 만나러 온 독자들이 아주 많았다. 베르나르는 연단에 올라 강연을 시작했다. 호기심 많은 독자들이 난간에 기대어 강연을 들었다. 특히 여성 독자들이 인상적이었다. 눈빛을 초롱초롱 빛내는 독자들도 있었다. 한마디로 베르나르는 우크라이나 여성 독자들에게 사랑받는 작가였다.

여성 독자 한 명이 강연 소감을 들려주었다.

"베르나르 베르베르 작가님은 스스로 생각하는 법을 가르쳐주었습니다. 독자들에게 자신만의 의견을 가지라고 용기를 주었죠."

또 다른 여성 독자도 미소를 지으며 베르나르에게 이야기를 들려주었다. 매일 아침《천사들의 제국》을 읽으면 하루가 기분이 좋아진다고 했다.

세 번째 여성 독자도 말했다.

"베르나르 베르베르 작가님의 책들 덕분에 인생의 의미, 철학, 사람들, 우리들의 정신에 대해 생각할 수 있었습니다."

키예프 대학에서도 베르나르는 정중하면서도 뜨거운 환대를 받았다. 베르나르는 그들을 위해 강연을 했다.

"저는 이야기 쓰는 일을 합니다. 이야기를 통해 제가 가진 생각을 전하려고 하죠. 과학, 인생, 우주에서 일어나는 일에 관한 생각입니다. 일상적이지 않은 곳에 카메라를 대고 관찰하는 것, 이러한 것이 바로 제가 하는 일이죠."

베르나르는 셀리그, 크리스틴 베루, 카이안 코잔디 등 개그맨 친구들에게 들은 이야기에서 영감을 얻어 새로운 소설을 준비하고 있었다. 친구들의 이야기를 들으면서 베르나르는 개그맨의 세계 그 이면을 알게 된 것이다. 유명 스타가 되는 개그맨들이 있는가 하면 무명으로 비참하게 살아가는 개그맨들도 있었다. 역설적이었다. 무대에서 개그맨은 관객에게 웃음을 선사한다. 하지만 겨우 입에 풀칠하며 살아가는 이들도 있다. 무명 개그맨의 아이디어를 훔

친 유명 개그맨도 존재한다. 개그에도 비즈니스가 있는 셈이다.

《웃음Le Rire du Cyclope》은 개그, 그리고 개그를 만들어내는 사람들, 특히 무명 개그맨들에게 바치는 책이다. 유명해져야만 무대에 설 수 있지만, 이런 기회는 소수의 몫이다. 베르나르는 개그를 만드는 비밀 회사를 상상하여 소설 속에 그려놓았다. 그 회사에 들어가려면 모든 저작권은 포기해야 한다. 그래서 이 회사에서 나오는 개그는 누가 쓴 것인지 아무도 모른다.

베르나르는 개그를 서구식 '하이쿠'(일본 고유의 단시-옮긴이)로 비유했다. 축약 형태로 많은 이야기를 들려주는 형식이라는 면에서, 개그와 하이쿠는 '간결할수록 힘이 있다'는 점에서 비슷하다.

《웃음》은 추리소설 형식이다. 환상의 듀오 이지도르와 뤼크레스가 다시 등장해 '웃다가 죽을 수 있는가?'를 테마로 수사를 벌여나간다. 《웃음》은 2010년도에 출간 예정이 잡혔다. 《웃음》은 어느 정도 팔렸지만 이전 작품들에 비해서는 판매량이 적어 3만 6,000부 정도 판매되었다. 이번에도 언론은 큰 관심을 보이지 않았다. 베르나르는 《웃음》에 대한 언론의 무심함에 섭섭했다.

"언론에서 잘 다뤄지지 않다 보니 개그맨의 삶과 개그맨이라는 직업에 숨어있는 이면을 설명할 기회가 없었습니다. 그 점이 안타까웠죠. 사람들은 겉만 보고 판단하지만 개그라는 것은 엄청난 스킬이 필요한 일입니다."

그런데 이 시기, 베르나르의 걱정거리는 다른 곳에 있었다.

플래시백. 2009년 8월, 베르나르는 48세 생일을 맞았다. 여느 때처럼 친구인 의사 프레데릭 살드만은 생일선물로 파리의 조르주 퐁피두 종합병원에서 종합검진을 받을 수 있게 해주었다. 아침에 베르나르는 병원으로 가서 피를 뽑고, X선을 촬영하고, 몸무게를 쟀다.

베르나르는 마지막으로 관상동맥 감마선 검사를 받았다. 검사 담당자가 아래를 쳐다보며 말했다.

"다른 검사에서는 뭐라고 하던가요?"

"예?"

"다른 의료진에게 이야기를 못 들으셨다면 제가 말씀드리기는 힘든 사안이군요."

"무슨 말씀이시죠?"

"간단히 말씀드리죠. 제가 마지막 검사 담당이라 곤란한 이야기를 환자에게 하는 것은 언제나 제 몫이라는 뜻입니다. 이번에도 마찬가지고요. 담당의에게 여쭤보시면 정확한 말씀을 들으실 겁니다."

베르나르는 다시 프레데릭을 찾아가 물었다.

"마지막 검사 담당자 표정이 이상했어."

"문제가 있기는 해. 관상동맥에 아테롬 경화가 있어. 그 때문에 관상동맥이 막힐 수 있지."

"심각한가?"

"관상동맥에서 심장근육까지 혈액을 제대로 보내지 못하면 심혈관 질환이 올 수 있어."

"어떻게 해야 하는데?"

"방법은 두 가지야. 혈관을 잇거나 가슴 수술을 하는 거지. 문제의 관상동맥 부분에 튜브를 끼우는 수술이야. 아니면 경과를 지켜보든가."

"어떤 것이 나은데?"

"동료 의사들도 의견이 분분해. 수술을 해야 한다는 의견도 있고, 수술할 필요가 없다는 의견도 있고."

베르나르는 건강 문제가 발목을 잡을 줄 예상하지 못했기 때문에 당황스러웠다. 평소 그는 담배도 안 피우고 지방이 많은 육식도 하지 않고 술도 잘 마시지 않는 등 나름 건강에는 신경을 쓰며 살았기 때문이다. 유전적으로 심혈관 질환 가족력도 없었다. 또한 베르나르는 일주일에 한 번 조깅을 하고, 중국식 기공인 '태극권'을 연마하고 있었다. 춤과 체조의 중간쯤 되는 태극권은 느리고 우아한 동작을 배울 수 있는데 뱀과 싸우는 영웅의 몸짓에서 영감을 받은 것이라고 한다. 무엇보다도 베르나르는 좋아하는 일을 하기 때문에 특별히 스트레스가 없었다.

베르나르가 다른 의사에게 들은 소견은 이러했다.

"작가님에 대해서는 논문을 써야 할 것 같습니다. 심혈관 질환에 걸릴 리가 없는데 심혈관 질환이 생긴 분이라서요."

베르나르는 다시 프레데릭을 찾아가 조언을 구했다.

"나라면 어떻게 할 것 같아?"

"가슴 수술은 힘들어. 회복 시간도 오래 걸리고. 갑자기 노화 현상이 올 수도 있어. 나라면 수술 말고 다른 방법을 찾을 것 같아. 원하는 대로 해. 매일 45분씩 심장훈련을 하는 것도 괜찮고. 그러면 수술이 필요 없을 거야."

그다음 날 바로 베르나르는 러닝머신을 사서 45분 동안 뛰었다. 러닝머신 위에서 〈로마〉, 〈브레이킹 배드〉, 〈왕좌의 게임〉과 같은 TV 드라마를 보았다.

"원래 TV는 전혀 보지 않는데 러닝머신을 하면서 매일 한 편씩 보다 보니 좋아하는 작품들이 생기더군요. 역사 드라마와 과학 드라마가 특히 재미있었습니다. 그 후로도 계속 러닝머신을 했고, 시간이 지나면서 다른 운동기구도 여러 대 설치했습니다. 심장 기능이 더 좋아졌고요."

이를 계기로 베르나르는 어떻게 보면 허무한 인생을 새롭게 바라보게 되었다.

"저의 인생이라는 영화에서 중간 지점까지 왔다는 생각이 들었습니다. 어쩌면 끄트머리에 와 있는지도 모르죠. 인생은 장편영화 같다고 생각했는데, 사실은 중편영화더군요. 그때부터 마치 생이 얼마 남지 않은 사람처럼 삶에 감사했습니다. 매일 아침 일어나면서 오늘 하루는 선물이라고 생각합니다. 아직도 살아있다는 것을 기적으로 생각하며 생활하고 있습니다. 마카오에서 겪은 태풍은 무서웠지만 기회가 되기도 했죠. 그러나 언젠가 심근경색이 올 수도 있으니 제가 할 수 있는 것은 꾸준히 운동하는 일뿐입니다. 이런 생각을 하고 나서 레위니옹 출신의 새로운 여자친구가 생겼어요. 아이가 빨리 생겼죠."

"인생 2막에 들어섰습니다. 지금 저는 유산으로 남길 책을 쓰고 있습니다. 책 형태의 유서라고 할 수 있는데요, 제목은 '제3인류Troisième Humanité'입니다."

16

변화

Bernard
Werber

열네 살 때 누군가 관자놀이에 권총을 들이대었을 때도 베르나르는 불안해하지 않았다. 오히려 체념과 걱정이 앞섰다.

'겨우 이렇게 가는 것인가?'

인생을 헛살았다는 기분으로 가득했기 때문이다. '나는 어떻게 기억될까? 나는 인류를 위해 무엇을 했지?' 시간이 모자랐다. 아인슈타인, 거슈윈, 달리 같은 인물로 기억되지 않으면 인생을 헛살았다고 느낄 수도 있다는 생각이 들었다. 사람들 대부분은 영화 〈인 더 무드〉를 누가 만들었는지, 베티 부프가 누구인지, 동종요법이 무엇인지 모른다.

그나마 베르나르는 어려운 시기를 겪고 많은 것을 이루어 행복했다. 오십 줄을 앞둔 그는 미래 세대의 문화에서는 《개미》가 더 친근해질 것이라고 생각했다. 시대가 달라지면 《신》과 같은 작품들도 쉽게 잊히지는 않을 것이다.

전반적으로 봤을 때 베르나르는 부러운 인생을 살고 있는 사람이었다. 세계에서 가장 인기 있는 프랑스 작가에 속하고, 여러 책이 최고의 베스트셀러에 올랐다. 베르나르의 책은 전 세계에 3,000만 부 정도가 팔렸다. 한국 등 여러 나라에서 베르나르는 스타급 작가다. 또한 베르나르는 가수 모란의 뮤직비디오를 제작했고, 루이 베르티냐의 노래(〈누의 사가 La Saga des Gnous 〉)를 작사했으며, 파리와 모스크바에서 희곡을 무대에 올렸다. 클로드 를루슈의 지원을 받아 장편영화를 감독하기도 했다. 베르나르는 친구가 수백 명에 달하고 많은 사람들에게 많은 사랑을 받고 있었다. 주말마다 친구들이 몽마르트의 포도나무 아래에 있는 베르나르의 집에 모여 함께 '티에르스리유의 늑대인간' 게임을 했다.

베르나르는 이제 인생 소설이라는 페이지를 제대로 마무리할 수 있을까를 생각하니 초조했다. 남들의 평가에 관계없이 자신의 세계관을 전할 시간이 다가온 것 같았다. 어쨌든 베르나르는 잃을 것이 없었다. 매번 자신의 작품을 악평하는 문학평론에 대해서도 아무 기대를 하지 않았다.

1997년, 베르나르는 영매로부터 인류에게 전할 영적인 메시지를 지니고 있다는 말을 들었다. 사실, 베르나르는 소설을 쓸 때마다 이 메시지를 전하려 애썼다. 개미 관찰부터 시작해 과학 분야든 초자연 분야든 다양한 경험에 관해 동시대 사람들에게 끝없이 새로운 깨달음을 주고 싶었다. 문을 열면 적어도 반쯤은 열린다. 러시아를 비롯한 다른 나라에서 베르나르의 책을 읽고 마음에 햇빛이 비친 것처럼 따뜻해졌다고 한 여성 독자들도 있었다.

《제3인류》는 베르나르에게는 걸작이 될 작품이었다. 매우 방대한 프로젝트라서 일곱 권의 시리즈로 낼 생각이었다.

베르나르는 인류에게 일곱 가지 미래가 있을 수 있다고 생각했다. 그리고 그 일곱 가지 미래는 전 세계적으로 각자 구체적인 프로젝트가 있는 그룹들이 이끌어 간다. 베르나르는 자국에서 현실만 바라보는 사람들은 흐름에 끌려갈 것이라고 말한다. 앞으로 세계적인 프로젝트를 이끌 일곱 개의 그룹은 다음과 같다.

- 첫 번째 그룹은 자본가들. 언제나 더 많은 이윤과 경제성장을 원한다.
- 두 번째 그룹은 신에게 돌아가고 사제들의 통제를 받고 싶어 하는 사람들. 모두 같은 신에게 기도하는 날, 세상은 더 좋아질 것이라고 믿는다.
- 세 번째 그룹은 페미니스트. 여성들이 권력을 잡을 때가 되었다고 생각한다. 오랫동안 부당함을 참았으니 이제 변화를 일으킬 때가 왔다고 여긴다.

- 네 번째 그룹은 긱. 우리 인간은 기술로부터 구원을 받을 것이라 생각한다.
- 다섯 번째 그룹은 우주로 시선을 돌리는 사람들. 인류의 미래는 다른 행성을 점령하는 데 있다고 생각한다. 새로운 '파피용'.
- 여섯 번째 그룹은 생명체를 대상으로 실험해 진보를 추구하는 사람들. 복제, 유전자 조작 등⋯⋯.
- 일곱 번째 그룹은 인간의 10분의 1 크기의 작은 인간들. 현재의 인류를 대체할 새로운 인류.

이 같은 모델을 기반으로 베르나르는 서로 대립하는 일곱 명의 등장인물이 나오는 체스놀이를 구상했다. 동시에 체스판 역할을 하는 지구와 여덟 번째 게이머를 그렸다. 실제로 《제3인류》 시리즈는 지구가 인류를 어떻게 바라보는지를 들려준다.

"지구가 우리를 보며 하는 생각은 강아지가 등에 붙은 벼룩을 보며 하는 생각과 같습니다. 지구는 인류를 기생충이라 봅니다. 지구는 그런 인류를 참고 견딥니다. 지구가 가끔 몸을 긁을 때가 있는데, 그때 지진이 일어납니다. 그러나 인류가 참을 수 없는 존재가 되면 지구는 인류를 떨쳐버릴 수밖에 없죠."

베르나르에게 중요한 의미가 있는 것은 일곱 번째 이론이다.

그래서 이를 테마로 한 두 번째 시리즈가 《초소형 인간Les Micro-Humains》이다. 베르나르는 인류가 다음과 같이 세 가지 방향으로 진화할 것이라고 생각했다.

- 좀 더 여성적인 성향
- 좀 더 작은 크기
- 좀 더 협력적인 성향

베르나르의 관점은 다음과 같다. 지금까지 다섯 종류의 생명체가 대규모로 멸종했다. 그 가운데에서도 살아남은 것은 암컷, 새끼, 그리고 협력적인 생명체다.

"1억 2,000만 년 전, 개미는 살아남기 위해 몸 크기가 작아졌고 협력적이고 여성적으로 진화했습니다. 초기 개미들은 인간들처럼 가족이나 부족을 이루고 살았고 수컷과 암컷 수가 같았습니다. 현재의 개미는 진화를 거쳐 90%가 무성이고 10%가 암컷입니다. 수컷은 수태를 위해서만 필요합니다."

베르나르는 이 같은 방향으로 인류가 진화하기를 바라고 있다. 오염으로 몸살을 앓는 자연이 살려면 인간들은 좀 더 작아지고, 여성적이고, 더불어 살아가는 성향을 지녀야 한다. 실제로 바다가 산성을 띨수록 물고기들은 몸집이 작아진다. 뉴욕에서는 하수구가 오염될수록 암컷 쥐가 많아진다. 베르나르는 모든 진화가 이렇게 이루어진다고 보았다.

"공룡이 진화해 도마뱀이 되었고 맘모스가 진화해 코끼리가 되었습니다. 몸집이 작을수록 병이나 지진 같은 외부 공격에 잘 견딜 수 있습니다."

베르나르는 호모 사피엔스 역시 예전에는 몸집이 컸지만 지금처럼 중간 크기가 되었다고 주장한다.

"전에 인류는 거인들의 문명이었습니다. 오래전에 그랬죠. 신화의 신들은 거인이었습니다. 중국, 남미, 힌두족, 북유럽의 신화에 나오는 신들이나 구약의 엘로힘이 대표적입니다. 우주 생성에 관한 신화에서 거인이 나오지 않는 민족은 하나도 없습니다. 다양한 민족의 신화를 보면 거인들이 존재했습니다. 카르나크 신전이나 피라미드처럼 요즘 기술로는 설명할 수 없는 많은 것들이 존재하는 이유이기도 합니다."

거인들이 멸종의 위기를 겪으며 크기가 작아지는 방향으로 진화했을 것이다. 이것이 《제3인류》 시리즈 중 《초소형 인간》의 테마다. 주인공은 다비드 웰즈. 《개미》의 주인공 에드몽 웰즈의 후손이다. 그리고 신장이 17센티미터에 불과한 초소형 인간 '에마

슈'들도 나온다. 이들의 이야기가 소설로 펼쳐진다.

베르나르는《제3인류》시리즈에 기대를 많이 했으나 대중은 쉽게 다가가지 못했다. 첫 번째 시리즈는 어느 정도 독자층이 확보되었지만 두 번째 시리즈(《초소형 인간》, 2013)는 독자 수가 적어졌다. 세 번째 시리즈《땅울림 La Voix de la Terre 》(2014)은 첫 번째 시리즈에 비해 독자가 3분의 1로 줄었다.

베르나르는 현실을 인정했다.《제3인류》네 번째 시리즈는 구상까지 마친 상태였으나 출간하지 않기로 했다.

대신, 베르나르는 희곡 분야에 새로운 도전을 했다. 바로《천국에 온 것을 환영합니다 Bienvenue au Paradis 》이다. 천국에 새로 온 사람이 지구에서 살아온 인생에 대해 평가를 받는다는 내용의 코미디다. 장 크리스토프 바르가 시나리오를 각색해 무대에 올렸다. 2013년 7월 아비뇽에서 공연이 이루어졌지만 관객들의 반응은 시원치 않았다.

가족사에도 변화가 생겼다. 오랫동안 베르나르의 글에 큰 흥미를 보이지 않던 어머니 셀린이 베르나르의 소설을 읽기 시작한 것이다. 셀린은 소설들을 끝까지 읽지는 못했지만 읽었다는 자체에 의미를 둔다고 베르나르에게 말했다.

"작가들 대부분 보면 가족이 작품을 읽어주는 경우는 드물더군요."베르베르가 말했다. "그래서 저는 한번 어머니에게 읽어보시라고 했는데 재미있더군요."

그런데 베르나르에게는 다른 고민이 있었다. 몇 년 전 니스에서 어느 젊은 여자가 찾아와 이상한 제안을 했다. "오늘이 제 생일인데 저의 선물이 되어주세요!" 무슨 말을 해야 할까. 여자는 나름 미인이고 설득력도 있었다. 두 사람은 3년간 사귀면서 아이를 낳았다. 그런데 2013년 베르나르가 새 작품 집필에 들어갔을 때 여자는 짐을 싸 들고 나갔다. 다행히 베르나르는 이후 함께 늙어갈 수 있을 것 같은 따뜻한 여성 아멜리 앙드리유를 만났다.

그러나 조산아인 둘째 아이가 베르나르에게 골칫덩어리였다. 아이가 갑자기 불안해하며 우는 바람에 베르나르는 두 시간마다 잠에서 깼다. 새벽 2시, 4시, 6시에 잠이 깨는 피곤한 상황이 계속되었다. 수면부족에 시달리던 그는 여기서 영감을 얻어 스물한 번째 소설 《잠 Le Sixième Sommeil》을 내놓았다.

베르나르에게 수면부족은 새로운 주제가 아니었다. 《르 누벨 옵세르바퇴르》에서 일할 때 또렷한 꿈에 관한 특집기사를 쓴 적이 있었다. 바로 의식이 또렷한 상태에서 꾸는 꿈에 관한 내용이었다. 베르나르는 말레이시아의 세노이족을 연구한 적이 있었는데 이들의 삶은 꿈이 중심이었다.

- 아침에 한 사람씩 꿈 이야기를 해야 한다.
- 표범과 싸우는 꿈을 꾸면 성인이 되어간다는 뜻이다.
- 다른 남자의 여자와 잠자리를 하는 꿈을 꾸는 사람은 잠에서 깨면 꿈속의 남자에게 선물을 주어야 한다.

"세누이족은 꿈속의 세계를 실제 세계만큼 중요하게 생각합니다."

베르나르는 5단계 렘수면의 꿈(의식적으로 또렷한 꿈)을 넘어 6단계의 꿈을 발견하는 여성 학자를 소설에 등장시킨다. 6단계에서는 몸은 마비 상태인데 의식이 또렷하다. 이 상태에 놓인 주인공 자크 클라인은 20년 후의 자기 자신과 만난다.

돌고래들도 매일 꿈을 꾼다고 알려져 있다. 베르나르는 여기서도 영감을 받았다. 돌고래는 끝없이 물 밖으로 나와 숨을 쉬다가 다시 물속으로 들어가는 일을 반복한다(물 밖에 너무 오래 있으면 피부와 뼈의 수분이 날아간다). 돌고래는 태어날 때부터 계속 쉬지 않고 헤엄을 쳐야 한다. 그래서 두뇌의 절반은 낮에도 꿈을 꾸고 나머지 절반은 움직인다. 그렇다면 돌고래가 우리에게 꿈을 잘 꾸는 법을 가르쳐줄 수 있지 않을까?

베르나르는 여러 가지 신기한 경험을 하기도 했다. 감각 차단 탱크에서 몇 시간 동안 누워있어 보기도 했다. 이러한 경험이 바탕이 되어 꿈을 모니터로 시각화하는 기계를 상상했고, 이것이 소설 속에서 여섯 번째 잠을 통제하는 도구로 등장한다.

《잠》은 2015년 가을에 출간되었다. 그 와중에도 베르나르는 새로운 소설 《천 살의 남자L'Homme de 1000 ans》를 쓰기 시작했다. 과학자들이 인간에게 초인적인 힘을 불어넣는 방법을 생각한다는 내용이었다. 알뱅 미셸 출판사의 총서 담당자는 12월에 이 소설의 개요를 듣고는 실망하는 모습을 보였다. 베르나르의 전작 《잠》과 많이 비슷했기 때문이었다. 이제는 새로운 스타일의 작품을 낼 때가 되지 않았을까?

'어떻게 해야 할까?' 베르나르는 오랫동안 이 문제를 고민하다가 고양이들을 주인공으로 한 책을 써보기로 했다. 2015년은 샤를리 에브도 테러사건과 바타클랑 극장 테러사건으로 얼룩진 해여서 더욱 새로운 스타일의 작품이 필요했다. 베르나르는 감정적인 인간들 사이에서 조용히 살아가는 차분한 존재로 고양이들을 등장시켰다. 인류의 미래를 고양이에게서 찾는 듯한 작품이다.

베르나르는 집에서 직접 기르는 고양이들을 모델로 하여 소설을 썼다. 도도하며 공감능력과 겸손함이 없는 고양이들.

"제가 기르는 암고양이는 자기가 세상의 중심이라고 생각합니다." 베르베르가 말했다.

소설 속에서 암고양이 바스테트는 실험실 동물인 수고양이와 함께 주인공으로 등장한다. 연구원들이 두뇌에 이식해 준 USB 칩 덕에 수고양이는 인터넷과 연결될 수 있는 능력을 지닌다. 베르나르는 수고양이가 인터넷에 연결되면서 인간의 지식을 전부 흡수하는 설정으로 이야기를 끌고 간다.

베르나르는 고양이의 입장이 되어보기 위해 이솝과 라퐁텐의 방식으로 글을 써나갔다. 이솝과 라퐁텐도 고양이들을 등장시켜 동시대 사람들에게 우회적으로 교훈을 전해주었다.

"고양이 입장이 되어보면 글이 경쾌하고 술술 써집니다. 이는 제가 잘하는 일이기도 합니다. 다른 생명체의 입장이 되어 인류에 대한 이야기를 하는 것 말이죠. 동물의 시각으로 보면 평소에 할 수 없는 이야기를 전할 수 있습니다. 라퐁텐 우화에서도 동물들이 전하는 교훈은 반감을 불러일으키지 않습니다. 사람들은 동물들에게는 책임을 묻지 않으니까요."

《고양이Demain les Chats》는 큰 성공을 거두었다. 이 소설로 베르나르는 전작들로 잃어버린 독자층을 다시 회복했다. 《고양이》의 독자 수는 《개미》의 독자 수와 맞먹었다.

"《고양이》의 독자들 가운데 절반은 제 작품을 전혀 몰랐다가 고양이라는 주제가 마음에 들어 이 소설을 읽게 되었더군요."

2017년에는 새로운 사건이 일어나면서 베르나르는 다시 고민에 빠지게 된다.

17

메
신
저

Bernard
Werber

"누가 날 죽였지?"

베르나르의 신작 소설 《죽음 Depuis l'au-delà》은 이렇게 시작된다. 작가인 주인공은 지금 막 살해당했다. 그는 어느 영매의 도움으로 범인과 만나게 된다.

베르나르는 20년 전 만난 영매 모니크 파랑 바캉처럼 또 다른 저승의 메신저 파트리시아 다레를 만나 자주 이야기를 들었다.

"모니크 파랑 바캉도 같은 말을 했죠. 영매의 97%는 돌팔이라고 했습니다. 그래서 저는 3%의 진짜 영매들을 만나고 싶었습니다!"

베르나르는 파트리시아 다레에게 오랫동안 질문을 했다. 그녀에게 들은 이야기를 바탕으로 탄생한 소설이 《죽음》이다. 소설 속에서 영매 뤼시는 억울하게 감옥살이를 했는데, 저지르지도 않은 일 때문에 연인에게 고소를 당했다는 이야기를 들려준다. 파트리시아 다레도 비슷한 경험이 있었다.

소설 속에 재미있는 부분이 있다. 베르나르가 프랑스 언론을 은근히 비판하는 메시지가 들어있는 장면이다. 자신의 소설이 대중 소설이라며 무시하던 프랑스 언론계에 대한 섭섭한 마음을 이런 식으로 해소한 셈이다.

2006년에 작가 얀 무아는 베르나르의 작품에 독설을 내뱉었다. 그로부터 1년 후인 2007년 11월 3일, 베르나르는 로랑뤼키에가 진행하는 방송 〈우리는 쓰러지지 않아On n'est pas couchés〉에 출연했다. 방송에서 베르나르는 함께 출연한 평론가 에릭 놀로와 에릭 젬무르에게 소설 《신들의 신비》로 혹독한 비판을 받았다. 베르나르는 에릭 놀로의 책을 읽어본 적이 없다고 대꾸했지만, 이 장면은 방송에서 삭제되었다고 한다.

베르나르는 에릭에게 이렇게 말했다.

"페이지들이 다 붙어있는 줄 알았는데 직접 열어서 보여주시는군요!"

에릭 놀로는 베르나르의 소설이 문체가 빈약하다고 비판했고 베르나르는 예술적인 효과를 위해 일부러 선택한 방식이라고 맞섰다. 에릭 젬무르도 단호하게 말했다.

"말씀을 들으니 왜 제가 작가님의 책을 안 읽는지 알겠습니다. 제가 문학에서 좋아하는 것은 스토리가 아니라 음악 같은 문체이기 때문이죠."

베르나르가 반박했다.

"작품마다 다르죠."

하지만 베르나르는 문체가 빈약하다는 비판에 내심 씁쓸했다. 소설《죽음》은 그의 스타일을 좋아하지 않는 사람들을 향해 장난스러운 윙크를 해댄다. 소설《죽음》이 완성된 것은 2017년 6월이었다.

같은 시기, 베르나르는 누나 뮈리엘과 한 가지 문제로 갈등했다. 몸이 쇠약해진 아버지를 어떻게 할까를 두고 의견이 대립했던 것이다. 입원을 시켜야 하는가, 아니면 집에 모셔야 하는가? 아버지 프랑수아는 집에 있고 싶다고 했다.

베르나르는 할아버지의 임종을 보면서 느낀 것이 많았기에 아버지는 죽음을 스스로 선택해야 한다는 입장이었다. 베르나르 남매는 아버지가 하고 싶어 하는 대로 해드리기로 결정했다.

"집에 있으면 병원 치료를 받지 못하기 때문에 돌아가실 확률이 높아지기는 했습니다."

프랑수아는 눈을 감기 며칠 전 베르나르에게 물었다. 프랑수아는 아직 병원으로부터 정확한 원인을 듣지 못했기 때문에 자신이 빨리 눈을 감을지 어떨지 확신할 수 없었다. 다만 기운이 빠져가던 그가 물었다. "나는 너희들에게 좋은 아버지였니?"

"처음에는 아버지가 엄하게 느껴졌어요." 베르나르가 대답했다. "하지만 아버지는 이후에 제게 가장 아름다운 선물을 해주셨죠. 제가 원하는 직업을 가질 수 있게 해주셨으니까요. 제가 법과를 그만두자 아버지는 법 공부를 계속하라고 강요하지 않으시고 글을 쓰도록 해주셨죠. 기자가 되고 싶어 했을 때도 절 믿어주었어요. 저도 아버지에게 받은 이 귀한 선물을 제 아이들에게 해줄 겁니다. 아이들이 원하는 대로 하게 해줄 생각이에요. 기존과는 다른 불안한 분야로 가고 싶어 해도 간섭하지 않을 겁니다."

"내 아버지가 아주 엄했단다. 그래서 나도 엄격하게 굴었나 보다. 다행히 너는 아이들을 엄하게 대하지 않는 아버지더구나."

소설 《죽음》이 서점에 깔렸다. 동시에 프랑수아 베르베르의 시신은 툴루즈 땅에 묻혔다. 베르나르는 장례식에서 역사에 관심을 갖게 해준 아버지에게 감사한다는 인사를 했다. 실제로 베르나르는 자기 전에 아버지가 읽어준 그리스 로마 신화 이야기에 영향을 많이 받았다. 또한 베르나르는 독립적인 세계관을 갖도록 해준 아버지에게 감사했다. 덕분에 베르나르는 언론에 휩쓸리지도 않았고, 사람들을 함부로 좋다 나쁘다 판단하지 않는 사람이 되었으며, 자유를 제한하는 사람들과 그렇지 않은 사람들을 객관적으로 구별할 수 있게 되었다.

"아버지 덕분에 다양한 관점이 있다는 것을 배웠죠. 누구나 자신이 친절하다고 생각합니다. 반대 의견도 들어보고 어떤 근거로 그런 생각을 갖게 되었는지 살펴봐야 합니다. 그러지 않으면 공산주의라는 이름으로 한 가지 경직된 사상을 주장한 스탈린이나 마오쩌둥처럼 되는 것이죠. 독재도 민중의 자유를 내세웁니다. 사람들을 말이 아닌 행동으로 판단해야 하고 함부로 낙인찍어서도 안 됩니다. 어머니로부터 음악과 그림을 배웠고 광대한 묘사를 하는 법을 배웠습니다. 덕분에 훗날 소설들의 스토리보드를 만들 때 도움이 되었죠. 아버지로부터는 역사, 특히 고대 역사에 대한 관심을 물려받았습니다. 결국 저의 부모님은 완벽하고 이상적인 분들이었습니다. 덕분에 제대로 인생을 살았고 자기표현을 적극적으로 하게 되었습니다."

2017년 말, 새 소설의 제목은 '판도라의 상자La Boîte de Pandore'로 정해졌다. 이 소설은 다루기 힘든 주제인 전생을 허심탄회하게 이야기한다.

"이 책을 쓰기 위해 전생의 삶에 여러 번 다가갔습니다. 전생을 바라보니 현재의 삶을 좀 더 객관적으로 볼 수 있었습니다. 아틀란티스 제국에서의 전생 외에 나머지 전생은 대부분 편협한 인생이었습니다. 여행도 거의 안 하는 삶이었죠. 인간은 어떤 장소에서 태어나면 그곳에서 죽을 확률이 높습니다. 중세시대 전생에 저는 몇 군데를 가본 사람으로 나왔습니다. 숲길을 통과했는데, 살아남을 확률이 3분의 1이었죠. 다른 사람들의 시선에서 자유롭지 못한 전생의 삶도 있었습니다. 다른 사람들의 눈치 때문에 하고 싶은 것을 못 한 삶이었죠. 남미 안데스 산맥에서 살았던 전생에는 무엇을 해야 할지 말아야 할지 정해주는 사람들이 늘 있었습니다. 이들은 부모와 조부모의 길을 따라야 한다고 했습니다. 그렇게 해야 잘 산다는 논리죠. 하지만 우리는 여행하고, 조상들과 다른 의견을 받아들여도 평가받지 않는 삶을 살 수도 있습니다."

베르나르에게 인상적으로 다가온 내용들이 또 있었다. 전생을 살펴보니 대부분 평생 하나의 직업을 갖고 한 명의 배우자와 산 인생이었다. 일반적으로 그때의 사람들은 일찍 죽었다.

"우리는 평균 수명이 80세를 넘을 것으로 보이는 첫 세대라서 여러 직업을 갖고 여러 배우자와 만날 가능성이 큽니다. 그래야 다양한 시각을 접하고 생각의 폭이 넓어지죠."

《판도라의 상자》에서 베르나르가 관심을 갖는 또 다른 테마는 역사에 대한 새로운 시각이다. 소설 속 주인공과 마찬가지로 베르나르도 역사 교과서에 나오는 내용은 정치적인 통합을 위해 인위적으로 합의된 것일 뿐이라고 생각한다. 특히 루이 16세가 그렇다. 베르나르는 루이 16세의 이미지가 부당하게 왜곡되었다고 생각했다.

"시계추를 다시 작동시켜 보고 싶었습니다. 단순한 논리는 문제가 있죠. 루이 16세는 루이 15세와 달리 나라를 위해 좋은 일을 많이 했습니다. 예를 들어, 루이 16세는 기근 문제를 어느 정도 잘 관리해서 3,000만 명의 인구 중 사망자가 250만 명에 불과했습니다. 기근이 발생하자 루이 16세는 감자를 풀어서 사망 피해를 어느 정도 막았습니다. 루이 16세는 백성을 사랑했다고 알려져 있습니다. 과거 군주제도하의 군주들이나 카리스마 있는 지도자들은 독재자이고, 혁명가들을 해방자라고 생각하는 것은 편협한 시각입니다. 마오쩌둥이나 스탈린이 관용적인 인물이었다고는 생각하지 않습니다. 반대로 역사에서는 이미지가 좋지 않은 많은 군주나 리더들도 사실은 백성을 위해 좋은 일을 하고 싶었으나 제대로 안 된 것일 수도 있죠."

베르나르는 사라진 문명에 관심을 가져야 왜 현재의 우리도 사라질 수 있는지를 이해할 수 있다고 생각한다.

"제가 매우 관심 있는 또 다른 주제는 문명이 사라질 수 있다는 사실입니다. 건설된 문명은 무너질 수 있습니다. 예외는 없죠. 따라서 앞으로 일어날 수 있는 일을 예상해야 합니다. 저는 글을 통해 인간의 위치, 인간의 문명과 미래를 생각하는 데 도움이 되고 싶을 뿐입니다. 우리에게는 선택의 여지가 없습니다. 더 나은 더불어 살기와 지구와의 조화를 추구해야 합니다. 자기절제도 실천해야 하고요. 자기절제를 못 하는 종족은 인간뿐입니다."

2019년. 베르나르는 매일 신작 소설을 쓴다. 《고양이》의 후속작이다. 과감한 시각이 돋보이는 작품이다. 실제로 베르나르는 현재의 인간 대신 다른 종족이 나타나 인간과 같은 실수와 경험을 하지 않고 이를 반면교사로 삼아 더 나은 사회를 만들어갈 수 있다고 상상한다. 그것이 그의 소설이 갖고 있는 기본적인 생각이다.

"개미가 인류보다 먼저 세상에 나왔듯이 고양이가 인류를 대신할 수도 있습니다. 제 소설의 고양이 주인공 피타고라스처럼 앞으로 고양이들이 인터넷에 연결되고 인간의 문화를 활용할 수 있을지도 모릅니다. 그게 제가 세운 가정입니다. 고양이들에게 우리 인간의 지식을 줘보세요. 그들이 더 잘할 수도 있습니다."

베르나르의 이야기에서 우리가 기억할 것은 무엇일까? 베르나르는 어떤 인물일까? 선구자, 혹은 대담한 예지자? 무한한 상상력을 지닌 이상주의자? 베르나르는 사람들에게 소설이라는 형식을 이용해 길을 알려주는 가이드로 기억되고 싶어 할 것이다. 베르나르의 이야기들은 우리로 하여금 한발 물러서서 다른 시각을 가질 수 있도록 돕는다.

베르나르는 유튜브 시대 이전에 태어났지만 영상매체에 익숙했다. 그는 다양한 영상을 통해 온화한 성격과 번뜩이는 위트를 보여주었다. 그리고 나중에는 선불교에 영감을 받은 모습을 보여주기도 했다.

베르나르는 나름 야심 찬 인생을 살아오고 있다. 시대를 뛰어넘으려는 마음이 있었기에 슈베르트와 빅토르 위고, 그리고 렘브란트의 작품이 탄생할 수 있었던 것이 아닐까? 미래 세대는 이러한 고전작품들을 계속해서 이어가려 할까? 미래의 지구인들이 현재 우리가 아는 문화를 어떤 기준으로 평가하고 받아들일지 지금으로서는 예측하기 어렵다.

베르나르는 쥘 베른도 동시대 사람들에게는 인정받지 못하다가 나중에 긍정적으로 재평가되었다는 말을 종종 한다. 요한 제바스티안 바흐, 반 고흐, 폴 고갱, 에드거 앨런 포, 모딜리아니도 그랬다.

그러니 우리도 좋아하는 일이 있다면 베르나르처럼 실컷 빠져보자. 먼 미래에는 어떻게 될지 모르는 일 아닌가. 미래에는 베르나르가 지금과는 다른 시각으로 평가될 수도 있다. 초등학생들은 베르나르를 여성적이고 장난을 좋아하는 유쾌한 성격으로 볼지도 모른다. 언젠가 미래에는 선생님이 독서반 학생들에게 땅속에 도시를 짓는 개미들의 일상을 그린 소설 《개미》 3부작을 소개하면서 시대를 앞서간 베르나르 베르베르 작가의 작품이라고 평가하게 될까? 시간이 흘러 그때가 되어야만 알 수 있을 것이다.

베르나르 베르베르 작품연대

1961 툴루즈 출생

1968 첫 단편소설 〈어느 벼룩의 추억〉 집필

1978 고교생 신문 《오젠 수프》 창간

1978 《개미》 집필 시작

1979 툴루즈에서 법학 학사

1984 《레벤느망 뒤 죄디》에 이어 《르 누벨 옵세르바퇴르》 저널리스트

1991 《개미》

1992 《개미의 날》

1993 《상대적이며 절대적인 지식의 백과사전》

1994 《타나토노트》

1996 《개미혁명》

1997 《여행의 책》

1998 《아버지들의 아버지》

1999 만화 《EXIT》(그림 : 알랭 무니에)

2000 《천사들의 제국》

2000 만화 《EXIT2 – 제2단계》(그림 : 알랭 무니에)

2000 게임 〈개미〉(마이크로이즈)

2000 가수 모란의 뮤직 비디오 〈인간을 위해, 영혼을 위해〉 제작

2001 《뇌》

2001 단편영화 〈나전 여왕〉

2002 만화 《EXIT3 – 마지막 숨결까지》(그림 : 에릭 퓌슈)

2002 《나무》(단편)

2003 《베르나르 베르베르의 상상력 사전》

2003 단편영화 〈인간〉

2004 《신1 –우리는 신》

2004 연극 〈인간〉(연출: 장 크리스토프 바르)

2005 《신2 –신들의 숨결》

2005 《인간》

2005 만화 《이브의 아이들》(그림: 에릭 퓌슈)

2006 《파피용》

2007 《우리의 지구인 친구들》

2007 장편영화 〈우리의 지구인 친구들〉 (감독 : 클로드 를루슈)

2007 《신3 –신들의 신비》

2008 《파라다이스》(단편)

2009 《카산드라의 거울》

2010 《웃음》

2010 《카르마(업보)의 시계》(단편)

2012 《제3인류》

2013 《제3인류 2 –초소형 인간》

2013 연극 〈천국에 온 것을 환영합니다〉(연출: 장 크리스토프 바르)

2014 《제3인류 3 –땅울림》

2015 《천국에 온 것을 환영합니다》(단편)

2015 《잠》

2016 《고양이》

2017 《죽음》

2018 《판도라의 상자》

베르나르 베르베르 인생소설

초판 1쇄 발행 2019년 11월 30일

지은이 다니엘 이치비아
옮긴이 이주영
발행처 예미
발행인 박진희

편집 김정연
디자인 김성엽

출판등록 2018년 5월 10일(제2018-000084호)

주소 경기도 고양시 일산서구 중앙로 1568 하성프라자 601호
전화 031) 917-7279 **팩스** 031) 918-3088
전자우편 yemmibooks@naver.com

ISBN 979-11-89877-16-3 03860